TAKE
SHOBO

黒薔薇の呪いと王家の鎖
虐げられた王女は偏屈な魔術師に溺愛される

河津ミネ

Illustration
うすくち

MD
MOON DROPS

黒薔薇《ばら》の呪いと王家の鎖
虐げられた王女は偏屈な魔術師に溺愛される

Contents

イラスト／うすくち

黒薔薇の呪いと王家の鎖

虐げられた王女は偏屈な魔術師に溺愛される

MOON DROPS

序章　あるひとつの出会い

「姫さん、俺に欲情しているだろう？」

作り物のように整った顔の男が冷たく言い放つと、目の前に座る美しい女がぎくりと身体をこわばらせた。

森の奥にひっそりとそびえ立つ大きな城の薄暗い応接間で、男と女が向かい合って座っている。姫さんと呼ばれた女は、顔を上げなにかを言い返そうとするように口を開く。しかしすぐに唇を引き結び、戸惑うように視線を左右に揺らした。

女はストロベリーブロンドの髪を丁寧に結い上げ、仕立てのいいドレスに身を包んでいる。背筋を伸ばして座り、ふとした優雅な所作からも女の身分の高さがうかがえた。ただ膝の上で揃《そろ》えられた手がわずかに震えており、華やかで美しい顔にはひどく浮かない表情がにじんでいる。

一方で男は椅子の肘掛けに片肘を乗せ、つまらなそうに頬杖をついていた。その手にはいくつもの指輪と腕輪がはめられており、形の良い耳には耳飾りが並ぶ。さらに首に巻かれた鎖には大きな赤い石が付いていて、それが血の色のようなあやしい光を放っていた。

暗い表情ながらも華やかな女とは対照的に、男はまるで血の気が感じられない青白い肌をしている。それが作り物のような顔と相まって、よりいっそう男を不気味に見せていた。

男はすらりとした長い足を持て余すように組み直しながら、形の良い眉をひそめた。緩やかな曲線を描いた長い黒髪は無造作に後ろでひとつに束ねられている。やがて男はなにかを考えあぐねるように、とんとんと自分の腿《もも》を指先で叩《たた》き始めた。その動きに合わせて、重ねてつけられた腕輪が擦れ合ってしゃらしゃらと音を立てる。男の微かな動きに合わせて、女は小さく身体を震わせた。

「……っ！　……っ!!」

女は真っ白な頬を紅潮させ、浅い息をくり返した。赤い唇は艶やかに光り、男を見つめる目は熱を帯びて潤んでいる。男は女の様子を観察するように頭の上から足の先までじっくりながめると、口の端を片方だけ歪《ゆが》めてフンと鼻を鳴らした。女はごくりと喉を鳴らし、すぐにそんな自分を恥じるようにあわてて身体をぎゅっと抱きしめた。女の息はさらに早く荒くなり、身じろぎをして必死になにかに耐える様子を見せる。男はそんな女の様子をながめながら立ち上がると、女のあごをつかみ強引に上を向かせた。男が女の目をのぞきこむ。

「あ……っ」

女の口からはか細い、けれどしっとりと色を含んだ声が漏れた。男の赤みを帯びた灰色の目が、女の潤んだ水色の目を捉えて離さない。

「俺がその疼《うず》きを抑えてやろうか？」

女は男の目をうっとりと見つめたまま、この男を頭から飲みこんでしまいたいほどの獰《どう》猛《もう》な欲望が、身体の奥底から湧きあがってくるのを感じていた。

一章　黒薔薇《ばら》の呪いと王家の鎖

　レイクロウ王国の北方には険しい山々が連なり、その麓には暗い森が広がっていた。鬱《うっ》蒼《そう》と茂った木々は光を遮り、一年のほとんどの時期を濃い霧が覆い隠している。ひとたび足を踏み入れれば途端に道を見失うこの場所のことを、人々は魔の森と呼び恐れていた。

　そんな魔の森を進む三つの影があった。淡いランプの光を頼りに、道なき道を一人の美しい女性が慎重に歩いている。女性の左右には騎士と魔術師の護衛が一人ずつ、それぞれ周囲を警戒していた。ぬかるんだ地面に差し掛かり、護衛の騎士が女性に片手を差しだした。

「リーリエ様、足元にお気をつけください」

「ありがとう、ロイ」

　リーリエは慣れた手つきでロイの手に自分の手を重ねる。危なげなくリーリエを支えるロイは、濃い金髪の美丈夫で立派な体躯《たいく》の持ち主だった。

「リーリエ様、本当にこの道で合っているんでしょうか?」

「そうね。ランプはこの先を示しているわ」

リーリエが掲げた手の先には、オレンジ色に淡く光る魔道具のランプがあった。このランプには特別な魔術式が組み込まれており、深い霧の中で進むべき道を指し示してくれる。ロイが辺りを警戒しながら後ろを振り返った。

「我々がここにいることは誰にも気づかれていないでしょうか」

「私の魔道具があるんだから、大丈夫に決まっているじゃないですか」

リーリエを挟んだ反対側から魔術師のミランダがぬっと顔を出す。ローブの胸元を飾るブローチはミランダ特製の魔道具で、三人の気配を周囲から隠してくれるものだった。

「ミランダのそれ、本当に効果があるのか？」

「はぁ？　私を疑うつもりですか？　ロイ様はろくに魔術式も描けないくせに、文句だけは立派ですよね」

「なんだと！」

赤い癖毛を短く刈り込んだミランダは、化粧っけのない頬にそばかすが散っている。女性にしてはひょろりと背が高いので、リーリエの頭の上でロイとの言い合いが始まってしまった。

「ちょっとあなた達、やめてちょうだい」

騎士と魔術師では相容れないことが多くぶつかり合うのはいつものことだが、今はそれだけが理由ではなさそうだ。

（おそらくこの魔の森が、不安をかき立てるのね）

リーリエが周囲に目をやり小さく身震いをする。何者かに鋭い敵意を向けられているような不快感があり、肌が小さくあわだった。一刻も早くこの森を抜けた方が良さそうだ。

「急ぎましょう」

足を速めると、オレンジ色の光が灰白色の霧の中で頼りなくゆらゆら揺れる。そのまましばらく行くと、急に森が開け三人の目の前に大きな城が現れた。

「うわぁ、すごい！」

ミランダが驚きの声を上げる。暗い森を背景に真っ白な石壁の城がぽっかりと浮かびあがり、まるでそこだけが別の世界のようだ。

「リーリエ様、あれがザヴィーネ城でしょうか？」

「ええ。おそらく」

ランプの光はそこが目的地であることを示すように、白い城に向かって真っすぐに伸びていた。


三人がザヴィーネ城の正面にある立派な扉の前に立つと、錆《さ》びついた扉がゆっくりと動き出し、軋《きし》んだ音を立てる。ミランダが首を伸ばして隙間から中をのぞいた。

「わ、開いた！　歓迎……されてるんですかね？」

「わからん。とりあえず中に入るぞ。リーリエ様は私の後ろに。ミランダは我々の周りに防御壁を頼む」

ロイの指示に従ってミランダが指先に魔力を込め、三人を囲うように空中に魔術式を描き防御壁を発動させる。そのままロイを先頭に、三人はおそるおそる城の中に足を踏みいれる。すると、低く抑えられた男の声が静かな玄関ホールに響いた。

「そのランプ、おまえら王家の者か」

男の声を合図に、薄暗い玄関ホールの明かりがぽつぽつとひとつずつ灯っていく。ぼんやりと明るくなった玄関ホールには半円型に広がる大きな馬蹄《ばてい》階段があり、その上には三人を見下ろす一人の男がいた。特徴的な赤みを帯びた灰色の目がリーリエ達を冷たくにらんでいる。

（長く黒い髪に灰色の目……聞いていた通りだわ）

どうやら無事に目的の人物に会えたようだ。リーリエは優雅に膝を折り挨拶をした。

「はじめまして、リーリエ・レーヴェンタールと申します。魔術師アメディオ、あなたにお願いがあって参りました。どうか話を聞いていただけませんか？」

するとそれまでリーリエをにらんでいたアメディオが、驚いたように目を開いた。ほんの束の間、リーリエの水色の目とアメディオの灰色の目が見つめ合う。

「その目……！」

「あの、なにか？」

アメディオはリーリエの声で我に返るそぶりをし、すぐに目を逸らした。ただその横顔は痛みをこらえるかのように歪み、ひどく哀しげに見える。アメディオが軽く指を振ると、リーリエ達の背後で扉が大きな音を立てて閉まった。

「きゃっ！」

驚くリーリエ達を無視して、アメディオは「ついてこい」とだけ言って階段を下り、そのままさっさと城の奥へと行ってしまう。

「なんですか、あいつは」

「でも指を振るだけで魔術式を発動させるなんて、めちゃくちゃ凄いですよ。どうやら実力は本物みたいですね。それに身に着けてる装身具、おそらくあれ全部が魔力の封印具ですよ」

「そうね」

アメディオは指輪に腕輪、それに耳飾りをいくつも着けていた。さらに首には赤い石の付いた太い鎖まで。そのすべてが封印具だとしたら相当の魔力を抑えていることになる。

「とりあえず行きましょう」

警戒心を隠さないロイをなだめつつ、リーリエはアメディオの後を追った。

アメディオが三人を連れて来たのは、どうやら城の応接間のようだった。しかしあらゆる壁が本棚でふさがれており、そこが図書室だと言われても疑問に思わないだろう。

（すごい本の量だわ。いったいどれだけあるのかしら……）

この部屋に来るまでの廊下の壁にも、ぎっしりと本の詰まった本棚が並んでおり、まるで城全体が書庫のようだった。応接間の本棚は大きな窓を塞ぐように置かれており、隙間に備え付けられた小さな魔道具の明かりだけが頼りなく部屋を照らす。こんなに多くの本棚があるというのに、それでもなお収まらない本が椅子や机の上、さらには床の上にまで積まれて塔になっていた。アメディオは本の塔の隙間を縫って部屋の奥まで進む。

「普段、客なんて来ないからな」

アメディオが軽く指を振ると、ソファの上に置かれていた本がふわりと床の上に移動した。そして空いた所にどっかと座り長い足を組むと、リーリエにも向かいへ座るよう促した。

（それにしても、見事な魔術だわ）

ミランダの言う通り、指を振るだけで魔術式を発動させる人などこれまで見たことがない。おそらく恐ろしいほどの速さで魔術式を描いているのだろうが、そんな芸当ができるというだけでアメディオが優れた魔術師なのだとわかった。

（しかも封印具をあんなに着けながら。これならもしかして……）

期待を胸に秘めながらソファに腰掛けると、アメディオがリーリエの背後に視線をやる。

「あのランプを使えてレーヴェンタールを名乗るということは、おまえはこの国の王女だろう？　その割には、ずいぶんと少ないお供だな」

「はい。私がここに来ることは、できるだけ知られたくなかったものですから」

自分で尋ねておきながら、アメディオはリーリエの事情などまったく興味がないような顔をする。

「そんな姫さんがこんな所までなにしに来た」

「あなたにお願いがあって参りました」

「俺がそれを聞くとでも？」

相手が王女と知りながら不遜な態度を取り続けるアメディオに、護衛の二人が警戒を強める。リーリエは目配せをして二人をなだめると、改めてアメディオに願いを告げた。

「どうか私にかけられた呪いを解いていただきたいのです。あなたならそれができると聞きました」

アメディオは忌々しげに顔をしかめながら、リーリエの頭の上からつま先までじっくり視線を動かした。なんだか服の下まで見透かされているようで緊張してしまう。するとアメディオは、リーリエの膝のあたりでその視線を止めた。

「ドレスの中を見せてみろ」

ロイが素早く腰の剣に手をかける。

「ロイ、やめてちょうだい」

「ですが……っ！」

リーリエに止められてなお不満そうにするロイを、アメディオが鼻で笑う。

「ふん、呪いを見ずに解けるわけがないだろう。嫌なら帰ればいい」

「わかりました、お見せします。ロイ、あなたは後ろを向いていてちょうだい」

「……はい」

ロイは渋々背中を向けたが、なにかあれば切りかかれるようにと、その手は剣の柄に添えられたままだ。代わりにミランダがリーリエを護るように一歩近づく。

（……恥ずかしいけれど、呪いを解くためだもの）

リーリエは覚悟を決めてふぅと小さく息を吐いた。ドレスの裾を腿の真ん中あたりまでたくし上げ、左足のストッキングを結ぶリボンを緩めて膝下まで下げる。そしてそれがアメディオに見えるように、少しだけ身体を傾けた。

ドレスからのぞく足は女性らしい滑らかな曲線を描いている。しかしその左足の付け根には、白い肌にはまるで似つかわしくない禍々しい色をした黒い痣《あざ》が並んでいた。花の蕾《つぼみ》のような黒い痣が五つと、棘《とげ》のある蔓《つる》のような痣が太腿に巻き付いている。さらにその蔓の先は、ドレスのもっと奥まで続いていた。

アメディオは黙ったまま黒い痣を見つめている。際どい場所への視線に耐えかねてリーリエが顔を伏せると、痣のあたりがずくりと痛んだ。

「あ……っ」

痛みに呼応するようにアメディオの方から甘い香りが漂ってきて、なぜか腹の奥で小さな火が灯ったように熱くなる。それはリーリエがこれまで感じたことのない初めての感覚だった。

（ん……。これは、なに……？）

焦れるようなもどかしい感覚に戸惑っていると、アメディオがようやく口を開いた。

「『黒薔薇の呪い』だな」

「……黒薔薇の呪い、ですか？」

初めて聞く呪いに首をかしげながら、ドレスの裾を手早く直す。言われてみれば、黒い痣は薔薇の蕾のようにも見えた。

「血の呪いの一種だ。血の呪いはそうやって肌に黒い痣を刻む。おまえのそれは薔薇の形をしているから『黒薔薇の呪い』で間違いない」

「これが、血の呪い……⁉」

リーリエの顔から一気に血の気が引いた。血の呪いはかけられた者の命を奪う危険な呪いで、かけられたら最後、みな惨たらしい死を迎えると聞く。とはいえリーリエも詳しいことを知っているわけではない。かつて血の呪いがあまりにも凄惨《せいさん》な事件をひき起こしたため、血の呪いに関わった者はみな処罰されたからだ。さらには使われた道具や手順の記された書物などの一切が処分され、事件の記録ひとつ残されていない。そして二度と悲劇がくり返されないよう、血の呪いをかけることはもちろん調べることさえ厳しく禁止されている。

青い顔をするリーリエの隣でミランダが鋭く問い詰める。

「どうしてあなたが血の呪いを知っているんですか？」

血の呪いは調べるだけでも大罪だ。今では口にする者もほとんどおらず、若い者なら存在すら知らないだろう。リーリエは王族として、またミランダは上級の宮廷魔術師として特別に血の呪いの存在を教えられた。それでも血の呪いに種類があることや、それが肌に黒い痣を刻むようなことまでは知らなかった。

（そうよ。なぜアメディオはこれが血の呪い……それも『黒薔薇の呪い』だとわかるの？）

リーリエの隣でミランダが指先に魔力を込めるのを見て、アメディオが嘲笑うように口の端を歪めた。

「俺はこの国で唯一、血の呪いの研究を許されている」

「血の呪いは研究自体が大罪のはずです」

「だが誰も知らなかったら、解くこともできない」

今だってそうだろう、とでも言うようにちらとリーリエに視線を送る。ミランダが疑わしげにアメディオをにらみつけた。

「……でも、なぜあなたが？」

「俺にも血の呪いがかけられているからな」

「え⁉」

アメディオは首に巻かれた太い鎖をわずかにずらし、白い首を見せた。そこにはリーリエの黒薔薇の痣によく似た色の、黒い鎖の形をした痣が刻まれていた。

「それ……」

リーリエの痣と形は違えども、肌に刻まれた様子はよく似ている。一目見て、それが同じ種類の呪いだということがわかった。

「これも血の呪いの一種で『鎖の呪い』だ。俺は血の呪いをかけられた身だ。研究しても問題ないだろう？」

確かに呪いをかけられた身ならば、血の呪いを知っていてもおかしくない。『鎖の呪い』を解くため、特別に研究を許されているということなのだろうか。

「あの……その『鎖の呪い』の発動はあなたが自分で抑えているのですか？」

リーリエの質問にアメディオは肯定も否定もしなかった。しかしかけられた者はみな命を落とすという血の呪いで、『鎖の呪い』をかけられたアメディオが死んでいないということは、発動を抑えられていないとおかしい。それならばリーリエの『黒薔薇の呪い』も抑えることもできるのではないかと期待がふくらむ。するとアメディオが、リーリエ達に見せつけるように片手を持ち上げた。

「それに俺の魔力は王家に管理されている」

何重にも重ねられた腕輪がじゃらりと音を立てた。先ほど遠くから見た時にはわからなかったが、向かい合っている今なら腕輪のひとつひとつがとても強力な封印具だとわかる。さらにそれぞれの指にはめられた太い指輪も、耳に並ぶ耳飾りも。アメディオが身に着けている装身具のすべてが強力な封印具だった。どれかひとつを身につけただけでも、リーリエの魔力程度では抑えこまれてしまうだろう。その中でも特に首に巻かれた太い鎖は恐ろしく強大な力を封じている。鎖にはめ込まれた鮮やかな赤い石はおそらく魔石で、なんらかの魔術が施されているようだ。

　桁外れな魔力の強さを前にし、自分が小さくてか弱い生き物になったようだ。応接間に備え付けられた魔道具の頼りない明かりが、アメディオの青白い肌を照らす。赤交じりの灰色の目が暗い血の色のように光って見えて、リーリエは小さく身震いした。

「俺は王家に逆らえないからこそ、ここで血の呪いの研究を許されている」

　つまり王家はアメディオの魔力を制限する代わりに血の呪いの研究を許しているのだろう。しかし「王家」と口にするたびアメディオの顔が険しくなるため、彼がこの状況に満足していない様子がひしひしと伝わってきた。

（だから王女である私のことも憎いのかしら……）

　リーリエは自分に向けられるアメディオの視線に、他の二人に向けられるものとは明らかに違う、鋭い敵意が含まれていることを感じとっていた。

「それを知っていたから、おまえらはここに来たのではないのか？」

「いいえ。私はこの痣が血の呪いだと知りませんでした」

　疑うような視線を向けられ、リーリエが事情を説明する。

「ちょうど五カ月ほど前に痣があることに気づき、しばらく様子を見ていたのですが、消えずに増えていくのでノリスに相談しました。ノリスは痣が呪いだと見破り、すぐにこの城に向かうように言いました。それにこの呪いを解けるとしたら、あなたしかいないだろうとも」

ノリスは宮廷魔術師すべてを束ねる宮廷魔術師長だ。歳は八十歳を超えているが魔術の腕は確かで、リーリエの痣を診てすぐに呪いだと見破った。そしてこの呪いは自分では解けないから、ザヴィーネ城にいる魔術師アメディオを訪ねろと告げたのだ。

「ノリスが？　俺のところに行けと？」

「はい」

「……王女なのにおまえは知らないのか？」

「なにを、でしょうか？」

「おまえは俺が何者か知らないのか、と尋ねている」

「偉大な魔術師だとうかがっております」

「ふざけたことを」

アメディオはさもおかしいというようにハッと笑い飛ばした。笑われる理由がわからず困惑していると、また太腿の痣がずきりと痛みだす。痛みで顔をしかめるリーリエを見ながら、アメディオがなにかを考えるように下唇を軽くなめた。むせかえるような甘い匂いが漂ってきてリーリエを襲う。

「……っ！」

太腿の痛みが増し、めまいがして目の前が霞《かす》んでくる。このまま甘い香りに酔って、おかしくなってしまいそうだ。それになぜか腹の奥がひどく疼く。リーリエの様子がおかしくなったことに気づいたロイがアメディオを問い詰めた。

「アメディオ。おまえはこの呪いの解き方を知っているのか？」

「あぁ。血の呪いといってもその解き方は様々だが、その黒薔薇を枯らすには蕾がふくらんで花が咲く時に体内へ魔力を注ぐ必要がある。そこのおまえも魔術師ならやり方くらい知っているだろう？」

アメディオにおまえと呼ばれたミランダが、ためらいがちに口を開く。

「……体液を介して行います」

「そうだ。そのままではできないから、互いの体液を混ぜたものを媒介にして行う。単純に肌を触れ合わせるだけでも、汗を介して行うことはできる。だが一番は性交だ。性液が交わった状態が一番効果がある」

性交——魔力を注ぐ方法のひとつとしてリーリエも耳にしたことがある。しかしそれはよほどの緊急時に行われるもののはずだ。

（それこそ、死にかねないような時……つまり今がそうだということね）

今まさに『黒薔薇の呪い』で死にかけていることをつきつけられる。しかしたとえ呪いを解くためだとしても、リーリエには純潔を失うわけにいかない事情があった。ロイが唸りながら難しい顔をする。

「リーリエ様、シャール様に事情を話してお願いしますか？」

「そんな……無理よ」

シャールとはローワン王国の第六王子で、リーリエの婚約者の名だ。ローワン王国とはかつて敵対していたこともあり、リーリエは友好の証として嫁ぐことになっている。一度しか会ったことのない相手で、呪われていることが知られたら婚約は解消されるだろう。そしてそれは純潔を失っても同じだ。

（しかも血の呪いだなんて……。呪われた王女を嫁がせようとしたと知られたら、レイクロウ王国の責任が問われるだけじゃなく、二国間の関係にひびが入りかねないわ）

するとアメディオが口をはさむ。

「そのシャールって奴の魔力は強いのか？」

「いいえ。シャール様より私の方が強いはずです」

ローワン王国はレイクロウ王国とは違い、王族であっても魔力を持つ者はほとんどいないと聞いている。

「じゃあ意味が無いな。そいつでは呪いを解けない」

「……では、他に方法はないのですか？」

「俺は知らないな」

アメディオが肩をすくめる。この国で唯一、血の呪いについて調べることが許されたアメディオが知らないのなら、他に方法など無いも同然だ。

「そもそも血の呪いは、基本的に術者より弱い相手にしかかけられない。姫さんは王族なだけあってなかなかに魔力が強い方だが、呪いをかけた術者はそれ以上ということだ。そしてこの呪いは、さらにその術者よりも強い者にしか解くことはできない」

数々の無礼な態度に苛立ちを抑えきれなくなったロイが声を荒げた。

「それが確かだという根拠は！」

「ではおまえが試してみるか？　おまえ程度じゃ、すぐに魔力を搾り取られて死ぬだろうがな」

「なんだと！」

「どうしても性交が無理だというなら、残る方法は手淫か口淫かだ。唾液を混ぜるような深い口づけでもいいが、片方だけでも性液の方が効果は高い。性液の量が関係するから、性的興奮を高めた方がいいだろう。ようは術者よりも強い者が、手と口を使って姫さんをイかせてやりゃいいんだよ」

「おまえはさっきから無礼が過ぎるぞ‼」

　ロイが顔を真っ赤にしながら剣を握る手に力を込めた。今にも飛びかかろうとするロイをミランダが止める。

「あの、それなら女性の、例えば私が相手でもできますよね？」

「まぁ、そうだな。できないことはないが……おまえが宮廷魔術師では一番魔力があるのか？」

「女性の中ではおそらく私が一番かと」

　それならば……と期待を込めて見るが、アメディオはミランダを品定めするように目を走らせてからすぐに首を横に振った。

「駄目だ。この呪いをかけた術者の方が強い」

「そんな……」

「今から国中の女をかき集めて魔力が強い者を探すか？　間にあう保証はないが」

それはまったく現実的な方法ではなかった。アメディオが目を細めてリーリエの目をのぞき込む。あやしく光る赤い目を恐ろしいと感じるのに、なぜか身体の芯が甘く疼きとろりと雫があふれ出す。

「なぁ姫さん、俺に欲情しているだろう？」

リーリエはぎくりと身体をこわばらせた。否定しようと口を開きかけたが、すぐに唇を引き結ぶ。

（これが……欲情……？）

意識した途端、身体の奥に灯った熱が指の先まで一気に広がった。身体が震え、息が荒くなる。アメディオはリーリエの様子を見ながら自分の足をとんとんと叩いた。アメディオが動く度に封印具の腕輪がしゃらしゃらと音を立て、そんな微かな動きのすべてが甘やかな刺激となってリーリエを襲う。

「……っ！　……っ!!」

アメディオの視線がリーリエの身体の上をなぞり、それだけであられもない声が出てしまいそうだ。フンと鼻を鳴らして漏れた息が、べたりと身体に絡みつく。リーリエの喉がごくりと音を立てた。足の間が潤み、あふれた蜜が肌を伝っていく。

（ん……これは……なに……？）

リーリエにとって欲情なんて初めての経験で、抑えるように自分の身体をぎゅっと抱きしめた。しかしそれすらも刺激になって、さらに蜜があふれてくる。

するとアメディオがいきなり立ち上がり、リーリエのあごをつかんだ。

「あ……っ」

無理矢理上を向かされ、耐えきれずに声が漏れた。それはこれまで出したことのないような、ひどく色を含んだものだった。アメディオに見つめられ、足元からぞくぞくと快感が這《は》いあがってくる。

「俺がその疼きを抑えてやろうか？」

アメディオから目を逸らせないまま、身体の奥底から獰猛な欲望が湧きあがった。

（この人が欲しい……!!）

すべてを食らいつくしてしまいたくなるほどの激しい欲望がリーリエを襲った。そのまうなずいてしまいそうになったところで、突如、ロイの叫び声がその場の空気を切り裂いた。

「貴様!!　リーリエ様からその手を離せ！」

我に返ったリーリエが必死に理性を取り戻す。その一瞬で、ロイが剣を抜きアメディオに襲いかかった。

「ロイ、やめ……」

アメディオは焦るそぶりをみじんも見せず、リーリエを見つめたまま軽く指を振った。途端に先ほどミランダが張った防御壁が壊れ、ロイの身体の周りに銀色の魔術式が浮かび上がる。そのまま魔術式が身体中に巻きつき、ロイの動きを止めた。首から下が石になったかのように固まり、手から落ちた剣がガランと床に転がる。

「なんて速い……!!」

ミランダが悲鳴のような声をあげたが、リーリエにはそれがどこか遠いところで起きていることのようだった。

(欲しい……今すぐこの人が欲しい……っ!)

頭の中ではもうそれしか考えられない。

「呪いが発動して黒薔薇が咲き始めている。おまえの身体が魔力を欲しているんだよ。この中で一番魔力があるのは俺だからな」

アメディオの言葉と共に漏れる呼気がひどく甘い。香りに酔ってしまいそうだ。

「『黒薔薇の呪い』は咲く時に魔力を欲する。一度咲いた薔薇は蕾を増やし、最後には身体中に黒薔薇の花を咲かせながら、本人の魔力を食い尽くして死に至らしめる。そして呪いをかけられた者は、黒薔薇に奪われた魔力を補おうと他人の魔力を欲して欲情する。それがこの呪いの厄介なところだ。呪いをかけた術者の目的は姫さんを殺したいだけでなく、貶《おとし》めたい、もしくは自分で思う存分犯したい、そんなあたりだろうよ」

「う……」

ひどいことを言われているのはわかるのに、アメディオの言葉はリーリエの耳を通り過ぎていく。

「かつて『黒薔薇の呪い』をかけられた王がいて、そいつは王宮中の者を手当たり次第に犯そうとしたそうだ」

「……そのような者がいたと、聞いたことがあります」

「まぁ姫さんは女だから、その王のようにはならないだろうが」

「では、どうなるというのですか？」

アメディオの眉間のしわがわずかに深くなる。その灰色の目の奥に、なにか憎しみとは違う感情がほんの一瞬よぎったように見えた。

「そうだな……犯して欲しいと叫びながら誰彼構わずに足を開き、痴態を晒《さら》す事になるだろうよ」

「貴様!!」

ロイが首から下は動かせないまま、顔を真っ赤にさせてアメディオを怒鳴りつけた。しかしリーリエにはアメディオが嘘《うそ》をついているとは思えなかった。なぜなら目の前の男を求め、叫びだしたいほどの衝動を必死に抑えていたからだ。ロイが血走った目をして再び吠《ほ》える。

「体液というならば、貴様の首を切り落としてその血をリーリエ様に捧《ささ》げればいいだろう！」

「残念ながら血液は魔力の媒介には使えない。というより、強く魔力が乗りすぎるので血の呪いとなって相手を縛る。その『黒薔薇の呪い』も術者が自分の血を姫さんに塗って呪いをかけたはずだ」

「術者の血に触れた心当たりはありませんが……あなたならこの呪いを解けるのですか？」

「リーリエ様！　こんな奴の言うことを聞いてはいけません!!」

アメディオが小さく頷《うなず》いた。

「できる。その術者より俺の方が魔力が強い」

「ただ、純潔を失うわけには……」

「わかった。守ると約束しよう」

そして、リーリエにしか聞こえないぐらいの微かな声で「おまえが俺を信じられるならな……」とアメディオがつぶやいた。目の前の青白い顔をした男は、不機嫌で、恐ろしくて、無礼な言動をくり返すけれど、「俺を信じろ」と言ってくる。この選択が正しいかどうか、もう判断できない。それでもリーリエは願いを口にした。

「呪いを、解いてください」

アメディオはほんの一瞬、憐《あわ》れむように目を細めたが、すぐにその顔を不機嫌なものに戻した。

「ここでこのままヤるかい？　俺は見られて喜ぶ趣味はないが」

「……いいえ、二人きりでお願いします。あなたを信じます」

「そうか」

アメディオはあごをつかんでいた手を離し、すぐに背を向けて部屋から出ていった。

リーリエも急いで立ち上がるが、太腿の痛みとアメディオの残り香のせいでくらりと目が回る。

「リーリエ様！」

すかさず支えるミランダが、悔しそうに顔を歪めている。そしてロイもいまだ動かない身体のまま、唇をぎりと嚙《か》みしめ血をにじませていた。

「あなた達はここで待っていて」

リーリエは二人にそう言い残し、倒れそうになる身体を必死に支えながらアメディオの後を追った。

アメディオの後について入った部屋は、見える壁すべてが天井まで届く本棚になっており、ここも応接室に負けないぐらいそこら中が本であふれていた。

「ここは？」

「俺の部屋だ。今すぐ使えるベッドがここにしかない」

部屋の奥には大きなベッドが置かれており、いまからここで行うことを想像するだけで身体がこわばる。アメディオが上着を脱いで無造作に長椅子の背にかけた。薄いシャツが細く締まった身体の線を強調して見せる。リーリエを狂わせる甘い香りが強くなり、これ以上吸わないようにぐっと息を止めた。恐ろしいはずなのに、身体だけがなにかを期待して疼いている。

アメディオは机の縁に軽く腰をかけると、腕を組みながら少しだけ首を傾げた。

「さて、自分で脱ぐのと脱がされるのとどっちがいい？」

「そんな……っ」

急なことで心の準備ができておらず、どちらも選べない。リーリエは右手でドレスの胸元をつかんだまま、その場で動けなかった。アメディオが顔を背けながらぶっきらぼうに言い放つ。

「俺はこれ以上脱がないから安心しな」

「……もし呪いを解く以上のなにかがあれば、舌を噛みます」

「フン、信用してくれてありがたいね。ドレスはそのままでいいからその下に着けている物をすべて脱ぐんだ」

リーリエは覚悟を決めて腰のリボンに手をかけるが、アメディオの視線が気になり手を止める。

「あの、向こうを向いていただけますか？」

なにか文句を言われるかと思ったが、アメディオは素直に従ってくるりと背を向けた。

リーリエはドレスを緩め、ペチコート、ストッキング、ショーツと脱いでいく。部屋に、シュルシュルと衣ずれの音が響く。

（初めて会った男の人の前で服を脱ぐなんて……）

呪いを解くためとはいえ、こんなことをするのは初めてだ。恐怖と緊張で手が震えてしまい、なかなか上手に脱げない。ようやく脱ぎ終わった時には、リーリエはすでに疲れ果てていた。

ドレスの下にはなにも着けておらず、肌が直接冷気にさらされて心許ない。黒薔薇の蕾は禍々しい光を発しながら、今にも咲こうとふくらみ始めている。

（これが咲いてしまったら私は……）

ズキリと太腿に痛みが走り、身体の芯が熱を持った。

「脱いだらベッドの上にあがれ」

「はい」

恐る恐るベッドに上がり、アメディオに背中を見せるように壁の方を向いて座る。背後でギシとベッドが揺れて、アメディオが乗ってきたのがわかった。身体の震えは止まらず、胸の鼓動がうるさい。

しかしふわりと漂う芳香が、頭の奥を痺《しび》れさせた。腹の奥が疼き、あふれた蜜が足の間を濡らす。恐ろしい心とは裏腹に身体だけが昂《たかぶ》っていた。リーリエは王女としてひと通りの閨《ねや》の知識は持っているが、自分の身体の反応が呪いだけのせいなのか判断できず、ひどく戸惑い混乱した。

（いや！　どうして、こんな……っ）

背後からずいとアメディオの指が差し出される。

「舐めてみな」

こわごわと舌を出し、目の前の指先を軽く舐めた。途端に口の中に甘さが広がり、アメディオの魔力が流れこんでくる。太腿の痛みが強くなったが、それよりも口内の甘さが身体の渇きを潤してくれるようで、リーリエは夢中になって指先に吸いついた。すぐに口から指を離されて、名残惜しくて行き先を目で追ってしまう。アメディオは自分の指にたっぷりと唾液をまとわせてから、再びリーリエの口元へと近づけた。

「ほら」

指から香る甘い匂いがたまらない。両手でそっとアメディオの手をつかみ、舌を出してその指にむしゃぶりつく。はしたないとわかっていても止められない。先ほどよりも強い魔力が伝わって口の中がピリピリと痺れたが、その刺激が快感となって全身に広がった。足の間からあふれ出した雫《しずく》が、肌を伝いさらにシーツまで濡《ぬ》らしていく。

「ん……ん……」

リーリエは指を喉の奥まで咥《くわ》え、我を忘れて舐めまわした。アメディオは左手でドレスの裾を軽く持ちあげると、太腿の痣をひとなでした。触れられた肌からも魔力が流れてきて、リーリエはたまらずのけぞる。

「んんっ……！」

「やはりこれじゃ足りないか」

アメディオは口から指を抜くともう一度しっかり唾液をまとわせ、今度はリーリエの足の隙間にそれをつっこんだ。いったいなにを――と抗議する間もなく、唾液をまとった指が淡い茂みの奥の濡れた肌に触れる。ビリビリと痺れるような強い刺激が下半身を襲い、そのままベッドに倒れこんだ。

「きゃあっ‼　あ……あっ……」

「まだここは強すぎるか……。仕方ない。まずは俺の魔力に慣れろ」

アメディオがシーツの端で指についた唾液を拭いとり、身体が痺れて倒れこんだままのリーリエを抱きあげる。そしてドレスの裾をめくりあげると、剝き出しの肌をゆっくりとなでまわした。

「あっ、あっ、あ……っ！」

触れ合う肌からじわじわと魔力が流れこみ、身体が魔力を求めて昂る。リーリエはくねと身を捩《よじ》りながら、ただただ甘い声を漏らし続けた。

（もっと、もっと……あぁ、もっと触って……）

はしたなく叫びそうになるのを必死に堪えるが、刺激的で甘美な魔力がリーリエの理性を奪っていく。激しい欲望はやすやすと羞恥を飲みこみ、気づいた時にはリーリエは後ろから抱きかかえられたまま、足を大きく開かされていた。アメディオの長い足がリーリエの足を絡めとり、閉じられないようにしっかりと押さえ込んでいる。中からとめどなくあふれてくる蜜で肌が濡れて、ひんやりと冷たく感じた。

「蕾を枯らすためには、咲きかけの時に一気に魔力を注ぐ必要がある。単純に魔力を注ぐだけでは駄目だ。イク瞬間が一番効果がある」

左足のつけ根の黒薔薇の痣を指先でなぞりながら、アメディオが耳元でささやく。肌に触れる刺激も、甘く香る呼気も、すべてがリーリエを狂わせた。

（あぁ……今すぐ、この口元にかぶりついてしまいたい……）

身の内から湧きでる衝動を抑えきれず、リーリエの腰が揺れる。

「ん……イク、瞬間……？」

「達する時、だな。絶頂して一番気持ちよくなる瞬間ってやつだ。まぁ、やってみりゃわかる。力を抜きな」

アメディオは魔力を馴染《なじ》ませるように、手のひら全体でリーリエの太腿や下腹をなでまわした。アメディオの魔力を受け入れるたび、身体の奥からトロリと蜜があふれ出す。

「姫さん、抵抗すると長引くぞ。快感に身を委ねた方が早く終わる。呪いを解くためだから恥ずかしがる必要はない」

ささやかれた声色は低く落ち着いていて、リーリエは身体の力を抜いた。アメディオが閉じたあわいを優しく開き、中からあふれる蜜を指にまとわせてくちくちと前後に擦りはじめる。

「あっ！　あぁ……あっ、んふっ、あ……んんっ！」

敏感な花芽をいじられ、リーリエは快感から逃げるように何度も腰を浮かせた。しかしアメディオに押さえ込まれてしまいそれもできない。

「そうだ。ほら、俺の指に集中して気持ちいい事だけ感じろ。口を開けて」

言われるままに口を開けたところに、唾液をまぶした指を入れられた。熟しきった果実のような濃厚な香りと甘さに夢中で吸いつく。あわいを擦るアメディオの指の動きは次第に大胆になり、蜜壺《みつつぼ》からは滴るほどの蜜があふれ出した。グチュグチュと卑猥《ひわい》な水音が部屋に響き、ふいにアメディオの指がくるりと花芽を押しつぶした。

「んんっ!!」

リーリエの目の奥にいくつも星が散った。ビクビクと身体を痙攣《けいれん》させてから、力が抜けてくたりとアメディオに寄りかかる。

「イけたか」

「ん……これで……呪いは、解けましたか……?」

「いや、まだだ。もっと魔力を注がないと」

アメディオはその形を確かめるように黒薔薇の蕾のある左の太腿をなでてから、再び指にたっぷりと唾液をまとわせた。

「刺激が強いだろうが、少し我慢しろ」

まだ動けないリーリエの身体をしっかりと抱えこみながら、アメディオは唾液をまとった指で花芽をつまんだ。

「きゃあっ!」

達した後の敏感な花芽に、アメディオの魔力のこめられた唾液は刺激が強すぎた。下半身に強烈な刺激が走り、目の前に真っ白な光が瞬く。リーリエは悲鳴をあげながら逃げようとするが、それでもアメディオは花芽をしごく手を止めない。

（気持ちいい、気持ちいい、気持ちいい――）

それだけが頭の中を支配する中、まるで花芽以外の身体の感覚をすべて失ってしまったかのようだ。強すぎる快感にリーリエは何度も頭を振りながら叫び声をあげる。

「あぁ、あーっ‼」

暴れるリーリエを抑えながら、アメディオは赤くふくれた花芽に何度も何度も唾液を塗りこんだ。

「いやあぁーっ‼　あぁ！　あっ……あ……あ……」

何度目かの大きな叫び声をあげると、リーリエはそのまま意識を手放した。


リーリエが目を覚ますと、見知らぬ部屋のベッドの上に横たわっていた。

「ん……ここは」

「目が覚めたか」

「きゃっ！」

身体を起こして声のした方を見れば、アメディオが長椅子に腰掛けていた。リーリエには目もくれず、膝の上の本に目を落としている。急速に頭がはっきりしてきて、ここが彼の部屋で、意識を手放す前まで自分がなにをしていたかを思い出した。

「あ……」

いたたまれなくなってうつむくと、パタンと本を閉じる音が聞こえる。

「これで蕾がひとつ枯れた」

「な……っ！　たったひとつだなんて……。こんな……こんなの無理です。今すぐすべてを枯らしてください！」

「それは無理だな。蕾を枯らすことができるのは薔薇が咲く時だけだ。そしてひとつでも咲いてしまえば、蕾は一気に増える」

「……なんてことなの」

リーリエはうなだれて両手で顔を覆う。しかしアメディオは構わず淡々と説明を続けた。

「黒薔薇の蕾は全部で五つある。蕾がふくらみ始めたら俺が魔力を注いで枯らす。これをあと四回くり返す。姫さんが欲情したらそれが合図だ。その時は俺を呼べ」

「四回も……」

こんなことをくり返すのかと、リーリエはそのまましばらく動けなかった。しかし頭が冷えてくると、取り乱してしまったことが途端に恥ずかしくなる。

「あの、取り乱して申し訳ありませんでした」

「いや」

「……あと四回、よろしくお願いします」

顔を覆ったままなんとか声を絞り出す。するとアメディオが立ち上がる気配を感じ、リーリエの身体はびくりと揺れた。

「着替えたら応接間まで来い」

アメディオはそれ以上近づいてくることはせず、静かに部屋から出て行った。一人部屋に残されたリーリエが周りを見回すと、先ほど脱いだものが置かれている。ゆっくりと身につけながら、もしかするとアメディオは目が覚めるまで様子を見ていてくれたのかもしれないと思い至った。

（呪いを解いてくださったというのに、責めるようなことを言って申し訳なかったわ……）

太腿を確認して見れば黒薔薇の蕾が四つ、未だ禍々しい雰囲気を漂わせている。ようやくひとつ消えた蕾の痕に触れながら、リーリエは重苦しいため息をついたのだった。

アメディオの提案で、リーリエ達はしばらくザヴィーネ城に滞在することになった。ひとたび黒薔薇の呪いが発動してしまえば、すぐに魔力を注がないと手遅れになるからだ。そして黒薔薇の蕾がいつ咲くのかはアメディオでさえわからなかった。

すぐにシタールというメイドがやってきて、ザヴィーネ城の二階の客間に案内された。シタールの年の頃は五十歳ほどで、灰白色の髪と目を持ち、長い前髪で片目を隠している。ザヴィーネ城の下働きをほぼ一手に引き受けているらしく、客間の準備をしてくれた。

「お客さまにお茶もお出ししませんで、申し訳ありません」

滅多に人が来ないものですから、と言いながらころころと笑う。それは見る者を安心させる柔らかな笑顔で、ここまでずっと緊張していたリーリエの心を和らげてくれた。ミランダが部屋の準備を手伝いながらシタールに尋ねる。

「あんな偏屈な主人じゃ大変じゃないですか？」

「こら、ミランダ」

「あらまぁ！　アメディオ様はあんなですけど、お優しい方なんですよ」

ミランダの失礼な言葉も気にせず、シタールがおっとりと答える。それからもう一度、あんなですけどね、とつぶやいてころころ笑った。このように笑いながら話すという事は、きっとアメディオはシタールにとって良い主人なのだろう。

「急に滞在することになって世話をかけるわね。申し訳ないわ」

「いえいえ。この城には私の夫と孫も住んでおりますので、なんでもお申しつけください。もし女手が必要なら村から手伝いの女性を呼びますが、いかがいたしましょうか？」

「必要ないわ。ずっと寄宿学校で生活していたから、これでも身の回りのことは一人でできるのよ」

リーリエは長らく外国の寄宿学校で生活をしていたため、王女でありながらひと通りのことは自分でできるのだった。それになによりリーリエが呪われていることを知る者は、一人でも少ないほうがいい。

部屋を整え終えたシタールは、浴室で小さな水差しを持ち浴槽に水を注いでみせた。

「少し時間はかかりますが、風呂はこの水差しを使ってください」

こんな小さな水差しで水場と往復するとだいぶ時間がかかりそうだと考えていたら、いつまでたっても水差しが空にならない。

「これで水を張ったら、こちらの赤い石を中に入れるとお湯に変わります」

「もしかして、この水差しも石も魔道具なのかしら？」

「はい、そうです。これがあれば、魔術の使えない私達でも簡単にお湯を沸かせます」

「ちょっと待ってください！　こんな複雑な魔術式を組みこんだ魔道具を日常使いしているんですか⁉」

ミランダがシタールの腕をつかみ、赤い石と水差しをしげしげとながめる。

「ミランダ、やめなさい！」

「だって、リーリエ様！　これ、めちゃくちゃすごいですよ！　複雑で高等な魔術式がふんだんに使われているだけじゃなく、込められている魔力だって桁違いです。こんな魔道具、初めて見ました‼」

ミランダはすごいすごい、と目をキラキラさせて舐めまわすように水差しと赤い石を見ている。たしかに王宮でもこんな便利な魔道具は見たことない。

「ごめんなさい。ミランダは魔道具のことになると、少し周りが見えなくなってしまうの」

「ふふ、こちらの魔道具は全部アメディオ様が作っているんですよ。私や夫が、こんな物が欲しいと頼めばすぐに作ってくださいます」

「他にも魔道具があるんですか⁉」

うなずくシタールにミランダが他の魔道具を見せてくれと頼み込み、そのまま二人は部屋から出て行った。

「もう、ミランダったら。仕方ないわね」

賑《にぎ》やかなミランダがいなくなり静かになった部屋で一人になると、先ほどまでのアメディオとの行為を思い出してしまう。呪いを解いてもらうためとはいえ、なんて淫らな真似をしてしまったのだろうか。どうにか忘れたくて額を押さえていると、部屋のドアがノックされた。

「リーリエ様、いらっしゃいますか？」

「ロイ。少し待ってちょうだい」

赤くなっているだろう顔をなんとか整えて、ロイを部屋に招き入れる。

「あれ？　ミランダはいないんですか？」

「城内の魔道具を見せてもらいに行っているわ」

「何をやっているんですか、アイツは」

ロイが呆れたようにため息をつき、すぐに顔を引き締めた。

「それにしても、血の呪いなんてまだあったんですね」

ロイはリーリエの護衛騎士だが、トラモント公爵家の次男で、王族の血が入った又従姉妹でもあった。リーリエの祖父が先王リチャード一世で、その妹であるマーガレットがトラモント公爵家に降嫁しており、ロイはマーガレットの孫にあたる。王家に連なる血筋であるため、ロイもまた血の呪いの存在を知らされていた。宮廷魔術師長のノリスがリーリエの護衛としてロイとミランダのみを連れて行くように指示したのは、血の呪いに関わる者を増やしたくないという思惑があったのだろう。

ロイがひどく不快そうに顔をしかめながら続けた。

「呪いを解くためとはいえ、あんな奴に頼まないといけないなんて」

「ロイ、彼は私を助けてくださったわ。あまり失礼な態度を取らないでちょうだい」

『黒薔薇の呪い』をこのままにしておくわけにはいかない以上、アメディオに従うしかない。だが、敵意を向けてきた割に、リーリエに触れる手つきはとても丁寧なものだった。行為の間も、その前も後も、アメディオは誠実だったと言える。不機嫌な態度やぶっきらぼうな言葉の向こうで、本来はとても優しい人なのだろう。

（そう、とても優しくしていただいたわ……）

アメディオの事を考えていたらまた色々と思い出してしまいそうで、リーリエはぎゅっと目をつぶった。

「リーリエ様？」

「なんでもない。なんでもないわ……」

熱を持った頬を隠すように手を当ててうつむくリーリエを、ロイが心配そうに見ていた。

◇　◇　◇

翌日から、リーリエ達は『黒薔薇の呪い』を解く別の方法がないかを調べ始めた。応接間に集まり、手分けして集めてきた本を読んでいく。できればこれ以上ロイやミランダを巻き込みたくなかったが、普段いがみ合う二人が結託して協力させろと主張してきたので、リーリエが折れた形だ。

（知らなかったとはいえ、このまま血の呪いに関わり続ければミランダもロイも罰せられるかもしれないわ。その時は、どうにか私一人が罰を受けることで許してもらわなければ）

リーリエが顔を曇らせていると、不安を吹き飛ばすようにミランダが明るい声をあげた。

「この城にある本は自由に読んでいいって、アメディオ様が言ってましたよ」

昨日シタールに城の中を案内された際、アメディオに会って許可をもらったそうだ。そして呪いを解く方法を調べてもいいかと尋ねたら「勝手にしろ」と言われたらしい。

ザヴィーネ城はどこもかしこも本であふれていて、城自体が巨大な書庫のようだとミランダが教えてくれた。さらにそのほとんどが魔術に関する専門書で、王宮の図書室よりも蔵書が充実していると目を輝かせる。

「これも、これも、国外から集められたものですよ！　一度読んでみたいと思っていたんです」

ミランダは貴重だという本を抱えて、夢みたいだとうっとりしている。あんなに警戒していたアメディオに対してもすっかり評価を改めたようだ。そんな手のひらを返したような態度に、ロイがぶつぶつと文句を言う。

「なんなんですか、アイツは」

「いいのよ。少しでもあなた達の役に立つことがあれば嬉《うれ》しいわ」

ミランダは魔力が豊富で魔術師としての能力も高く、特に魔道具作りの才能に秀でている。今や上級の宮廷魔術師の中でも一、二を争う実力の持ち主だが、元々は王宮の下働きをしていた。下働きの仕事の合間に魔道具の点検や修理を行っており、幼かったリーリエもその非凡な才能を目の当たりにしていた。しかしある時、ミランダが金銭的な事情で魔術学校への進学をあきらめたことを伝え聞き、すぐに推薦状を手配した。おかげでミランダは魔術学校の奨学生として認められ、無事に魔術師になれたのである。

「今の私があるのはリーリエ様のおかげですから。必ずリーリエ様の呪いを解く方法を探しだしてみせます。安心してください！」

「ありがとう、ミランダ。でもあまり無理はしないでね」

本に囲まれて生き生きとしているミランダとは対象的に、ロイがうんざりといった様子で額に手を当てため息をついた。

「それにしても、本、本、本ばかりで頭が痛くなりそうです」

「ロイは昔からそうね」

幼い頃のことだが、ロイとは王宮で一緒に学んだ時期があった。その頃からロイは机に向かうよりも身体を動かす方が好きで、ぶつぶつと文句を言っていたものである。ただそれからすぐにリーリエが留学したので共に学んだのはほんの短い間だけだったが。昔と変わらぬロイの姿がなんだか懐かしい。するとロイがいい加減飽きたような顔をして本を閉じる。

「おい、ミランダ。そもそも血の呪いってどういうものなんだ？」

「うーん、血に魔力を込めて呪うってのは予想通りでしたね」

表立って口にすることはできないが、上級の宮廷魔術師の間では共通の認識だったらしい。

「魔術師になるためには、体液に魔力を乗せる方法も訓練します。その時に血を使うとどうなるかを必ず一度は試すんですよ」

「どうなるんだ？」

「アメディオ様も言ってましたが、血には魔力が乗りすぎるんですね。だからたいてい制御を失って、魔力が暴走します。下手するとそのまま死にかねません」

魔力の暴走による事故の話は聞いたことがあるが、魔力の塊が鋭い刃のようになって周囲を切り裂き、自分だけでなく近づいた者まで傷つけるそうだ。

「だから血に魔力を乗せてさらに呪うだなんて、相当高度で繊細な技術が必要なはずです。ただもしそれを制御できたら、恐ろしい呪いになるだろうことは想像できます」

できるとしても自分は絶対にやりたくない、とミランダは顔をしかめてみせた。

「……血の呪いの詳細を誰も知らないのは、もちろん資料が破棄されたせいもあるけれど、そもそも関わった者が皆亡くなったからでもあるわ」

リーリエがわずかに教えられた話の中だけでも、血の呪いをかけられた者はもちろん、呪いをかけた術者も、さらに発動した呪いに巻きこまれた人々も、みな残らず命を落としている。

「もし私の呪いが発動したら、あなた達は巻き込まれる前に逃げてちょうだい」

「リーリエ様！　なにを言ってるんですか！」

ミランダが悲鳴のような叫び声をあげ、かぶせるようにロイがきっぱりと言い切った。

「俺はあなたの護衛騎士です。逃げるわけにはいきません」

「そうですよ！　私だって!!　それに呪いなら、ロイ様より私の方がよっぽど役に立ちます」

「おまえな……」

ロイがミランダを鋭くにらみつける。そしてまだなにかを言おうとするリーリエを遮るように、無理矢理この話を終わらせた。

「この話はおしまいです。続きを調べましょう」

ロイはムッとした顔をしながら、目の前の本を再び開いた。応接間にきまずい沈黙が落ちる。

しばらくしてからミランダがまた軽口をたたいた。

「それにしてもアメディオ様はすごいですね。ここにある本の内容をほとんど覚えてらっしゃるみたいですよ。それにあの首の鎖！　あんな特別仕様の封印具初めて見ました。付いてる石は魔石ですよね。一度しっかり見せてもらえないかなぁ」

「ミランダ！　おまえはいったい、どっちの味方のつもりだ」

「はぁ？　そんなのリーリエ様に決まってるじゃないですか。でも別に、アメディオ様だって敵じゃないですよ！」

「おまえはあんな奴がリーリエ様の味方だって言うのか⁉」

「だってアメディオ様がいない限りリーリエ様の呪いは解けないんですよ？」

「そんなの、アイツが嘘をついているかもしれないだろ！」

「ロイ、落ち着いて。アメディオはちゃんと協力してくれたわ」

「リーリエ様！　我々の足下を見て無礼を働くような奴をかばう必要はありません‼」

リーリエの言葉は逆効果になってしまったようで、ロイが顔を真っ赤にする。そこをさらにたたみかけるようにミランダが挑発した。

「私はそうやってすぐ感情を露わにしてリーリエ様の足を引っ張るような、どこかの無能騎士様とは違うんですよ！」

「なんだと‼」

「ロイ！　ミランダ！　やめなさい‼」

声を張って二人を止めると、ふっと肩の力が抜けた。あまりにもいつも通りのやり取りすぎて、自然と笑いが込み上げてくる。

「あなた達は本当に……」

くすくすと声を上げて笑うと、ロイとミランダが驚いてこちらを見ている。そこでようやくリーリエは、自分が長いこと笑い声をあげていなかったことに気づく。黒薔薇の蕾をほんのひとつでも枯らせたことが、ずいぶん心を軽くしてくれたらしい。

「あなた達はどこにいても変わらないから助かるわ。ロイ、ミランダ、私についてきてくれてありがとう。あなた達がいてくれて良かったわ」

「リーリエ様、お礼など必要ありません。あなたの幸せが我々の願いです」

「ふふ、ありがとう。嬉しいわ」

巻き込んでしまったことを申し訳なく思いながらも、今ここに二人がいてくれることを素直に感謝する。そしてこんな気持ちを思い出させてくれたアメディオにも。

「ロイ様のくせに、いいこと言うじゃないですか」

「なんだと!!」

「もう……やめてったら」

二人のやり取りがおかしくて、リーリエの笑い声はなかなか止まらなかったのだった。

しばらく何冊かの本を調べてみたが、高度な魔術の専門書はミランダに任せて、リーリエは気になる本を取りに二階の廊下に向かった。目当ての本を見つけ応接間へと戻る帰り道、アメディオを見つけた。廊下の本棚の前で、向かいの窓枠に軽く腰かけながら本を読んでいる。無視をして通り過ぎるわけにもいかず、リーリエは声をかけた。

「すみません、前を失礼します」

するとと本から顔を上げないまま、アメディオが口を開く。

「姫さんのところの魔術師はなかなか優秀だな」

「ミランダですか？」

「あぁ。特に魔道具に対する勘がいい。呪いに関してはまだまだだが」

落ち着いた声色はリーリエに向けられる敵意のこもったものとは違った。いつの間にかずいぶんと仲良くなったようで、なんだか胸の奥がもやもやしてくる。

「……ありがとうございます」

そのまま通り過ぎようとしたら、アメディオが顔を上げてリーリエが抱えている本へ目をやった。それは王家の歴史について書かれた本で、王家の過去の中に呪いを解く手がかりがないかと考えたからだ。

「それを読むつもりか」

「はい」

「ここにある書物を調べても、血の呪いについて俺より詳しくなることはできないぞ。ここにある本を、俺は全部読んでいるからな」

「でも、なにもしないではいられません」

ミランダは褒められたというのに、自分は役立たずだと言われたようでリーリエが本を抱えたままうつむく。

「おまえは血の呪いについてどれだけ知っている？」

「そういうものがあるという事しか知りません。あなたが仰っていた『黒薔薇の呪い』にかかった王のことも、ただ気が触れたものと聞いておりました」

アメディオはリーリエの言葉を疑うように眉をひそめる。

「王やノリスからなにも聞いてないのか？　王女なのに？」

まるで王女であることを疑うような口ぶりに、リーリエの顔が自然と険しくなる。

「はい。なにも知らず、申し訳ありません」

「いや……そうか」

アメディオは少し悩むそぶりを見せてから、黙って首に手をやった。アメディオの首に巻かれた太い鎖がこすれて硬い金属音を立てる。

何度聞かれても、リーリエは本当に何も知らされていない。

（知らされていない理由に心当たりはあるけれど……）

アメディオは灰色の目でリーリエの水色の目を見つめ、ほんの少し目を細める。それはリーリエの目の奥にあるなにかを探すような、そんな仕草だった。しかしすぐに目は逸らされ、アメディオは軽く指を振って姿を消してしまった。おそらく転移の魔術を使ったの

だろう。痕跡も残さずに転移魔術を発動させる魔術師なんて初めてだ

「本当に偉大な魔術師なのね。それに比べて私は……」

リーリエは落ち込みそうになる気持ちを必死に奮い立たせると、背筋を伸ばして歩きだした。

◇◇◇

リーリエ達がザヴィーネ城に滞在するようになってから、さらに数日が過ぎた。

アメディオは自室にこもることが多く、時折その姿を見かけてもリーリエに気がつくとすぐに指を振ってどこかに転移してしまった。よっぽど顔を合わせたくないらしい。

(王家を嫌っているのだから仕方ないわ。ここに置いてもらえるだけでも感謝しなければ)

一方ミランダは、魔術書を片手に毎日アメディオを捕まえては質問攻めにしているそうだ。アメディオは不機嫌そうにしながらも案外丁寧に教えてくれるのだと言う。

「アメディオ様は最新の魔術式の理論にも詳しいんですよ！」

ミランダが目を輝かせながら報告してくるのを複雑な思いで聞きながら、リーリエもなにか調べようと本を手に取るのだが、アメディオから無駄だと鼻で笑われたことを思い出しなかなか集中できなかった。

そんなリーリエを見かねたのか、シタールが声をかけてきた。

「リーリエ様。もしよろしければ少しお茶にお付き合いいただけませんか？」

そしてリーリエとミランダを、厨房《ちゅうぼう》の一角に置かれたテーブルと椅子に招待してくれた。

「こんなところで申し訳ありませんがどうぞ」

「構わないわ。ありがとう」

シタールが焼いたという菓子は、木の実がふんだんに使われた昔ながらの焼き菓子だった。素朴で優しい味わいに自然と頬が緩む。

「そういえばここの食材ってどうやって調達してるんですか？」

ミランダが焼き菓子を両手に持ちながら、厨房をしげしげと見回した。魔の森は特製のランプがなければ迷って出られなくなるはずだが、誰かが魔道具を使って森の外の村と行き来しているのだろうか。

「城の周りに畑があるので、ほとんどの食材は森と畑で賄えます。それ以外の必要な物がある場合は、村から魔道具で送ってもらってるんですよ」

魔道具と聞いてミランダが身を乗り出す。

「それってどんな魔道具ですか？」

「ふふ、これですよ」

シタールが厨房の奥にある大きな箱を指差した。立派な木の箱は横に大きな鈴が付いており、村の商店にも同じような箱があってそこと繋《つな》がっているそうだ。

「ここに欲しい物を書いたメモとお金を入れるんです。さっき注文をしたのでそのうち届くはずですよ。見てみますか？」

「ぜひ！」

食いつくようにミランダが答え、シタールがころころと笑う。

「もう何年もこの城には女性が私一人しかいなかったので、こうしておしゃべりをするのは久しぶりです。おかげでとても楽しいです」

夫は無口だし、孫息子はヤンチャで、なかなかゆっくりおしゃべりに付き合ってくれないのだとシタールがこぼす。

「もう何年も、というと前は女性がいたのかしら？」

「ええ。女性の使用人がいたり、私の娘が一緒に住んでいた時期もありました。娘も息子も今は結婚して村の方に住んでおります。この箱も息子がやっている商店に繋がっているんですよ」

話を聞いていると、シタールはずいぶんと長くこの城に住んでいるらしい。もしかするとアメディオが住むずっと前からいるのかもしれない。

シタールはこの後畑の世話をするというので、リーリエ達も手伝わせてもらおうと話していたら、ちょうど鈴が音を立てた。

「あぁ、届きましたね」

蓋を開けると先ほどまで空だった箱の中に、食材や雑貨が入っていた。ミランダが嬉々として仕組みを調べ始める。箱の中には他にも古ぼけた魔道具がいくつかと、なにかの依頼書のような紙の束があった。

「これはなにかしら？」

「アメディオ様へのお仕事の依頼ですね。壊れた魔道具の修理や、新しい魔道具の作成を頼まれています」

「へぇ、アメディオが……」

あんな偏屈そうなアメディオが、魔道具の修理を引き受けていると思うと少し不思議な気がする。

「私はこれをアメディオ様に渡してくるので、リーリエ様達は先に畑で待っていてもらえますか？」

「ええ、わかったわ」

シタールがアメディオの所に向かうのを見送って、リーリエ達は畑へと向かった。

庭に出ると、ロイが一人の男性の仕事を手伝っていた。男性はシタールの夫で名をガタムといい主に城での力仕事を担当しているそうだ。ガタムはとても無口な男でレイクロウ王国には珍しい褐色の肌をしている。ふさふさの髪は白髪交じりで年齢を感じさせた。

「ごきげんよう、ガタム。ロイはあなたの役に立っているかしら？」

「ええ」

リーリエを一瞥《いちべつ》して、ムスリと不機嫌そうに口を閉じる。どうやらアメディオだけでなく、ガタムにも嫌われているようだ。これ以上話しかけるのをやめ、畑の様子を見ながらシタールを待っていると、どこかからチリチリとした嫌な気配を感じ取った。

（これは……魔力？　あっ、ダメ。間に合わない！）

気づいた時には、リーリエの足元に魔術式が広がっていた。とっさに身体を丸め防御の姿勢を取ると、すぐさまミランダが魔術式を描いて防御壁を発動させた。

「リーリエ様！　危ない」

すんでのところで間に合い、仕掛けられた魔術が派手な音と光を立てながらバチバチといくつも弾け飛んだ。

「ロイ様！　あそこ!!」

ミランダの指差した先にロイが勢いよく飛びかかり、庭の植え込みに潜んでいた人影を地面に押し倒した。

「おまえか！」

「くそっ！　はなせ!!」

庭に甲高い声が響く。ロイが押さえ込んでいたのは十歳にも満たない小さな男の子だった。

「あなたはもしかして……」

「キャー！　タブラ!!」

ちょうど庭に出てきたシタールが、少年を見て声を上げた。

「おまえはシタールとガタムの孫か。イタズラにしても度が過ぎるぞ」

「はなせっ！」

タブラがロイの下でバタバタと身体を動かし抵抗している。

「ロイ、放してあげて」

「しかし、リーリエ様……」

「大丈夫、どこにも異常はないわ。あまり大げさにしないで」

ロイがしぶしぶ手を緩めると、シタールが駆け寄って行きタブラを抱きしめた。

「タブラ！　あなた、なんでこんなことをしたの!!」

するとシタールの後からやってきたガタムがぼそりとつぶやいた。

「……ふん。謝らんでえぇ」

「ガタム!?　あなたまでなんて事を言うの！」

「アメディオ様をこんな所に閉じこめて利用するだけの奴らなんて、どうなっても知らん」

「閉じ込めて利用する……？」

どういう意味かと尋ねようとしたら、リーリエの顔のすぐ横に小さな魔術式が浮かんでパチンと弾けた。

「きゃっ！」

「ワルモノはでていけ!!」

シタールの腕の中から抜け出したタブラが、さらにリーリエに向けて魔術式を放とうとする。ロイがすかさずタブラの腕を捻り上げた。

「この野郎っ!!」

「いたいっ！　やめろ!!」

するといきなり背後から白い手が伸びてきて、ロイの首をつかんで持ちあげた。

「グッ……!?」

「おい、その手を離せ。殺すぞ」

いつの間にか現れたアメディオが、片手でロイの喉を締め上げている。ロイは片手でタブラをつかんだまま、首を絞める手を外そうともがいたがビクともしない。

（なんて力……あれは、魔術式……？）

アメディオの手には肉体を強化していると思われる魔術式がびっしりと描かれていた。あれだけ強化していてはロイの力でも外せないはずだ。ロイの首に指が食いこみ、アメディオの腕輪がひとつバキリと割れて弾け飛んだ。このままでは締め殺されてしまうと、慌ててアメディオにすがりつく。

「申し訳ありません！　ロイ、ロイ、お願い、手を離して!!」

息ができないのか、真っ赤になった顔を苦しげに歪めながらロイが小さく首を振る。

「私は大丈夫だから。音と光に驚いただけで、怪我もなにもないわ」

必死に言い募ると、ロイはようやくタブラをつかんでいた手を離した。ロイの手から抜けだしたタブラがシタールの元に走り寄る。シタールがしっかりと抱きとめたのを見届けてから、ようやくアメディオが手を緩めた。どさりと地面に転がり落ちたロイが、必死に息を吸い込んでいる。

「ロイ！」

「ロイ様！」

リーリエとミランダがあわててロイに駆け寄ると、少しずつ顔色が良くなっていくのがわかり、二人で胸をなでおろした。アメディオが冷たい眼差しでリーリエ達三人を見下ろしている。

「ここにいる間は俺に従ってもらう。この城の者への攻撃は俺への攻撃とみなす。決して俺達に逆らうな。俺はおまえ達くらい、いつでも殺すことができるんだぞ」

灰色の目がきらりと赤く光り、それがまるで血の色のようで背筋が震える。

「わかりました。大変申し訳ありませんでした」

リーリエは地面に膝をついたままアメディオに頭を下げた。ロイはまだ思うように身体が動かないようで、悔しそうに顔を歪ませている。アメディオはすぐにタブラに顔を向けた。

「タブラ」

鋭く名を呼ばれたタブラが、シタールの腕の中でビクリと身体をこわばらせる。

「二度とするな」

「だ、だって」

「タブラ！」

怒鳴られたタブラが涙目になり下を向いてしまう。アメディオはひとつため息をついてから、今度はガタムを叱りつけた。

「ガタム、ちゃんとタブラに言い聞かせておけ」

「はい。申し訳ありません」

ガタムが下を向くタブラの頭に手を置いて、代わりに頭を下げる。シタールは泣いているタブラを慰めながら、リーリエとロイに向かって何度も謝った。

「リーリエ様、ロイ様、タブラが申し訳ありませんでした」

「いいえ。私達こそ申し訳なかったわ」

アメディオの怒りが治まったらしいとわかり、リーリエは小さく息を吐いた。

（アメディオは本気で殺すつもりだったわ。ロイが死ななくて良かった……）

まだ動悸が治まらず手が震えている。するとアメディオはリーリエの腕をつかんで立ち上がらせた。

「来い。手当てしてやる」

「え！　あの、大丈夫です」

「タブラの魔力を浴びて呪いに影響があるかもしれない」

「……わかりました」

呪いに影響があると言われてしまえば抵抗できなかった。アメディオが指を振り、すぐに二人の姿はその場から消え去った。

二人の転移した先はアメディオの部屋だった。促されるまま長椅子に腰掛けると、立派なベッドが目に入る。あわてて目を逸らしたが、先日の行為がありありと頭に浮かび頬が熱を持つ。

「顔を見せてみろ」

「は、はい」

隣に座ったアメディオがリーリエのあごに手を添える。緊張して身体をこわばらせたのが伝わったのかすぐに手を離した。

「あんなことをした男と二人きりは気まずいか？」

「いえ、大丈夫です」

元々、リーリエの呪いを解いてもらうために無理を強いたようなものだ。アメディオを非難するつもりはない。

「では、俺が恐ろしいか？」

「いいえ」

あれだけの力の持ち主ならば、リーリエ達をいつでも殺せるというのは本当だろう。それでもリーリエは、自分に触れた優しい手こそが彼の本質のように感じていた。ゆっくり息を吐いて気持ちを落ち着かせ、アメディオに微笑む。

「よろしくお願いします」

「……少し我慢しろ」

アメディオは不機嫌な顔のまま、タブラの魔術式がかすった頬を指先で慎重に確かめた。熱をもった頬に冷たい指の感触が心地良い。

（やはり触れる手は優しいのね……）

異常がないか調べているのだろう。指先を通じてわずかにアメディオの魔力を感じた。あの日の甘い刺激をまだ身体は覚えている。思い出したら身体が反応してしまいそうで、リーリエは目を閉じて必死に意識を逸らした。

「怪我はないし、呪いに影響も無さそうだ」

「ありがとうございます」

ゆっくり目を開けると、アメディオがリーリエを見つめていた。

「あの、なにか？」

「悪かった」

「え？」

「ガタムとタブラにもよく言い聞かせておく」

まさかアメディオから謝られると思わず、戸惑いつつリーリエも頭を下げる。

「そんな。私の問題でお世話になっているのに、こちらこそ申し訳ありませんでした」

「アイツらは俺の家族だからな。例えアイツらが間違っていたとしても、アイツらを傷つける奴を俺は許さない」

細めた目の奥に赤い光がよぎり、背筋がぞくりと震える。しかしすぐに灰色の目は申し訳なさそうに左右に揺れた。

「タブラはなにもわからずガタムの真似をしているだけだ。だが、ガタムのあれは俺のせいだ。俺のことを考えると色々納得できないのだろう」

使用人達のことを家族と呼び、おそらく彼らもまたアメディオを信頼しているのだろう。それが存分に伝わってきてうらやましく感じると共に、そんな愛情深い人に嫌われていることが悲しかった。

「あなた方が王家を憎く思うのは、その封印具のせいですか？　それならば私の呪いを解くのに協力してくださったことを説明すれば、外してもらえるかもしれません。私からも頼んでみます」

王に伝えても願いを聞き入れてくれるかはわからない。それでも憎いはずのリーリエの呪いを解くのに協力してくれるアメディオに、なにか少しでも報いたかった。

しかしアメディオはなんだか複雑な顔をすると、額に手を当てて大きく息を吐いた。

「おまえは王家の人間なのに本当になにも知らないんだな」

「……申し訳ありません」

「いや、いい。だがおまえを助けたぐらいで王は俺を自由にしないだろう」

「それは私にそれだけの価値がないということでしょうか」

リーリエの声がわずかに震える。

「おまえの命にはこの国以上の価値があるのか？」

「この国以上？　それは冗談ですか？」

しかしアメディオは笑いもせずに、しばらく迷ったそぶりを見せてから重い口を開いた。

「俺がどれだけ王家に貢献しようと、この鎖が外されることはない。俺は王家の奴らにここに閉じ込められ、利用されている」

「閉じ込める、とは魔の森のことでしょうか？」

先ほどガタムも同じようなことを言っていたが、考えてみれば王族しか使えない魔道具のランプがなければ魔の森は歩けないのだから、おそらくあの森全体に人を迷わせるなにかしらの魔術が施されているのだろう。

「そうだ。だが、それは別にたいしたことじゃない。あの森の魔術程度ならば、俺は出ようと思えばいつでも出られる」

それは魔力を封じられていてもできるとアメディオは言った。

「ではなぜ、閉じ込められているなどと言ったのですか？　自由に出ればよろしいのでは」

「出られるとは言ったが、自由だとは言っていない。この鎖の封印具には俺の居場所がわかる魔術が施されている。もし勝手に城から出たら、すぐに捕まるだろうよ」

アメディオが首に巻かれた鎖を持ち上げ、真っ赤な魔石を見せる。魔石は魔術式の効果を補助するのに使われるが、これだけ立派な魔石はめったにない。それだけこの鎖の封印具が強力なのだろう。

「それに俺がこの城にいるのは、外に出る理由がないからだ。ここが一番、血の呪いについて調べられる」

　かつて血の呪いに関わる書物はすべて破棄されたため、この城にもたいして残っていないらしい。それでも残された当時の書物から、わずかな痕跡を探して研究しているそうだ。

「あの魔の森だって、むしろ変な奴が来なくて助かっていたぐらいだ」

「す、すみません」

　暗にリーリエ達のことを責められているようで、あわてて頭を下げる。しかしアメディオは軽く両肩をすくめてみせるだけで、本当にこの城に閉じ込められていることには不満がないように見えた。

「では王家を許せないのは、あなたを利用しているからですか？　あなたは血の呪いの研究をするために、魔力を制限されているのだと思っていたのですが」

　だからこそ血の呪いを研究し王家に貢献している姿を示せば、封印具を外せるかもしれないと考えたのだ。だがアメディオの口ぶりでは、どうやら別の理由がありそうだ。

「……そうだな。俺は一年に一度、王宮に呼び出されて儀式を行っている。その時だけはこの首の鎖以外の封印具をすべて外される」

「儀式……ですか？　それはいったいどういうものなのでしょうか？」

「儀式では魔術式に魔力を注ぐ。この国全体を覆っている防御壁を発動させるためのものだ。そしてそれが終われば、俺はまた封印具で魔力を封じられる」

「国……全体？　まさか、それをお一人で？」

「あぁ、そうだ」

あまりに想像を絶する話で、にわかには信じられなかった。王宮全体を覆う防御壁の魔術式だけでも、宮廷魔術師が何人も手分けして魔力を注いでいるはずだ。それなのに国全体を一人で担っているとは。

（アメディオは、いったいどれだけの魔力があるというの⁉）

しかも首の鎖の封印具を着けたまま行うなんて。もしそれが本当ならば、王家がアメディオの魔力を封じてここに閉じ込めている理由がわかる。わかってしまった。

「俺が血の呪いの研究を許されているのは、『鎖の呪い』が発動して死んだら困るからだ。もちろん封印具で魔力を制限し安心しているのもあるだろう」

「そんな……そんなことって……」

「俺はこの国を守る魔力の供給源として、ここで鎖に繋がれて王家に飼われているんだよ」

アメディオは皮肉げに口の端を上げ、もう一度首の鎖を鳴らしてみせた。しかし理由がわかったからといって、納得できるはずがない。

「……自由になりたいと思わないのですか？」

王はこのままアメディオを一生閉じ込めるつもりなのだろうか。もし『鎖の呪い』が解けたとしてもこれだけの魔力の持ち主を自由にするとは思えない。こんな真似をやめさせるにはどうすればいいのかと思考を巡らせていると、アメディオがからかうように鼻で笑った。

「俺が逃げたら困るのはおまえらだろう。おまえは国を滅ぼすつもりか？」

たしかに国全体の防御壁を維持するのに、どれだけの魔術師が必要になるかわからない。そしてもし防御壁が無くなれば、他国からの侵略を受けかねない。それでも――。

「あなたの犠牲の上に成り立つ国など間違っています」

するとアメディオが少し驚いたような顔をした。

「おまえは、あいつと似たようなことを言うんだな」

「あいつ……？」

「あぁ。昔、今のおまえと似たようなことを言った奴がいた。……おまえはあいつによく似ている」

アメディオはリーリエを見つめると。どこか懐かしい者を見るような顔をした。

「俺には俺の理由があってここにいる。だから自由になりたいとも思わない。だが、だからといってされたことを許しているわけではない」

こんな都合のいい道具のように利用されていれば、アメディオやガタムが王家を嫌う理由もよくわかる。ふとアメディオを見ると、鎖の魔石が鈍い光を放っていた。

（王家はこんな鎖の封印具を用意してまで、アメディオを利用するなんて……）

リーリエは惹かれるように魔石に手を伸ばす。するとアメディオが身を引いて、首の鎖に触れながら不機嫌な顔をした。

「おい、急に近づくな。おまえらが近づくと首が痛む」

「あ！　申し訳ありません。……おまえらとは？」

「姫さんと姫さんの騎士、だな。アイツも王家に近しい者だろう？」

「はい。ロイはトラモント公爵家の者で、私の又従兄妹にあたります」

「トラモント……というとリチャードの妹の嫁ぎ先か。じゃああいつはマーガレットの子……いや孫か」

まるで見知った間柄のように、アメディオがぶつぶつとつぶやく。

（それにリチャードって……。お父様ではなくお祖父様のことをそう呼ぶなんて珍しいわね）

現在の国王であるリーリエの父親は、賢王と名高かった祖父リチャードの名にあやかり、同じリチャードと名付けられていた。それぞれリチャード一世、リチャード二世と呼び分けられてはいるものの、リチャード王といえば現国王を指すのが一般的だ。

なにやら考え込んでいたアメディオが、チャリと首の鎖を鳴らした。

「これを着けたのは現国王……おまえの父親だ。俺の居場所はこれを通じて王へと伝わるし、もし王の許可なく鎖が外れるようなことがあれば俺は反逆者として捕えられる」

「そんな、まさか……」

魔力を制限して城に閉じ込め、アメディオの力を利用するだけ利用して、逆らえば反逆者扱いとは。しかし同時に、王ならばそこまでするだろうとも思う。祖父である先王とは違い、現国王は慈悲の心に欠け目的の為ならば手段を選ばない人だった。

「俺が王に逆らうとこの鎖が締まるようになっているが、どうやら王家の血に反応するらしい。だからおまえらが近づくと鎖が締まって首が痛むんだよ」

「そんな！　申し訳ありません！」

リーリエはこれ以上アメディオに痛みを与えないよう、あわてて立ち上がる。しかし、アメディオはリーリエの腕をつかんで座らせた。

「これぐらい大した痛みじゃない。いいから座っていろ」

ただ急に鎖が反応するとうっとうしいだけだと眉をしかめる。

「姫さんも少しは事情を説明されているのかと思ったんだがな。去年の儀式の時は姫さんの弟の王太子は同席していたぞ」

「……私は父に疎まれているのです」

リーリエはたまらず目線を膝に落とした。こんなこと誰にも話すべきではない。しかしアメディオはリーリエの問いに答えてくれた。これで詫びになるとは思えないが、せめて少しでも誠実でいたい。

胸の痛みから目を逸らしながら、リーリエが口を開く。

「私と弟は母親が違います。私の母と父は政略結婚で不仲だったものですから、父はその娘である私にも関心がないのです」

「実の娘なのにか？」

「ええ。父は私を見るのも嫌だったようで、母が亡くなるとすぐに国外の寄宿学校に入学させられました。私が十歳の時です。それ以来、帰国はほとんど許されませんでした」

公務のための最低限の帰国だけで、母の墓参りもろくにさせてもらえなかった。

「学校を卒業したので帰国しましたが、本当ならばもっと早く国外に嫁ぐ予定でした。しかしこんな呪われた身体ではそれも叶《かな》わず……」

呪いの痣を押さえるように、服の上から左腿に手のひらを重ねる。

「輿入れの話を進めるためにも、一刻も早くこの呪いを解いていただきたいのです」

しん、と部屋に沈黙が訪れた。ガタムやシタール達と家族のように暮らすアメディオにしてみれば、実の父親に疎まれているリーリエの姿はよほど滑稽に映るだろう。

「姫さんはそれでいいのか？」

しかし沈黙を破るアメディオの声音は、リーリエの心情を慮るような優しい響きに満ちていた。リーリエは心の中で苦笑する。

（憎んでいる王家の娘にまで同情するなんて、なんて優しい方……）

幼い頃からリーリエは、王の不興を買うことを恐れる者達から遠巻きにされ、心に寄り添ってもらえることなんてほとんどなかった。痛んでいた胸の奥がほんのりと温かくなる。

（呪いが解ければ私はすぐにでも国外に嫁がされる。それでも――）

リーリエが顔を上げて優雅に微笑む。

「呪われたまま死ねばいいとまでは思われておらず、良かったです」

アメディオは嫌なことを聞いたとでもいうように大きく顔を歪ませた。不機嫌な顔から彼の優しさを読み取って、リーリエの笑みが一段と深くなる。

縁談は父の愛情ではなく、ただ駒として必要なだけだとわかっている。それでも父の愛を求めずにはいられないリーリエは、必要とされたことにすがらずにはいられなかった。

（どうしてかしら……。この方にわかってもらえることが嬉しい……）

リーリエを見つめる灰色の目からわずかに険が取れ、柔らかく緩められた。

「姫さんの事情はよくわかった。なにも知らないのに悪かったな」

「いいえ。私があなたにひどい行いをしている王家の者なのは本当ですから」

それからアメディオは少し考えると、ひとつの秘密を教えてくれた。

「タブラのしたことの詫びに、王も知らない秘密を教えてやる。この『鎖の呪い』はな、今は効力を失っている」

アメディオは首の鎖を大きくずらし、『鎖の呪い』の痣を見せた。

「王はこれがどういう類の血の呪いなのか知らない。知っているのはただ、俺の命を奪う呪いだということだけだ。だから俺を王宮に呼び寄せたりせず、こんな城に閉じ込めたままなのだろう」

呪いが発動して巻き込まれて死にたくないのだろうな、とアメディオが鼻で笑う。

「それを王が知ったら、あなたはここから連れ出されてしまうのではないですか？」

「そうだな。その時は王宮の地下牢にでも閉じ込められるだろうよ」

「私にそんな重要なことを教えて構わないのですか？」

「お詫びと言ったろう。別に報告しても構わない。あの王がそれを信じて、俺を自分の近くに置くとは思わないが」

ここまでの話を聞き、王がリーリエの言葉など信じないと考えたのだろう。それでも秘密を明かしてもらい、少しだけアメディオの心に触れられた気がした。

「ではなんのために血の呪いを研究を続けているのですか？　今は、ということはいずれ発動するのですか？　誰があなたにそんな呪いをかけたのですか？」

「なんだ。質問ばかりだな」

「すみません……」

「詫びとして教えるのはここまでだ。だが、これが今すぐどうにかなって姫さんより先に俺が死ぬことはない。ちゃんと姫さんの呪いを解いてやるから安心しろ」

我が身かわいさで『鎖の呪い』に興味を持ったと決めつけられ、思わず言い返す。

「私はそんなことを心配しているわけではありません！　ただ、あなたのことが心配で……。なにか私でも力になれることがないかと思っただけです」

するとアメディオはリーリエの勢いに面食らったような顔をした。

「おまえが？」

「たしかに私はなにもできませんが……」

力になりたいと言うばかりで、なにかできるほどの力はない。口先ばかりな自分が恥ずかしくなり目を伏せると、アメディオが戸惑うようにつぶやいた。

「いや、まさか俺を助けようと思う者がいるなんて……。そういう意味じゃない。おまえは自分も大変なのに、人のことばかりだな」

そこに嘲るような響きは感じられなかった。ゆっくり顔を上げると、リーリエを見つめるアメディオのまとう雰囲気が柔らかくなる。

「……さっき、姫さんの綺麗《きれい》な顔に傷がつかないで良かった」

「え……」

思いがけない褒《ほ》め言葉に動揺して頬が熱を持つ。

「なんだ？　これくらいの褒め言葉、姫さんなら言われ慣れているだろう？」

「いえ、あの、社交辞令ならありますが……」

褒められた経験はあるにはあるが、それでも王に疎まれている王女を面と向かって褒める者はそれほど多くない。

「それに、学校も女性ばかりで……あ、すみません、これも社交辞令ってわかっていますから！」

「おい、少し落ち着け」

「あ、申し訳ありません……」

すると、ふ、と微かな笑い声が聞こえて、アメディオがふわりと微笑みを浮かべた。それはいつもの口の端を上げる皮肉気な笑い方と違い、意外なほど幼く無邪気に見えた。

リーリエは一瞬で目を奪われる。

「ん、なんだ？」

「あ、いえ……」

アメディオの微笑みはすぐに消えてしまった。

（今のは幻だったの……？）

リーリエは熱くなった頬に手を当てながら、とっくに痛みなんて消えてしまった胸が激しく高鳴るのを感じていた。

二章　アメディオの秘密

次の日、リーリエが畑に向かう途中でガタムがタブラを連れてやってきた。おそらくアメディオになにか言われたのだろう。昨日の今日なのでロイとミランダが警戒する気配を見せたので、やんわりと二人を止める。そして泣きそうな顔をしているタブラの緊張をほぐすように、リーリエは優しく微笑みかけた。

「あなたがたを不快にさせてごめんなさい。アメディオやあなた達に嫌な思いをさせないように気をつけるから、もうしばらくここに置いていただけないかしら？」

ガタムとタブラへお願いすると、タブラがリーリエの笑顔にぼんやりと見惚《みと》れてから、すぐに恥ずかしそうにガタムの服の裾を握る。

「我々の許可なんて必要ないでしょう。あなたは王女なんだから命令すればいい」

「でも、あなた達はアメディオの家族なのでしょう？　それなら、あなた達の意思を無視できないわ」

王家に対して不信感を持つ相手に、王女として命令をしたくなかった。

（昨日アメディオは謝ってくれたもの。あの方と、あの方が家族だという人を信じたい

し、信じてもらいたい)

ガタムはきまり悪そうにしながら、タブラの頭をつかんで一緒に頭を下げた。

「昨日は申し訳ありませんでした」

「では、ここにいてもいいかしら?」

「もちろんです」

頭を上げてリーリエと目が合ったタブラは、顔を赤くするとそのまま逃げ出してしまった。

一部始終を見ていたミランダはもう大丈夫だと判断したようで、魔術書を読みにまた城の中へ戻っていった。そしてロイが改めてガタムとタブラに昨日の非礼を詫《わ》び、力仕事の手伝いを始めた。そんなロイの首筋には、アメディオの指の痕がまだ残っている。

(ロイ……。私についてきたばっかりに)

ロイは昔からずっとリーリエの味方で、血の繋がった父や弟よりよっぽど家族のようだった。しかし疎まれた王女の護衛騎士という立場のせいで、王宮内での評判はあまり良くない。ロイがリーリエの護衛騎士を志望した際には、ずいぶん周りに反対されたと聞く。

(ミランダにもロイにも。私はなにも報いてあげられないわ……)

だからせめて王女らしくあらねばと、リーリエは心に誓うのだった。

しばらくすると、ガタムが梯子《はしご》に上って木の実を取り始めた。ロイが代わると申し出たが、落ちてもそんな大きな身体を受け止められないからと梯子を支える役目を任されていた。

「ねぇ、シタール。ああいうのは魔道具を作ってもらわないの？」

「そうですねぇ。アメディオ様なら魔道具も必要なく、きっと指一本でどうにかしてしまいますね」

こう、とアメディオのように指を振る真似をしてころころ笑う。

「アメディオ様は私達に仕事を与えて、私達がここにいてもいい理由を作って下さっているんです」

「ここにいてもいい理由？」

「はい。アメディオ様は一人でなんでもできるお方です。だから私達が一緒にいたいと望まないと、あの方は一人きりになってしまいます」

アメディオのことを語るシタールの眼差しは深い愛に包まれていた。実の父親から疎まれているリーリエには、少しまぶしすぎるくらいだ。

「シタールはアメディオを昔から知っているの？」

「ええ、私もガタムも幼い頃からよく知っています」

シタールが昔を懐かしむように目を細める。

(幼い頃……アメディオはどんな子どもだったのかしら)

いつからこの城にいて、いつ王家に鎖の封印具を着けられたのだろうか。そして『鎖の呪い』をかけられたのはいつなのか。そんな疑問がいくつも頭に浮かんでくる。

（それに幼い頃からというなら、アメディオの親はどこに……？）

もう少し詳しく教えてもらえないか尋ねようとしたら、大きな音が聞こえてきた。木に立てかけられていたはずの梯子が地面に倒れ、ロイがぐったりとしたガタムを腕に抱えている。

「ロイ、なにがあったの？」

「ガタムが急にバランスを崩し、落ちてきたところを受け止めたのですが」

駆け寄ったリーリエは、ロイの腕の中のガタムの様子を見て眉をひそめる。

「ずいぶん顔色が悪いわ。調べましょう。ロイ、ガタムをこちらに寝かせて。静かによ」

ロイがガタムを静かに地面に下ろし、リーリエはそのすぐ横にしゃがみこんだ。そして指先に魔力を込めながら大きな魔術式をゆっくり丁寧に描き始める。

「おじいちゃん!!」

「タブラ！　近づかないで」

駆け寄ってこようとするタブラをリーリエが鋭く止める。すぐにロイがひょいと抱きあげてシタールに手渡した。

「リーリエ様は医療魔術に精通しております。お任せください」

タブラを抱いたままシタールが白い顔をしてうなずく。リーリエはロイにガタムの服を緩めるように指示を出すと、描き終えた魔術式にありったけの魔力を込めた。ミランダやアメディオのようにいくつもの魔術式を素早く発動させることはできないけれど、医療魔術に関してはミランダよりも得意だという自信がある。魔術式が発動し、淡い金の光がガタムを包みこんだ。

「うん……大きな病気はないみたい。暑さと疲れが原因のようね」

リーリエの描いた魔術式は病気の診断ができるもので、これを使えば数多くの病気を早期に発見できるという代物だった。

リーリエは冷気を起こす魔術式を描いてガタムの身体を冷やしていく。

「でも落ち着いたら、念のためお医者様に診てもらった方がいいわ」

リーリエが立ち上がりかけた時、いきなりアメディオの姿が庭に現れた。そのままガタムの元に走り寄ってくる。

「ガタム!!」

「待て、俺達は何もしてないぞ。リーリエ様が治療しているだけだ」

ロイがアメディオからかばうように、あわててリーリエの前に立つ。足を止めたアメディオの顔からはすっかり血の気が引いており、元々の青白い顔がさらに白く見える。

「ガタム……」

ふるりと周囲の空気が震えるのを感じた。次の瞬間、パチンと音を立ててアメディオの耳飾りがいくつかと、腕輪と指輪がひとつずつ弾け飛んだ。アメディオの周りに激しい風が巻き起こる。シタールがタブラを風から守るように抱え込みながら声を張り上げた。

「アメディオ様！　落ち着いてください！」

弾け飛んだ腕輪の欠片が強風に煽られ、ロイの頬をかすめて血がにじむ。

「っ！　この風、おまえがやっているのか!?」

「シタール……。ガタムが……」

シタールを見つめるアメディオの灰色の目が不安に揺れている。どうやらアメディオが魔力を暴走させているようだ。リーリエはゆっくりとアメディオに話しかける。

「アメディオ、ガタムは大丈夫です。暑さと疲れが原因のようです」

アメディオがリーリエの方に顔を向けた。荒れ狂う風で黒髪を舞いあがらせながら、目には赤く暗い翳《かげ》りが見える。

「私を信じてください」

「おまえを……」

すると意識を取り戻したガタムがうめき声をあげた。

「ア……メディオ……さま……」

「待て、起き上がるな」

アメディオはその場に跪《ひざまず》き、起き上がろうとするガタムを止めた。ガタムが意識を取り戻して落ち着いたのか、激しい風は徐々に勢いを弱めていく。そしてアメディオはガタムの周りに描かれた魔術式に気づくと、つと指先でなぞった。

「これはおまえが描いたのか？」

「はい。留学先のクリニーナ国は医療大国だったので、そちらで医療魔術の基本をひと通り学んで参りました」

「なるほど。よく描けている」

ほうとため息を吐いたアメディオは、すぐにガタムを抱えて立ち上がった。

「うわ！　アメディオ様、下ろしてください……！」

「じっとしていろ。部屋まで連れて行く」

アメディオは転移の魔術式を発動させ、あっという間に姿を消した。ガタムの消えた後にははずしたベルトや脱がせた靴、それに仕事道具が入った鞄《かばん》も残されている。シタールはタブラをなだめていて手が空かないようだったので、リーリエが荷物を拾う。気づいたロイがリーリエの手から鞄を受け取ろうとしたが断った。

「私が行くわ。診断した内容を詳しく伝えたいし。ロイは二人をお願い」

リーリエは荷物を抱え、ガタムの部屋へと向かった。

リーリエがガタムの部屋のドアをノックしようとすると、中から怒鳴り声が聞こえ思わず手を止める。

「無茶をするな!!」

「ご心配をおかけしました。でもオレももう歳ですから仕方ないですよ」

「……おまえも俺を置いていくのか」

アメディオの怒鳴り声に、ガタムが弱々しい声で答えている。改めて出直そうかと悩んでいたら、おかしな言葉が聞こえ動きを止めた。

「おまえは俺より若いじゃないか」

アメディオの絞りだすような声に、ガタムが寂しげに答える。

「アメディオ様と違って、オレは歳をとるんですよ」

「だからって……」

「……オレとシタールの子ども達がいます。それにそのうちタブラだって大きくなります」

「タブラに俺の面倒を見させるわけにはいかないだろう」

「アイツはアメディオ様に憧れていますから、喜んで面倒を見てくれますよ」

「そんなの今だけだ」

「アメディオ様がオレとシタールを拾ってくれたから今があります。オレの子ども達もそれはわかっているので、ずっとアメディオ様の側にいますよ」

二人の会話の内容は、リーリエの理解を越えていた。

(これは……なに?)

するとアメディオの不機嫌な声が響く。

「俺はおまえ達を縛るつもりはない」

「アメディオ様を一人にするのはオレ達が心配なんですよ。せめて一緒にいさせてくださ

「ええ、いずれは」

い」

　ガタムが苦笑するように言って、それから部屋の中は静かになった。

「ガタム、あまり無理をするなよ」

「はい」

「良くなるまでしっかり休め」

「もう、元気ですよ」

「駄目だ。医者を呼ぶから動くな！」

　もう寝ろ、という言葉と共にアメディオがドアの方に向かってくる足音が聞こえる。

あっ、と思った時にはもう遅く、目の前でドアが開いた。固まるリーリエを見下ろしながら、アメディオが眉をひそめる。

「姫さん、盗み聞きは感心しないな」

「……申し訳ありません」

　なにか言わないと、と思うのに言葉が出てこない。アメディオが小さくため息をついた。

「俺の部屋に行くぞ。来い」

　動揺するリーリエの腕をつかみ、アメディオは転移の魔術を発動させた。

　アメディオは自分の部屋にくると、リーリエを長椅子に座らせた。そのままこの間のように隣に座るのかと思ったが、椅子を持ってきて向いに座る。前よりも離れたその距離がやけに遠く感じる。

「ガタムを診てくれて助かった。感謝する」

「いえ。元々は身体の弱い母のために医療魔術を覚えたので、お役に立てて良かったです……」

リーリエはそのまま黙り込んでしまった。先ほど聞こえてきた二人の会話が頭から離れず、なにか聞きたいのになにを聞けばいいのかわからない。

アメディオが静かに口を開いた。

「おまえの祖父はリチャードだったな」

「は、はい。祖父は先王リチャード一世です。父が現国王のリチャード二世です」

「リチャードのことはよく知っている」

「父ではなく、ですか？」

「あぁ、俺がよく知っているのはリチャード一世……姫さんの爺《じい》さんの方だ」

アメディオがどこか遠い記憶を探るように目を細めた。祖父のリチャード一世はリーリエが生まれる直前に亡くなり、一度も会った事がない。

（二十年も前に亡くなったお祖父様をよく知っているだなんて……）

有り得ないことを想像してしまい、リーリエの身体が小さく震える。

『おまえは俺より若いだろうが』

『アメディオ様と違ってオレは歳を取るんですよ』

（もしや、そんな……）

　信じられない気持ちでアメディオを見ると、頭の中を見透かしたかのようにアメディオは小さくうなずいた。

「……俺はリチャードと、リチャード一世と同い年だよ」

「そんな……まさか……」

　リチャード一世は生きていたら六十五歳だ。しかし目の前のアメディオは二十代、どれだけ多く見積もったとしてもせいぜい三十代にしか見えない。

「強い魔力のせいか、俺のこの身体は二十歳を過ぎた頃から老いるのを止めた。ガタムは俺より十歳年下で……俺にとっては弟みたいなものだ」

「そんな……そんなことって……」

　そんな事が本当にあるのだろうか。ふと恐ろしい考えが頭をよぎり、リーリエは震える手を握りしめる。

「もしやそれも……王家となにか関係があるのですか？」

　アメディオはいつもより深く眉間にシワを寄せた。そして灰色の目をわずかに左右に揺らしながら、リーリエの水色の目に視線を合わせると、観念したようにうなずいた。

「ある」

　リーリエの目の前が一気に暗くなった。

具合を悪くしたリーリエを落ち着かせるため、アメディオが魔道具を使って自らお茶を淹《い》れてくれた。目の前に置かれたティーカップからふわりと湯気が立ち上がるが、手をつける気になれない。

「そもそもの始まりはおまえのひい爺さん、ヘンリーにある。周辺国との争いをくり返していたヘンリーは、ひたすらに強さを追い求め血の呪いの研究に狂った。そしてある時、禁呪に手を出したんだ」

「禁呪……」

アメディオが語った王家の行いはひどく恐ろしく、血塗られ過去と呼ぶにふさわしいものだった。

「先々代の王ヘンリーは国中で最も魔力の強い女を選び出すと、当時の宮廷魔術師長にその女を孕《はら》ませるよう命じた。そしてその母体に魔力を込めた生き血を捧げろ、とも」

宮廷魔術師長は命じられるまま女を孕ませ、母体に生き血を塗りこみ、生き血を飲ませ、さらに生まれた赤子にも同じことを行ったそうだ。生き血は主に敵国の捕虜や捕えられた罪人達のものだったそうだ。しかし王に逆らった者や禁呪に反対した宮廷魔術師、なかにはなんの罪もなくただ魔力が強いというだけで血を抜かれて殺された者もいたという。そうして数多の人の血を吸って生まれたのが自分だと、アメディオは言った。

「俺は王家が生み出した化け物だよ」

アメディオの声はとても静かで落ち着いていた。曽祖父ヘンリーのあまりに残虐な行いを知り、リーリエは震えが止まらなかった。わななく唇から弱々しい声が漏れる。

「こんな……こんなことが許されていいはずありません」

ヘンリーが王の頃は国同士の争いも激しく、今よりももっと人の命が軽かった。だが、だからといってこんな非道な真似が許されていいはずがない。

「リチャードは俺のような者が二度と生み出されないように、ヘンリーの死後、血の呪いについて研究することを禁じたんだ」

王家が血の呪いを禁止する本当の意味を知って、リーリエは頭を抱えた。

「人の命をなんだと思っているのでしょうか」

震えるリーリエとは対照的に、アメディオは落ち着いたままだ。

「血の呪いは人が扱うには危険すぎる。だからリチャードの命令によって血の呪いにまつわるすべての資料が破棄された。もう王宮にもろくな資料は残されてないはずだ。今はここにしか残っていない」

アメディオがとんと自分の頭を指さした。

「ノリスはヘンリーの行った血の呪いの研究に関わらなかったおかげで、王宮から追い出されずにすんだ当時の生き残りだ。知らないなりに、俺ならなんとかできると考えて姫さんをここによこしたのだろう」

誰も血の呪いについて詳しく知らない今、血の呪いによって生まれ、血の呪いをかけられているアメディオならと考えたのだろう。

（そうだわ。アメディオの首には血の呪い……『鎖の呪い』がある。それはいったい誰が……？）

アメディオの首に目をやると、リーリエの視線に気づいたアメディオが、鎖を持ち上げて首に刻まれた鎖の痣を見せた。

「おまえは前に、この呪いをかけたのは誰かと聞いたな」

「……はい」

「俺に『鎖の呪い』をかけたのはリチャードだよ」

「えっ⁉　人には血の呪いを禁じながら、自分はあなたに呪いをかけたというのですか？」

「そうだ」

「あなたに血の呪いをかけたということは、お祖父様はあなたより魔力が強かったのですか？」

王族としてそれなりに魔力があっただろうが、そこまで強いという話はなかったはずだ。

「いいや。俺の方が強い。この『鎖の呪い』が特別なだけだ」

これは魔力が弱い者でも強い者にかけられる特別な呪いなのだという。

「いったい、どんな呪いなのですか？」

「リチャードがいつでも俺を殺すことができる呪いだ」

「……っ！」

血の呪いは相手の命を奪う呪いだ。薄々気づいてはいたけれど、はっきり言葉で示されリーリエは胸が苦しくなる。勝手に血の呪いを使って生み出しておきながら、その命までも血の呪いで縛るなんて。

（みなアメディオの命をどれだけもてあそべば気がすむの……！）

もしこのことが公になれば王家は糾弾されるに違いない。その上今もなおアメディオを道具のように利用しているのだから、祖父リチャードの行いはただ王家のしでかしたことの隠蔽が目的ではないのか。

父も、祖父も、曾祖父も。賢王と言われたリチャード一世でさえ、非道なヘンリーとなにも変わらない。

（結局、誰も彼もアメディオを鎖につないで、王家の思い通りにしているだけじゃない！）

それが怒りなのか恐怖なのかわからないが、身体の震えが止まらない。するとアメディオが小さく笑った。

「おまえはリチャードによく似ている」

リーリエが小さく息をのんだ。たしかにリーリエの髪も目も、祖父に生き写しと言われてきた。責められることを覚悟したが、リチャードを語るアメディオの声はとても穏やかだった。

「リチャードは強く優しかった」

「命を奪うような呪いをかけた相手だというのに、あなたは恨んでらっしゃらないのですか」

「恨み……。そうだな、俺はリチャードを恨んでいるよ」

口では恨んでいるというのに、アメディオはリーリエを見つめながら懐かしむように目を細める。

(私にお祖父様の面影を重ねている？　恨んでいるのなら、どうしてそんな顔をするの……？)

それからアメディオは、まるでただの昔話でもするように話を続ける。

「昔から俺は魔力の制御が苦手でな。魔力を暴走させるところはさっきおまえも見ただろう？」

ガタムが倒れた時のことを思い出し、リーリエが小さくうなずく。

「だから周りに被害が及ばないよう、俺は生まれた時からずっと王宮の地下牢《ちかろう》に鎖で繋がれていた」

「地下牢……⁉」

「ヘンリーが死んでリチャードが王位を継いでから、ようやく俺は地下牢から出された。そしてこの城を与えられ、俺の力を利用する者が出ないよう魔の森で封じる魔術式が敷かれたんだ。だが強大な力を持った化け物が自由でいたら危険だからな。いざとなったら俺を殺せるように、リチャードが『鎖の呪い』をかけたんだ。もし『鎖の呪い』がなければ、俺は今も地下牢にいただろう。だからこの呪いは、俺を自由にするためのものだったんだよ」

それはおかしいと、リーリエは小さく首を振った。ひどい扱いを受けているはずなのに、アメディオの口ぶりはまるでリチャードに感謝しているように聞こえる。

「自由だなんて嘘です。今だってあなたは全然自由じゃないではないですか！　こんな城に閉じこめられて、そんな鎖で魔力を制限されて、そのうえ国のために働かされて……」

するとアメディオが首の鎖をひとなでして、皮肉げに笑ってみせた。

「そういえばおまえの父親はなかなか悪趣味だな。この鎖の封印具は『鎖の呪い』を真似して造られている。どうやらリチャードのように『鎖の呪い』で俺を縛りたかったが、やり方がわからず形だけでも真似をしたようだ」

「申し訳……ありません」

「別に姫さんが謝ることじゃない」

現国王は賢王と呼ばれた先王を今もなお忌々しく思っているので、鎖の封印具が『鎖の呪い』を模して造られたというのも本当のことに思えた。

（『鎖の呪い』が今は発動しないのならば、せめて居場所を教えるという鎖の封印具だけでも外せればアメディオは自由になれるのかしら？　いいえ。アメディオは血の呪いについて研究したいからここにいると言っていたわ。あら、でも……）

『鎖の呪い』……鎖の封印具……アメディオを縛る二つの鎖のことを考えていたら、リーリエの頭にひとつの疑問が浮かんだ。

「ここにある本の内容も、破棄された血の呪いの資料の内容もすべてあなたの頭の中にあるのなら、あなたがここに留まる理由は一体なんですか?」

「おや、案外姫さんは賢いな」

アメディオがからかうように鼻を鳴らした。ムッとしたリーリエがわずかに眉をひそめる。

「私を馬鹿にしているのですか?」

「いいや。おまえの父親はこの鎖の封印具を着ける時も、俺があいつに従う理由なんて考えもしなかった。王家の力で生まれた化け物が自分に逆らうなどみじんも思わなかったのだろう。そのくせ鎖を着けねば安心できないのだから滑稽だ」

そう言いながら、王家への嫌悪を滲ませた顔をする。

「では血の呪いの研究のためにここにいるというのは嘘だったのですか?」

「嘘ではない。内容を覚えていても資料が手元にある方が研究は捗る。これだけの本をまた集めるのは大変だからな。だが俺が王家に従う理由は別にある」

理由を聞きたくてじっと見つめると、アメディオはリーリエの目を見てまた懐かしむような顔をした。

「俺はリチャードに自分の死後もこの国を護るように頼まれている」

「そんな……!」

命を縛るような相手の命令を守り続けるなんて。しかし王家を憎んでいるはずのアメディオは、なぜかリチャードのことだけは盲目的に信じているようだ。

（もしかして『鎖の呪い』の影響でお祖父様に逆らえないのかしら。『黒薔薇の呪い』が私を欲情させるように、『鎖の呪い』にそんな力があってもおかしくないのでは。それならば、なんてひどい呪い……！）

リーリエの膝の上に置かれた両手が、白くなるほど固く握られる。

「王家に逆らうつもりはないが、さすがに都合よく使われていることに少しいらついていたからな。姫さんにはひどい態度をとった」

「いいえ、当たり前です。もっと怒って構いません。こんな……こんなことが許されてはなりません。その鎖の封印具も、『鎖の呪い』も、あなたを縛るすべての鎖がなくなればあなたは自由になれますか？」

「そうだな。どちらも王家の血で上書きすれば消せるかもな。試してみるか？」

「私の血で役に立つのなら」

いくらでも血を差し出す覚悟で言い切ると、アメディオがいたずらな顔をして笑った。

「ふ、冗談だ。やはりおまえは強く優しいのだな」

「そんなこと……」

優しいのはあなたの方だという言葉をリーリエは飲み込んだ。アメディオの優しさにつけ込んで利用しているのは自分だって同じだ。父達を責められるような立場ではない。アメディオは本棚の隙間から見える窓の外に目をやった。

「自由……か。生まれた時からずっと、鎖に繋がれるのが当たり前だった。自由になってやりたいことなど思い浮かばない。それに……」

「それに……？」

アメディオがどこか寂しそうに晴れた空を見つめる。

「それに、俺の力は強すぎる」

だからこれでいい……と静かに微笑むアメディオは、すべてを諦めた顔をしていた。

「そんな……」

「あぁ、お茶が冷めてしまったな」

冷えたお茶を片づけて、アメディオが温かいお茶を淹れなおしてくれた。今度は口にするが、カップを持つ手が細かく震えている。あまりに衝撃的な話をたくさん聞きすぎて、すぐには状況を飲み込めそうになかった。リーリエは細かく揺れる水面をじっと見つめる。

「……なぜ、こんな話を私にしたのですか？」

「なぜだろうな。ただ、姫さんは知っておいてもいいかと思った」

アメディオは立ち上がってリーリエの前まで来ると、その手からカップを奪ってテーブルに置いた。そして長椅子に片膝をついてリーリエのあごに手を添える。穏やかな灰色の目がリーリエの水色の目をのぞきこむ。

「姫さんの目はリチャードの目によく似ている。だから勝手に呪いを残していったリチャードの代わりに、少し文句を言いたくなったのかもしれない」

「……申し訳ありません」

喉から絞り出した声はかすれて震えていた。アメディオはふっと笑うと、ゆっくり目をつぶり首を横に振る。

「姫さんのせいじゃない。姫さんには関係ないことだ」

目を閉じたアメディオに見えないのをいいことに、リーリエは顔を歪ませた。それがアメディオの優しさから出た言葉だとわかりながらも、関係ないと言われるのはまるで王女であることを否定されたようで、リーリエの胸を深く抉ったのだった。

◇◇◇

次の日、ミランダとロイを連れて庭に出ると、今度はシタールがタブラを連れてやってきた。

「リーリエ様。昨日はありがとうございました」

「いいえ。ガタムは落ち着いたかしら？」

「はい。早速、起きだして働こうとするので、今日くらいは休みなさいとベッドに縛りつけてきたところです」

シタールはころころ笑ってから、自分の後ろに隠れているタブラの背中をせっついた。

「ほら、タブラ。なんて言うの？」

「……リーリエさま、おじいちゃんを助けてくれてありがとうございました」

「ふふ、どういたしまして。」

おずおずとお礼を言うタブラに笑顔を向けると、タブラは少し気まずそうにしながらもガタムによく似た浅黒い肌を赤く染めた。

「孫の中でもこの子だけ魔力が強くて制御に困ることが多くて、アメディオ様に魔力の扱い方を教えていただいているんです」

「そうだったのね」

シタールと話すリーリエの服の袖をタブラがツンと引っ張る。

「あら、なあに?」

「あの、リーリエさま。このあいだは、ごめんなさい」

魔術式をぶつけた時のことを謝ってくれているとわかり、リーリエが微笑みを深くする。

「もういいわ。でも人に向かって魔術式をぶつけるのは良くないわね」

「はい……」

「せっかく強い魔力があるのだから、人の役に立つことをしたらどうかしら? タブラの魔術式はとても速くて正確だったから、あなたならきっと優秀な魔術師になれると思うわ。ねぇ、ミランダ」

ミランダが大げさにうなずく。

「そうですね。筋が良いのでいっそ宮廷魔術師を目指したらどうですか?」

「きゅーていまじゅつし……?」

「そ、お姉ちゃんみたいにカッコいい魔術師になれるよ！」

「面白い魔術師の間違いだろ」

タブラがキラキラと目を輝かせる横で、ロイがぼそりとつぶやく。

「ロイ様、なにか言いました？」

「いや、なにも？」

明後日の方向を見てとぼけるロイをミランダがにらみつける。

「もう、またやって……」

いつものやり取りは放っておいて、タブラの視線に合わせてかがみこむ。

「宮廷魔術師に興味があるの？」

「……うん」

「それなら、日々のお勉強を頑張らないとね」

「うん！」

リーリエが笑いかけると、タブラは元気いっぱいにうなずいた。

そのまま皆で今日の仕事を片づけ、リーリエとシタールは並んで休憩を取った。タブラはロイとミランダを相手にして追いかけっこを始めている。

「リーリエ様はアメディオ様の話を聞いたのですよね」

「ええ、そうね。色々と教えてもらったわ」

「アメディオ様のことが恐ろしいですか？」

「まさか！　恨まれても仕方ないのに、呪いを解くのに協力してくれているんだもの。むしろ感謝しかないわ」

「私とガタムは捨て子で、魔の森の入り口に捨てられていたんです。それをアメディオ様に拾っていただきました。ガタムはあの肌の色ですし、私はこの髪の下が醜く爛《ただ》れていて、おそらくそれが原因で捨てられたのだと思います」

「そんな、ひどいわ……」

かつてレイクロウ王国と争っていた国の中には肌の色が違う人々がいた。そのため移民やその子孫が肌の色が違うことを理由にひどく迫害されたことがあったそうだ。

（あぁ、そうか……。シタールがアメディオの幼い頃を知っているのではなくて、自分が幼い頃からアメディオを知っていると言っていたのね……）

以前シタールが言った「幼い頃から知っている」の意味を、どうやら勘違いしていたことに気づく。

「私達にとってアメディオ様は、兄であり、父であり、大切な家族なんです」

「ええ、アメディオからもそう聞いているわ」

血の繋がりがなくとも、互いに家族だと言い合える彼らの姿はやはりとてもまぶしくてうらやましかった。するとシタールが真剣な顔を向けてきた。

「リーリエ様は王女様でいらっしゃいますよね？　どうかアメディオ様を自由にしてくださいませんか？　アメディオ様は今のままでいいとおっしゃっていますが、あれはすべてを諦めているだけなんです」

「シタール、ごめんなさい。私は王宮ではたいした力がないの」

それは本当のことだった。王宮では厄介者扱いで、発言もほとんど力を持たない。シタールが今にも泣きそうな顔をする。

「アメディオ様は本当ならなんでもできるんです。私達はアメディオ様にもっと色々なものを望んでいただきたいのです」

「シタール……。そうね。私にもなにかできることがないか調べてみるわ。私だってアメディオには感謝しているもの」

「無理を言って申し訳ありません。ありがとうございます」

シタールは顔の前で手を組んで祈るようにしながら、くれぐれもよろしくお願いします、とくり返した。そして気持ちを落ち着けたシタールは、昔のことを色々教えてくれた。

「魔の森には今でもたまに子どもが捨てられます。この城がちょっとした学校みたいになっていた頃もあるんですよ」

「アメディオが子どもの世話をしていたの？　あんな不機嫌な顔をしていては、子ども達が怖がらないのかしら？」

「ふふふ、私達夫婦や私の子ども達が主に面倒見ていましたが、アメディオ様はああ見えて子ども好きなんですよ？」

「ああ見えて？」

「えぇ。ああ見えて」

ころころ笑うシタールにつられてリーリエも一緒になってクスクスと笑う。アメディオは不機嫌な顔をしながらも、きっと子ども達に触れる手は誰よりも優しいのだろうと想像がついた。

「今は娘が村で孤児院を経営しています。アメディオ様の援助もあるので、なんとかやっていけていけています。村の者は皆アメディオ様に感謝しています」

「アメディオは慕われているのね」

シタールは自分が褒められたかのようにとても嬉しそうにした。すると突然、きゃあという タブラの歓声が聞こえてきて、声のする方を見ると、タブラのすぐ近くでミランダが膝に手をつきながら肩で息をしている。

「おいおい。宮廷魔術師殿はちょっと運動不足なんじゃないか？」

「ないかぁ？」

ロイとタブラがミランダの周りを走りながらからかっている。

「くっ！　筋肉バカの騎士と一緒にしないでください！　こっちは頭脳派なんですよ!!」

タブラがまた、きゃあと歓声を上げ手を叩いて喜ぶ。ロイとタブラのわだかまりも解け、仲良くなれたようだ。横をむいたまま走っていたタブラが何かにつまずいて転び、急いでロイが抱き起こす。怪我を診ようとリーリエが二人の方に駆け寄った。

「む、大丈夫か？」

「タブラ、傷を見せてちょうだい」

「うん……」

「膝を少し擦りむいたようね。今洗ってあげるから、これで大丈夫よ」

小さな魔術式で水を呼び膝についた汚れを洗い流す。タブラの目には涙が浮かんでいたが、必死に泣くのを我慢している。ほほえましく思い目元をぬぐってあげようとしたその瞬間、リーリエの太腿の痣が痛みだした。

「……っ‼」

リーリエは咄嗟《とっさ》にタブラを払いのけて手で鼻と口を押さえた。タブラから香る瑞々《みずみず》しい若木のような匂いに、そのまま食らいついてしまいそうだ。急に振り払われたタブラが傷ついた顔をする。

「リーリエさま？」

「私に近づいては、ダメ……っ！」

ふらふらと歩きタブラから距離をとろうとするが、すぐによろけて地面に膝をついた。

「リーリエ様‼」

ロイがすかさずリーリエの身体を支える。しかしロイの身体からも微かに森のような香りが、近づいてくるミランダからはさらに爽やかな果実のような香りが漂ってくる。

「ロイ！　ダメ……！　ん、私に近づか……な……いで……」

「ミランダ！　ローブを貸せ！」

ロイはミランダからローブを奪うと、すばやくリーリエを包んだ。魔術師のローブには強力な魔術がいくつも施されており、周りからの魔力を少しだけ遮ることができた。

「ミランダ！　アメディオを呼べ！」

「ロイ……ダメ、放して……」

ロイの腕の中で、獰猛な欲望が顔を出しそうになるのを必死に抑える。

（欲しい、欲しい、欲しい――。この男を食らい尽くしてしまいたい）

このままではロイに何をするかわからない。弱々しい力でなんとか離れようとするが、ロイの逞《たくま》しい腕からは逃れられなかった。

「っ！　お願い、ロイ……離れて……」

すると急に強い力で腕をつかまれ、そのまま強引に引き起こされた。むせかえるような甘い香りがリーリエの胸の中を満たしていく。

「姫さん、口を開けろ」

いつの間にかリーリエはアメディオの腕の中に抱えこまれていた。アメディオは指に唾液をたっぷり絡ませ、リーリエの口の前に近づけた。しかしリーリエは両手を口に当てたまま、ふる、と小さく首を横に振る。わずかに残った理性が、王女として人前で指にしゃぶりつくようなみっともない姿を見せてはならないと告げていた。

「あぁ、そうか」

すぐにアメディオが指を振り、周りを囲うように魔術式を描いた。すると白い壁が現れ二人の姿を覆い隠す。

「認識阻害の魔術式だ。これで俺達の姿は誰にも見えないし、声も外に聞こえない」

その言葉に安心して、リーリエは口を開けて指にむしゃぶりついた。口の中でピリピリとした刺激が広がり、その度に太腿の痣が痛む。とろりと身体の奥から蜜があふれだした。

「ん……」

アメディオが唾液をまとわせようと指を抜くたび、リーリエはその指に追いすがった。そしてアメディオの口元に顔を近づけ、はしたないくらいに口を開き指を入れてもらうのを待った。唾液を通じてアメディオの魔力を注がれ、酔ったように身体の力が抜けていく。とうとう立っていられなくなったところで、グッと腰を抱き寄せられた。リーリエの足の間にアメディオの硬い太腿が差し込まれる。リーリエは意識を朦朧《もうろう》とさせながらも、差し込まれた太腿に押しつけるように腰を揺らした。

「ん……は……」

「移動するぞ。つかまれ」

リーリエを抱えながら、アメディオは転移の魔術式を発動させた。

転移による一瞬の浮遊感の後に、リーリエの身体は柔らかいものの上に下ろされる。そこはアメディオの部屋のベッドの上で、横たわるリーリエの両脇に手をつきながらアメディオが覆い被さった。濃く甘い香りが身体を包みこみ、その香りに反応して下腹がひどく疼きだした。

（あぁ……。これが魔力の香りで、これが発情の合図なのね……）

ぼんやりとした頭で考えていると、あごをつかまれグイと上を向かされた。

「口を開けろ」

言われた通りに口を開けると、そのまま直接たらりと唾液を注ぎこまれる。指に絡ませた量とは比較にならないくらい魔力をたっぷり与えられ、リーリエは喉を鳴らしながら飲みこんだ。一口飲むたびに喉が焼けるように熱い。しかしその熱が快感となり身体を昂らせていく。足の間にはアメディオの膝が置かれており、リーリエが腰を揺らすのに合わせるように押し上げられた。

「はぁ……っく……ん……」

甘い吐息をこぼしている隙に、アメディオがドレスを一気に脱がせた。そして裸に剥いた足を大きく開かせると、左足の付け根にある黒薔薇の蕾をついとなぞった。

「あ、あんっ……」

アメディオの指から魔力が流れ込み、蜜口から蜜があふれだす。

「もう咲きそうだ。急ぐぞ。姫さん舌を出せ」

とっくに快感に支配されたリーリエが言われるままに舌を出すと、アメディオがリーリエの舌先から根元に向かってついと舐めあげた。

「ん……んっ……！」

快感に悶《もだ》えるリーリエを逃すまいと押さえ込みながら、アメディオの舌先がリーリエの舌を舐めまわす。混ざり合った唾液からは絶え間なく魔力が注がれて、リーリエはそのたびに震えて蜜をあふれさせた。

アメディオの指がリーリエの淡い茂みの奥に伸ばされ、濡れたあわいを割り開く。そこから垂れる蜜をすくって塗り広げながら、アメディオの長い指が花芽を挟んで扱きだした。

「やぁ……っ！　だめぇ……‼」

蜜で濡れた指でぬるりと扱かれ、敏感になっている身体はあっという間に達してしまう。しかしアメディオの指は動きを止めてくれなかった。そのまま続けて何度か達した後、アメディオは蜜にまみれた指を舐ってたっぷり唾液をまとわせた。そして今度は赤くふくらんだ花芽に、魔力を含んだ唾液を丹念に塗りこんだ。

「ふ……ふぅ……う……うん……」

強すぎる快感に叫び声をあげようとしたが、アメディオがリーリエの舌を絡めとる。舌と花芽の両方から魔力を注がれて、頭の中が焼き切れてしまいそうだ。リーリエはたまらずアメディオのシャツにすがりついた。アメディオの指がふくらんだ花芽をつまむ。

「んん！　んんっ……んんっ‼」

リーリエが全身を硬直させながら深く達したその瞬間、アメディオが大量の魔力を注ぎこんだ。

「きゃあーーっ‼」

それはあまりにも強すぎる刺激で、リーリエは全身を大きくしならせて叫び声を上げた。そのままベッドに四肢を投げ出し、ガクガクと痙攣《けいれん》を起こす。すかさず太腿の痣を確認したアメディオは、蕾がまだ枯れていないのを見て顔をしかめる。

「まだ駄目か……」

黒薔薇の蕾は未だ枯れず、禍々しい光を放ちながら今にも花を咲かせようとしている。

アメディオはたっぷりの唾液をまとわせた指をリーリエの目の前に持ってきた。

「これを中に挿れるぞ」

快感にうかされたリーリエの頭では言葉の意味がよくわからなかったが、ただ唾液にまみれた指の魔力の匂いに惹《ひ》かれて舌を出した。アメディオがその舌を唇で挟むようにして軽く喰《は》む。舌先をふにふにと柔らかく喰まれるたび、リーリエの目がとろりと蕩けていく。

「ん……ふ……ふぅ……」

アメディオは力の抜けたリーリエの足を大きく開き、唾液をまとった指をゆっくりと蜜壺に埋めていった。あふれる蜜と唾液が混ざり、まるで中に熱い棒を挿れられたような強い刺激がリーリエを襲う。

「ん、ん、んんーっ‼」

アメディオは魔力をなじませるようにゆっくり指を動かしてから、もう一度唾液をまとわせるために指を引き抜き舌を離した。

「あ、あぁ！　やぁ……もっとぉ……」

指も舌も失ったリーリエが、身体を寄せ激しくアメディオをねだる。すぐに指が埋められ、リーリエは食いちぎらんばかりの勢いでアメディオの指を締めあげた。

「あ、あぁ……っ！　気持ちいい……っ!!」

「あぁ、舌を出せ」

互いの舌先を擦りあわせるペチャペチャという水音と、蜜壺をかき混ぜるグチュグチュという水音が重なる。再び指を抜かれると、今度はもう耐えられなかった。

（欲しい、欲しい、もっと――）

ぼんやりとした視界の先では、はだけたシャツの隙間から鎖の封印具としっとり汗ばんだ白い肌がのぞいている。リーリエはたまらずアメディオの首筋に舌を這わせた。

「ぐっ、なにを……」

アメディオの呻《うめ》き声を聞き、リーリエはわずかに理性を取り戻した。急に近づくと鎖の封印具が反応してアメディオを苦しめてしまう。

「あ……ごめ……なさ……い……」

顔を真っ赤にして目を潤ませながら、リーリエは少しでも離れようと顔を逸らした。しかしアメディオはシャツの前を一気に開けると、リーリエの頭を抱えてグイと自分の胸元に押しつけた。

「いい。痛くはない。好きなだけ舐めていろ」

胸いっぱいに甘い芳香が広がって、リーリエの理性は一瞬で溶かされた。リーリエはアメディオに抱きつき夢中になって肌を舐め回す。

「くっ……」

アメディオはわずかに身体を震わせながら、熱い息を吐いた。そして指に唾液をまぶし、何度も何度もリーリエの中に埋めた。リーリエは与えられる快楽に溺れながらアメディオにすがりつく。硬い肌に柔らかい胸を押しつけると、触れ合った肌から魔力が流れてきて、それもまたリーリエを狂わせた。

「あっ、あっ……あぁっ……」

リーリエは既に何度も達していた。中に埋められた指がバラバラに動いてリーリエの中を刺激する。いま何本埋められているのかもわからない。ただアメディオが指を引き抜こうとするたびに、リーリエは中を締めつけアメディオを引きとめた。

「いやぁ、抜かないで……アメディオ……お願い、もっと……」

「あぁ。すぐに挿れてやるから」

言葉通り指はすぐにまた挿れられ、親指で花芽を潰しながら曲げた指が中の壁をひっかいていく。リーリエが達するたび魔力を注がれ、びくびくと痙攣が治まらない。

「あ……あ……あ、あぁっ…………いやあぁっ!!」

アメディオはすがりついてくるリーリエの髪に鼻先を埋めながら、細く柔らかい身体を力一杯に抱きしめた。

「姫さん、もう少しだ」

アメディオはなにかに耐えるようにしながら声を絞り出していた。時間の感覚も薄れようやく二つ目の蕾が枯れた頃、強すぎる快感に全身を蹂躙《じゅうりん》されたリーリエはアメディオにすがりついたまま気を失っていた。アメディオが腕の中のリーリエを抱え直し、熱いため息をこぼす。

「これは……まずいな……」

抱きあった二人の身体の間にひどく熱く硬い塊があることを、意識のないリーリエは気づいていなかった。

リーリエは再びアメディオのベッドで目を覚ました。まだぼんやりとする頭のまま身じろぎをすると、見覚えのないガウンを身につけている。リーリエには少し大きい。

（ん……。これはアメディオの……？）

どうやら素肌の上にガウンだけを着せられているようで、これを着せたのが誰かを考えると一気に顔が熱くなる。

本を閉じる音がして、アメディオが自分を見ているのに気づいた。

「あ……」

「ミランダに頼んで着替えを持ってきてもらった」

アメディオの指差す先にはリーリエの服が揃えて置いてあった。

「ミランダを呼ぶか？」

「いえ、一人で着られます」

ミランダに侍女の真似をさせたくなくて、一人で着替えられるような服ばかりを持ってきている。それに乱れた後のこんな姿を見られたくなかった。服を取るために起きあがると、めまいを感じてベッドに手をつく。アメディオはすぐにベッドサイドまで近づき、リーリエの身体を支えた。

「大丈夫か」

「あ……すみません」

「いや、今日は少し無理をさせた」

無理と聞いて先ほどまでの行為を思い出し、リーリエは顔を赤くした。意識しないようにしていたのに、ガウン越しにアメディオの熱が伝わり、さらにいつもより緩められたシャツの襟元からは素肌が見えている。

(私ったら、あんなところに吸いついて……)

真っ赤な顔のまま身体をこわばらせると、それに気づいたアメディオはリーリエが倒れないよう枕を添えてからゆっくりと距離を取った。

「悪いな。こんな方法しかなくて」

「いいえ！　あなたのせいでは……！」

アメディオは小さく眉を寄せながらベッドの端に腰かけた。

「姫さん、嫌なことはちゃんと嫌だと言っていい」

「え……」

そんなことを誰かに言ってもらったのは初めてで、戸惑いながら目を瞬かせる。冷遇されている王女に向けられる目は厳しく、わがままはなにひとつ許されてこなかった。願いを口に出してもどうせ叶うことはないからと、いつも口をつぐんできたというのに。

「……言ってもどうにもならなくてもですか？」

「あぁ。よく知らぬ男にいいようにされるのは嫌だと叫んでいいんだ」

リーリエの心に寄り添ってくれる言葉があたたかくて、嬉しくて、胸がいっぱいになる。ただリーリエはどうしても誤解をされたくなくて身を乗り出した。

「あの、あなたのことが嫌なのではありません！」

「おい、また倒れるぞ」

勢いに驚いたアメディオがリーリエの身体を支えるように手を伸ばす。

「怖いのは自分です。呪いのせいで我を忘れて、自分が自分ではなくなってしまいそうで怖いのです」

そう、例え呪いのせいでも、乱れた姿はまったく王女に相応しくない。こんな姿をミランダやロイに見られたら失望されてしまう。

「あなたには、こんなことをさせて申し訳ないと思っています」

しかしアメディオはなんだか気まずそうな顔をして目を伏せると、長い両手の指を所在なげに絡ませる。そしてなにやら歯切れの悪い様子で口ごもった。

「そうか。ただ、あー……俺のことは心配しなくていい」

アメディオは気まずい空気を変えるように咳払《せきばら》いをして立ち上がった。そして先ほどまで読んでいた黒い革表紙の本をめくって見せる。

「この本は一見ただの日記だが、ある法則にのっとって書かれていて、解読すると『黒薔薇の呪い』について書かれていることがわかる」

「血の呪いについて書かれた本は全部処分されたのでは？」

「だから処分されぬよう暗号を使って書かれたのだろうな。おそらく世の中にはこういう本がまだある。姫さんに呪いをかけた者も、おそらくそういった本からやり方を学んだのだろう」

そしてアメディオは本に書かれている内容を教えてくれた。

「どうやら『黒薔薇の呪い』を作った魔術師は、呪われた王の恋人だったらしい。だが王に捨てられて、復讐《ふくしゅう》のためにこの呪いを作った。ただ王を殺すだけでは満足できなかったのだろうな。この呪いからは王の尊厳を奪い、その名まで汚したいという執念を感じる」

『黒薔薇の呪い』に呪われた者は魔力を求めて誰彼構わず襲いかかる――確かにこの呪いをかけた者は命を奪うだけではなく、その名まで貶めたかったのだろう。

「私もそれだけ恨まれているということですね」

リーリエが震える手でガウンの胸元をギュッと握りしめた。黒い革表紙の本を閉じ、アメディオが優しく声をかけた。

「ノリスの判断が早くて助かったな。危うく間に合わなくなるところだった」

たしかに、リーリエがザヴィーネ城についてすぐに黒薔薇が咲きだした。もし道中で咲いていたら取り返しのつかないことが起きていただろう。想像するだけで恐ろしい。

「術者の心当たりは？」

「ノリスはガメニデの仕業ではないか、と」

「聞き覚えがあるな。宮廷魔術師か？」

「元宮廷魔術師です。魔力が大変強く、扱いも優れていました。次の宮廷魔術師長の最有力候補でしたが、問題を起こしたため宮廷魔術師を解任されました」

「なぜ、そいつだと？」

胸元を握りしめながら、リーリエがうつむく。

「恨まれる心当たりがあります。ガメニデはとある魔術式を開発したのですが、その褒賞として私との婚姻を望みました」

それは褒賞授与のための祝賀式典で起きた事件だった。ガメニデがいきなりそんなことを言い出し、祝賀式典は混乱に陥った。

「王は姫さんとの婚姻を認めなかったのか？」

「……はい。私は既にシャール様と婚約しており、ローワン王国に嫁ぐ身です。父はガメニデを身の程知らずだと罵倒し、そのまま王宮から追い出しました」

「姫さんを守った……というわけでは無さそうだな」

リーリエの浮かない顔を見て、アメディオが眉をひそめる。実際、王は自身の手駒を奪おうとしたことが許せなかっただけなのだろう。

アメディオがーリエの結婚についてまるで興味がない顔で触れるので、リーリエは胸の奥をちりちりと焦がした。

「その恨みが姫さんに向かったということか」

「おそらくそうではないかと」

「そいつは姫さんと恋仲だったのか？」

「いいえ、まさか！　一度、話をしたことがあるだけです。父には私が思わせぶりな態度をしたせいだと疑われ、激しく叱責されましたが……」

たった一度話しただけの相手に褒賞として望まれたからこそ、リーリエもおおいに戸惑った。祝賀式典の会場から連れ出されるガメニデは、リーリエに暗い執着のこもった目を向けてきた。あの濁った目を思い出すだけで、身の毛もよだつほど恐ろしい。アメディオは手に持っていた黒い革表紙の本を本棚にしまい、それからゆっくりとリーリエに尋ねた。

「なぁ、姫さん。なぜ、王はそこまでおまえを疎むんだ？」

ぎくりとリーリエの身体がこわばる。愛していない妃が産んだ娘だから……というだけでは、王がここまでリーリエを邪険する理由に納得できなかったのだろう。そして実際、リーリエには父親に疎まれるだけの理由があった。

リーリエはためらいながらもアメディオにすべて話すことを決める。心を落ち着かせるため、ガウンの胸元をかき抱くと深く息を吐いた。

「あなたは、祖父であるリチャード一世と私がよく似ているとおっしゃいました」

「あぁ。その明るい髪色も空色の目もよく似ている」

「――父もそう思ったようなのです」

リーリエは顔を上げてアメディオの目をまっすぐに見つめる。優しい光をたたえる灰色の目は、この話を聞いて変わってしまうだろうか。不安を抑えるように胸元をつかむ手に力を込める。

「リチャード一世は賢王と人々から讃《たた》えられておりました。同じ名前を付けられた父は、祖父と比べられることに嫌気がさし疎んでいたそうです」

「リチャードは息子と上手くいっていなかったのか」

「そのようです。常に優秀な祖父と比べられ、何事もできて当たり前、できないと落胆される日々だったと伝え聞きました」

「苦手な父親に似ているから娘を嫌うとは、おまえの父はずいぶん狭量だな」

リーリエがふっと小さな笑い声を漏らす。ただそれだけなら、きっとここまではなかっただろう。

「祖父は病に倒れ亡くなりました。そしてそのすぐ後に私が生まれました。生まれた私を見て父は母に向かって言ったそうです。『本当に俺の子か』と」

アメディオの肩がピクリと動き、眉間のしわが一層深くなる。

「母は祖父のことを尊敬しており、それもまた父から嫌われる原因でした。そして父に冷たくされる母を不憫《ふびん》に思ったのか、祖父は確かに母へ優しかったようです。そうして生まれた子が憎い自分の父親とそっくりだった……。私の誕生をきっかけに、父と母の不仲は決定的になりました」

アメディオは腕を組んだままリーリエの話を黙って聞いていた。とんとんと指先で自分の腕を叩きながら、その顔一杯に不機嫌さを示している。

「幼い頃からこの髪色も目も祖父によく似ていると言われました」

リーリエが自分の目の縁にそっと手をやる。

「そう言った後に、皆こう考えるようなのです。この娘の父親は本当は誰なのだろうか、と」

「なんだそれは」

「母が私を身ごもる少し前に祖父が病に倒れました。母は祖父を献身的に看病したそうです。一方で父は倒れた祖父の代わりに政務で忙しくしており、夫婦の時間もあまり無かったとか。そうして生まれた私を見て、父は母の不貞を疑いました」

「なぜおまえがそんな事を知っている」

「世の中には親切な方が多くて、色々と教えてくださるのです」

リーリエが優雅に微笑むと、アメディオはますます顔をしかめた。

「母は幼い頃から王妃となるように育てられておりました。曲がったことを嫌う厳しい人で、とても不貞をするように思えません。それに……病に倒れた後の祖父に男性の機能はなかったそうです。ですから、私はたまたま祖父に似たのだと思います」

「祖父に似るなんてよくある事だろう」

「そうですね、私もそう思います。ただ父はそう思わなかった。父にとって事実はどうであれ、私は母の裏切りの象徴で娘ではないんです」

こんな王家の情けない話を人に聞かせるべきではない。しかも相手は王家を恨み嫌っている人だ。まとめて蔑まれても仕方ないと、胸元を握る手に力が入る。

「姫さん、少し触れるぞ」

「え？」

アメディオはリーリエのすぐ横に座って強く握りしめられたリーリエの手に自分の手を重ねた。アメディオの手はひどく冷たかったけれど、その触れ方はやはりとても優しい。

「手が震えている」

「すみません。こんな話、誰にもしたことがなくて」

「謝らなくていい」

アメディオが変わらず優しくて、リーリエはもうこれ以上王女の仮面を被っていられそうになかった。

「私、これでも優秀なんです」

話の繋がりがわからないだろうアメディオが、不思議そうに首を傾げる。

「留学先で優秀な成績を修めただけではなく、賢王と名高い祖父と同じ髪と目の色を持ち、容姿は美姫と謳《うた》われた母に似たものですから、リーリエ王女は国民人気が大変高いんです」

おどけたように言いながらも、自嘲の笑みがこぼれる。

「娘としては認められなくても、国民の手前、私が父を支えているという事実が必要なんです。父の側には父を慕い支えるリーリエ王女がいなければなりません」

「くだらない」

アメディオが苦々しげに吐き捨てる。リーリエは顔をくしゃりと歪ませた。

「品行方正な王女であること以外、私には何の価値もありません。誰にも必要とされていないのですから、せめて王女として正しく振る舞わなければ」

こんな私では駄目なんです、とリーリエは弱々しくつぶやいた。

「私は、なにもできない」

アメディオは片手でリーリエの手を包んだまま、もう一方の手で頬に触れた。

「そんな強い魔力、美しい顔と賢い頭、それに他者を思いやれる優しい心を持っておきながらなにを言う」

リーリエが水色の目を僅かに揺らしながらアメディオを見つめると、灰色の目はそれが本心だというように見つめ返す。

「ずいぶんと私を買い被ってくださいますね。あなただって私の本心を知ったらきっと幻滅します」

「本心とはなんだ？」

「……言えません」

リーリエが首を横に振ると、乱れた髪が一房顔にかかった。

（憎き王家の娘にまで同情するような優しいこの方に、私の醜い心の内をさらけ出したら軽蔑されてしまうわ……）

するとアメディオがこぼれた髪をすくい丁寧に耳にかける。

「言ってみればいい。今さら俺に幻滅されても別に構わないだろう？」

アメディオだけには幻滅されたくないという気持ちと、いっそこの優しさを勘違いしてしまわぬようにすべてをさらけ出した方がいいのかもしれないという気持ちがせめぎ合う。

「……私は愚かです。先日、あなたに『私には関係ない』と言われた時に、あなたも私を王家の一員として認めて下さらないのかと恨みたくなるくらいには」

「姫さん」

わざわざアメディオが気を使って言ってくれたはずの「関係ない」という言葉を勝手に卑屈に捉えてしまう、そんな醜い心を持つ自分が情けなかった。しかしそれほど王女であることだけがリーリエの支えだった。

「おまえは悪くない」

「いいえ。王家に必要とされているあなたを羨ましく感じてしまうほどに私の心は醜い。あなたがそれを望んだわけでもないのを知っているのに！」

リーリエが大きく首を振ると、また髪が乱れてこぼれ落ちた。乱れた髪を顔に張りつけたまま、リーリエがアメディオを見つめる。

「以前あなたは、私の血を使えば鎖をどうにかできるかもとおっしゃいました。それならば私が王女に生まれた意味があったのかも」

それこそが自分が王女として生まれた理由だったのかもしれない。アメディオが冗談のように言った「王家の血で上書きすれば消せるかも」の言葉が希望のように思えてくる。

「どうか私の血を使ってください」

救いを求めるようにすがりつくと、アメディオがリーリエの手を強い力で握りしめた。

「姫さん、俺のことなんてどうでもいい。おまえが王女であるかどうかなど俺には関係ない」

「私は王女としても役立たずだと？」

「違う。そうじゃない。そのままのおまえを必要とする者が必ずいる」

「そんな人いるわけありません」

「いいや、いる」

「では、どこにいると言うのですか⁉」

アメディオは口を開きかけてすぐに黙りこんだ。リーリエが水色の目に怒りと悲しみを浮かべてにらみつける。

「王女でない私になんてなんの価値もない!!」

「……姫さん」

リーリエは目をつぶり大きく顔を歪める。こんなふうに怒鳴るみっともない姿は、まったく王女らしくない。思いの丈をさらけ出してもすっきりすることはなく、ただ虚しさだけが広がった。荒ぶった心を落ち着けゆっくりと顔を上げる。

「取り乱して申し訳ありませんでした」

「構わないから思っていることを全部吐き出せ」

「いいえ。もう大丈夫です」

アメディオが乱れたストロベリーブロンドの髪を整えて、その指でリーリエの目の縁をなぞる。

「泣くのかと思ったが」

「ふふ、泣いてどうにかなることなんて世の中にはありませんもの」

これまで多くの涙を流してきたが、それで変わったことなどなにもない。リーリエの涙はとっくの昔に枯れてしまった。痛ましげな表情で見つめるアメディオの冷たい指先が、目尻から頬にかけてゆっくりとなぞり下りていく。

「泣き顔もそうだが、おまえはあまり笑わないな」

「そうですか？　私は笑顔を褒められることが多いのですが」

ずっと王女として微笑みを絶やさないようにしてきたはずだ。いつものように優雅に微笑みを浮かべたが、アメディオは小さく首を振った。

「いいや、笑ってない」

リーリエがくしゃりと顔を歪ませる。どうしてだろう。アメディオの前では王女の仮面がうまく被れない。

「あなたに言われたくないです」

「それもそうか」

不機嫌な顔のまま素直に認めるものだから、リーリエの口から、ふふ、と小さな笑い声が漏れた。おかしいはずなのになんだか泣いてしまいそうだ。アメディオの視線を感じ、自分が今どんな顔をしているのかわからなくて片手で顔を隠した。

「こんな顔、見ないでください」

「なぜ？　いつもの取り繕った笑顔より、今の方がよっぽどおまえらしくて可愛らしい」

アメディオが覆った手の中をのぞき込んで来ようとするので、リーリエの頬に熱がこもる。

「可愛く、ないです」

「ふ、おまえは本当に男に慣れてないんだな」

からかうような気配を感じて、ほんの少し口を尖《とが》らせる。

「あまりからかわないでください」

「からかってなどいない。ほら、その可愛い顔をもっと見せてみろ」

アメディオはリーリエが顔を隠している手をはがし、楽しそうに笑って見せた。それはいつか見た無邪気な笑顔だった。

「あなたこそ、いつもそうやって笑ってらっしゃればいいのに」

「俺か？　俺はいつもと別に変わらないだろう？」

アメディオがあごに手をやり不思議そうに首を傾げる。

「あら、全然違います！　いつもこんな風に眉をしかめて不機嫌な顔ばかり」

不機嫌顔を真似して眉をしかめてみせると、冷たい指先が眉間のシワを伸ばすように優しく触れた。

「こら、そんな顔をするな。可愛い顔が台無しになるだろ」

「あ……」

リーリエが顔を赤くしたまま固まっていると、アメディオは眉間にあてた指をそのままゆっくり滑らせてついと頬をなぞった。そしてあごの下で止めると、指先であごの下をくすぐった。触れた指先から微かにアメディオの魔力を感じ、リーリエが身体を震わせる。

「や……あまり……私で遊ばないでください」

「本当のことだ」

おまえは可愛いよ……と、アメディオが耳元に口を寄せ囁《ささや》く。落ち着いた低い声が耳から胸の奥に落ちていき、尖っていた心を丸くなだめていった。

「おまえは強く美しいが、そんなにいつも強くなくていい」

アメディオはリーリエをふわりと優しく抱きしめた。甘ったるい魔力の香りとは違う、男の人の匂いが鼻をくすぐる。

「おまえのことを大切に思う者は必ずいる。だからあきらめるな」

（そんな人いるわけがない。でも、もしいるならば……）

リーリエはそれが叶わぬ願いとわかっていながら、アメディオの背中にそっと腕を回す。アメディオはそのまま振りほどかないでいてくれた。

◇◇◇

二つ目の黒薔薇の蕾が枯れてからさらに数日が経った。リーリエは少し思うところがあり、医療魔術について書かれている本を手に取り調べ物をしている。手元の本だけではわからないところがあり、他の資料を探しに本棚の並ぶ回廊まで向かうと、長椅子から長い足がにょきとのぞいていた。

（アメディオだわ……）

長椅子に寝転んで本を読んでいるところに近づくと、リーリエに気づいたアメディオが首へと手をやる。

「あ、申し訳ありません」

自分が近づくと首の封印具が反応することを思い出し、急いでくるりと向きを変える。すると素早く伸びてきた手がリーリエを引き止めた。

「待て」

「あの、なにか……？」

「近づいてかまわない」

アメディオは不機嫌な顔のまま、リーリエが持っている本をとんと指先で叩いた。

「それ、読めるのか？」

「はい。少し難しい所もありますが、辞書が有ればなんとか」

リーリエが読んでいたのは隣国クリニーナ国の言語で書かれた医療魔術の専門書だった。長く留学していたので日常会話なら問題ないが、専門書となると知らない単語もある。

「どこがわからない？　教えてやろうか？」

「あの、では、ここの記述が少しわからないのですが、教えていただけますか？」

「あぁ、これはな……」

本を開いて一節を示すと、すぐにアメディオが説明してくれる。以前無駄だと言われてから『黒薔薇の呪い』について調べることはやめてしまったが、こんなに貴重な本があるのになにもしないのはもったいないと思い直したのだ。

（留学中に基礎だけは学んだけれど、やはり医療魔術は興味深いわ。お祖父様やお母様のように病で倒れる方を、私の力で救えたら嬉しいのだけれど……）

　このレイクロウ王国にいても、また嫁ぎ先であるローワン王国に渡ったたらなおさら、医療魔術について学び続けるのは難しいだろう。しかしアメディオに背中を押してもらったような気がして、せめてここにいる間は好きなことを学ぼうと決めたのだった。

「つまり、これはこうなる」

「わかりました。ありがとうございます」

　ミランダが言っていた通り、アメディオの説明は丁寧でとてもわかりやすかった。

「姫さんが留学していたのはどこの国だったか？」

「クリニーナ国です」

「じゃあこの文章の意味がわかるか？」

　アメディオが見せてきた本はクリニーナ国の言語で書かれた伝奇物語のようだった。そこには今ではあまり見ない少々古臭い表現が並んでいる。

「あぁ、これは古代詩からの引用ですね」

「なるほど」

　ザヴィーネ城の回廊で互いの知識を交わしながら、穏やかな時間がゆるりと過ぎていく。蔑まれることも遠巻きにされることもなく、ただありのままを受け入れてもらえる時間はたいそう心地良かった。

（ずっとこんな時間が続けばいいのに……）

　口にはできない願いを胸に秘めつつ本を読み進め、ふと顔を上げるとアメディオがリーリエを見つめていた。視線が絡み合ってなぜか目を逸らすことができない。頬に熱がたまる。きっと顔が赤くなっていることだろう。アメディオがわずかに目を細め、からかうように無邪気な顔で笑った。居た堪れなくなったリーリエは無理矢理目を逸らして立ち上がり、アメディオに背を向けた。本棚の上の方に気になる本を見つけ、背伸びをしてみるが届かない。踏み台がないかと周りを見回していたら、いきなり耳元で囁かれた。

「どれだ？」

「きゃっ！」

いつの間にか背後に立ったアメディオが、本棚に片手をつきリーリエを腕の中へと囲っていた。背中から感じるアメディオの熱と耳に吹きかけられた息で、顔の熱がまたぶり返す。アメディオがくつくつと喉の奥で笑っているのが聞こえた。

「取ってやる。どれだ？」

「あ、あの、一番上の赤い背表紙の本です」

アメディオが指をクイと動かすと、赤い背表紙の本が本棚から飛び出てふわりと落ちてきた。あわてて手を伸ばしたら体勢を崩してしまい、すかさずアメディオが抱き止める。

「おい、気をつけろ」

「は、はい。すみません……」

リーリエの身体はアメディオの腕の中にしっかりと収められていた。自分とは違う硬く引き締まった身体の感触が、服ごしに伝わってくる。リーリエはこの肌の温もりをすでに知っていた。触れ合ったところが熱を持ち、全身を鼓動が支配する。

（だめ……。胸の音が聞こえてしまうわ……）

せめて腕の中から逃れようとアメディオの胸板を押し返したら、腰に回した手で強引に抱き寄せられた。隙間がないくらいぴたりと二人の身体が重なり合う。

「あの……？」

リーリエが見上げると、そこにはいつもより赤みの強い灰色の目があった。熱のこもった眼差しがゆっくりと近づいてくる。

「あっ……」

今にも鼻が触れてしまいそうで、互いの吐く息が絡み合う。そのまま唇が重なりそうになった瞬間、ドサリと大きな音がした。

「きゃっ！」

「……っ！」

動きを止めて音のした方にゆっくり顔を向けると、乱雑に積まれていた本が崩れて床に落ちていた。アメディオはひとつため息をついてから、リーリエを抱きしめていた手を離した。そのまま指を振って床に落ちた本をひょいと机の上に戻すと、何事もなかったかのように一冊の本を手に取り長椅子に座る。リーリエも取ってもらった本を持ち、椅子に座って読み進めようとしたが内容が頭の中に入ってこなかった。同じページを何度も繰り返し読みながら、リーリエは胸の鼓動と頬の熱が早く落ち着いてくれるのを願っていた。

その日の午後のことだった。アメディオに呼ばれてリーリエ達が応接間に集まると、アメディオの手には一通の手紙が握られていた。見覚えのある紋章の入った封筒と封蠟《ふうろう》で、それが王宮からの手紙だとわかる。

「姫さん宛だ」

封を開けて中身に目を通すと、リーリエは顔を曇らせた。

「なにが書いてあった？」

「はい。建国祭には必ず戻ってくるように、と」

「正気ですか？　まだ戻れる状況じゃないと伝わっていないのでしょうか？」

「そうですよ！　ノリス様は事情を知ってるはずなのに！」

ロイとミランダが厳しい非難の声を上げる。ただ、リーリエが留学を終えて帰ってきていることは国民に知られているのに建国祭を欠席するのは外聞が良くない――というのが王宮側の主張のようだ。

「最近また王家への不満が高まっているので、リーリエ様の人気にあやかりたいのでしょう」

「血の呪いのせいだとは説明できないから、おそらく私は公務を自分勝手に休んでいると思われているのね」

「それにしたって……」

ミランダがぶつぶつ文句を口にする。

(でもこのままだと、ロイやミランダが責任を取らされるかもしれないわ)

リーリエに好意的な二人は、常に王に厳しい目で見られている。責任を問われるようなことがあれば、リーリエの護衛の任を解かれるだろう。

「アメディオ。せめて十日間、『黒薔薇の呪い』を抑える方法はありませんか？」

ザヴィーネ城から王宮までは片道最短でも四日かかり、建国祭に出席するならば往復で十日は必要だった。しかしアメディオがフンと鼻を鳴らす。

「そんな方法あるわけないだろ」

リーリエは胸の前で組んだ両手を握りしめた。

(もしアメディオのいない所で呪いが発動したら――。もしそれが多くの人が集まる建国祭の場だったら――)

想像するだけでも恐ろしく、握りしめた両手が震える。

「リーリエ様、断りましょう」

「ロイ……。でも、あなた達が咎《とが》められるかもしれないわ」

「私もロイ様もそれくらい平気です！」

「ミランダ。気持ちは嬉しいけれど、もしかすると呪いが……発動……しないかもしれない……」

だから平気よ、とつぶやく声は誰が聞いてもわかるくらい震えている。

「そんなの、わかりませんよ‼」

「そうです。リーリエ様、あなたのためにもこちらに残りましょう」

リーリエは王宮に戻ろうと主張するが、ロイもミランダも強く反対した。すると黙って聞いていたアメディオが口を挟んだ。

「俺も行く」

「え⁉」

三人が口を揃えて驚くと、アメディオは不機嫌顔でもう一度言った。

「俺も一緒に王宮へ行くと言っている」

ロイとミランダが戸惑った様子で顔を見合わせる。

「アメディオ様がついてきてくださるなら、助かりますけど……」

「アメディオ、本当にいいのか？」

「姫さんの呪いのことは一度引き受けたんだ。最後まで面倒はみる」

リーリエは眉をひそめてアメディオを見上げる。

「あの、大丈夫なのですか？」

アメディオは鎖の封印具のせいで勝手に城から出たら王に伝わるはずだ。それこそ咎められるのではないか。

「別に城からはいつでも出られると言っただろう？　あらかじめ手紙の一通でも書いておけば問題ない」

「でも……」

自分のためにアメディオを危険な目に合わせてもいいものだろうかとリーリエが悩んでいると、アメディオが静かに問いかける。

「姫さん、おまえはどうしたい？」

「え……」

リーリエの願いを尋ねるアメディオの目は穏やかで、あまりにも優しい色をしていた。

思わず心の内が口からこぼれ出る。

「一緒に……いて欲しいです」

「わかった。準備しよう」

「あ……でも……」

訂正しようとするリーリエをアメディオがやんわりと止める。

「俺はこの目に頼まれたら逆らえないんだ」

それだけ言うと、アメディオはすぐにロイやミランダと王宮へ向かう準備について話し始めた。リーリエはわがままを言ってしまった自分に戸惑いながらも、いつの間にか手の震えが止まっていることに気がついたのだった。

◆　◆　◆

その日の晩、アメディオはガタムとシタールの部屋を訪ねた。

「タブラはもう寝たのか」

「ええ。最近はロイ様やミランダ様にたくさん遊んでいただけるので、毎日嬉しそうです」

「そうか」

シタールがお茶を淹れてアメディオの前に置く。ガタムは既に仕事を再開しているが、シタールに無理をするなと怒られているらしく長椅子で横になっている。

「姫さんが王宮に戻らなければならなくなった。呪いのこともあるから、俺も付いていくことにした。しばらく城を留守にするが頼む」

「そういうことなら任せてください。気をつけて行ってらっしゃいませ」

「あぁ」

シタールの淹れたお茶はアメディオ好みの香りの強いものだった。ガタムの好みはもっと渋みのあるものだし、シタールの好みは甘い香りのするものだから、わざわざ合わせてくれたのだろう。

（ガタムとシタールを拾ってからもう四十年以上経つか。俺の好みをよく知っているのも当然だな……）

ガタムとシタールの子ども達が独立してからは、ザヴィーネ城も随分静かになったと思っていた。しかしタブラを預かるようになって、そしてリーリエ達三人が訪れ、最近の賑やかさはなんだか少し落ち着かない。ただアメディオは、この賑やかさを不快に思わなくなっていた。

「アメディオ様、リーリエ様は素敵な方ですね」

「あぁ、そうだな」

素直に答えると、シタールがニコニコ笑ってアメディオをながめている。

「あのなぁ、なにを考えているか知らんが、俺はあいつの爺さんと同い年だぞ？」

「あらまぁ。確かにアメディオ様は見た目は若者ですけど本当はおじいちゃんですものねぇ」

シタールが口に手をあててころころと笑う。すると長椅子に寝そべっていたガタムがぼそりと口を挟む。

「中身は子どもみたいなものですけどね」

「なんだと⁉」

ムキになって言い返すアメディオにシタールの笑い声が重なった。

「たしかにアメディオ様は見た目も中身も昔からずっと変わりませんものね」

アメディオは子どものように不貞腐れた顔をしてプイと横を向いた。付き合いの長いこの二人には、アメディオの心の変化などとっくに筒抜けなのだろう。

「……姫さんには婚約者だっている」

「そういえば、リーリエ様は婚約者の方に一度しかお会いしたことがないそうですよ」

「シタール。さっきからなにが言いたい」

「いえいえ、別に。ただアメディオ様が、私達以外にあんなに心を許しているのは初めて見たなぁって思っただけです」

ガタムまで一緒になってうなずいているのが面白くなくて、アメディオがにらみつける。

「ガタム。おまえは姫さんが気に入らないのではなかったか？」

「そうですね。でも、アメディオ様が許しているならオレも許しますよ。それにあの方はとても優しい方です。違いますか？」

「……違わないな」

アメディオがぶっきらぼうにつぶやくと、ガタムとシタールが目を合わせて意味深に笑い合う。

「リーリエ様は魔術もお上手だし……本当はオレができたら良かったんですけどね。残念ながら、オレにはさっぱり魔術の才能がなかった」

「ええ、それは私だって……。ねぇ、アメディオ様。あの方がアメディオ様のずっと待っていた方だといいですね」

「そんなわけないだろう」

アメディオは気まずい胸の内をごまかすように、目の前のお茶をぐいと飲みほした。

幕間　とある魔術師の話

その日、ガメニデは自分の研究室の片付けを命じられていた。

「チッ、なんで俺がこんなことを……」

ぶつぶつと悪態をつきながら太った身体を揺らし、部屋に散らばったゴミを蹴っ飛ばす。研究室の掃除は本来ならメイドの仕事だが、思うまま散らかすくせに研究資料を少しでも動かすと激怒するガメニデに耐えかねたメイドが上に泣きついたらしい。「そんなに文句があるなら自分でやれ」と言われてしまったのだ。

「ここの奴らはなんて無能ぞろいなんだ。この俺に雑用をさせるなんて」

ボサボサの緑の髪を無造作にかき乱すと、分厚いメガネがずり下がった。そのメガネも指紋の跡がべったりとついており、メガネの奥の目が見えないくらい薄汚れている。

「俺は宮廷魔術師で一番魔力が強いんだぞ！　……いや、俺より強い人間はこの国にはもういないだろうな」

レイクロウ王国は周辺諸国より魔術が発展しており、魔力が強い者も多い。この国で一番なら世界一かもな……とガメニデは口の端を歪ませて笑った。片づけをやめてどっかと椅子に座り込んでいると、やけに華やかな女性の声が聞こえてくる。

「こちらを見せていただけるのですか？」

「もちろんです」

宮廷魔術師長のノリスが勝手に誰かを案内してきたようだ。

「クソッ。あのハゲジジイめ。ちゃんと俺の許可を取れ」

研究資料に触れられちゃたまらんと声の方へ向かうと、華やかな声の持ち主が気づいて顔を上げた。

「あなたがこの魔術式を開発した方ですか？」

ガメニデは一瞬でその娘の美しさに目を奪われた。薄暗い部屋に差し込む日を浴びて、ストロベリーブロンドの髪が輝いている。透き通るような水色の目、頰がほのかにピンク色に染まり、赤い唇が艶めいている。ガメニデはこれまでこんなに美しい娘を見たことがなかった。まるで娘自身が内側から光り輝いているようで、部屋の中が一気に明るくなったように感じる。

「ガメニデ、ちゃんと答えろ」

「……は、はい。そうです」

もごもごと口の中でつぶやきながら、汚れたメガネ越しにノリスを上目遣いでにらみつけた。美しい娘はガメニデの描いた魔術式を興味深げに見つめている。

（ふん、こんな小娘に俺の魔術式の凄さがわかるはずないだろう。どうしてもと言うならば解説してやるがな……）

　ガメニデは娘の横顔に粘りつくような視線を這わせた。すると娘が感嘆の声を上げる。

「これを使えば、今まで見つけられなかった病気も発見することができるのですね」

「……はい」

　娘は声まで美しかった。ガメニデに見られていること気づかないまま、娘が白く細い指で魔術式をなぞる。その動きを見ているだけで、ガメニデの身体の一部が興奮して熱を持つ。

「なんて素晴らしいの！」

　顔をあげた娘が水色の目を輝かせる。

「私の母は病気で亡くなりましたが、病気が見つかった時にはもう手遅れでした。でもこの魔術式が広まればそんな不幸な者を減らすことができるでしょう。これは多くの人々を幸せにする素晴らしい魔術式です。ぜひ私にも教えていただけませんか？」

「……は」

「もちろんです！」

　ノリスがガメニデの言葉を遮る。

（なんで、おまえが勝手に答えるんだ!!）

　ガメニデは心の中で思いつく限りの罵倒をノリスに投げつけた。美しい娘は首を僅かに傾けた。

「あの、教えていただけますか？」

「は、はい……」

美しい娘を直視できなくて、ガメニデは声を震わせながら視線をさ迷わせた。すると騒々しい男が飛び込んできた。

「リーリエ様！」

「ロイ」

すぐに金髪の軽薄そうな騎士がやってきて、美しい娘の近くに立った。

「勝手に動き回らないでください。探しましたよ」

「ごめんなさい。新しい医療診断の魔術式ができたと聞いて、いてもたってもいられなくて」

「ここは学園じゃないんです。どこにあやしい奴が潜んでいるかわかりません」

軽薄な男はまるでガメニデを疑うように、ちらりと見てくる。

「ここは王宮よ。防御壁もあるのに心配しすぎよ」

「魔術だって万能じゃありません」

どうやらこの騎士は王宮の防御壁を作る宮廷魔術師を侮辱するつもりらしい。

（なんだ、この男は!!　俺をあやしむような目で見やがって！　それに俺の仕事ぶりを馬鹿にするつもりか!?）

ガメニデが眼鏡の奥から騎士をにらんでいると、娘が美しい眉をひそめてほうとため息をついた。

「学ぶ自由もないなんて。よっぽど学園の方が自由だったわ……。今日はお邪魔しました。また今度、ぜひ教えてください」

美しい娘は優雅にお辞儀をして、騎士と共に研究室から出ていった。ついでにノリスも二人の後をへこへこしながらついて行く。

美しい娘の後ろ姿が見えなくなっても、ガメニデはしばらくその場から動けなかった。通りかかった宮廷魔術師達が「リーリエ様は相変わらずお美しいな」と話しているのが聞こえて、無理矢理話に割り込む。

「おい。リーリエ様とは誰だ？」

「は？　おまえ、知らないのか⁉　この国の王女様だよ。ずっとクリニーナ国に留学されていたが、つい先日、卒業して戻っていらっしゃったところだ」

「亡くなった王妃様に似て美しいな」

「あぁ、これで王宮も華やかになる」

「いや、でもすぐにどこかの国に嫁がれるらしいぞ」

「それは残念だな。せっかく目の保養だと思ったのに」

「あまり不埒《ふらち》なことを言っていると罰せられるぞ。って、おい。ガメニデ。聞いておいてどこに行くんだ」

ゲラゲラと馬鹿みたいに笑う魔術師達を置いて、ガメニデは研究室に戻る。さきほどまで娘が触れていた魔術式が机の上にあり、ガメニデは娘が触れた所をなぞるように指を這わせる。自分の魔術式を見て嬉しそうに輝いていた目と、連れ戻されて悲しみを浮かべた目が魔術式に重なって見える。ガメニデは突如気づいた

「あぁ、彼女は俺が助けてあげなければ……」

それはまるで神の啓示のようにガメニデを支配した。そしてガメニデは決意する。あの美しい娘を助け出してやろう――と。

◆　◆　◆

娘を助け出す機会はすぐに訪れた。ガメニデが作った医療診断の魔術式の功績が認められ、祝賀式典が開かれることになったのである。さらにそこで王から褒章を与えられるという。

(俺が望むもの？　そんなの決まっている)

祝賀式典が行われる大広間で王族の並ぶ列に目をやると、ガメニデの視線に気がついたリーリエが優雅に微笑む。

(あぁ、待っていろ……。俺がすぐに助けてやる)

ガメニデが口の端をあげて笑うとにちゃりと音がした。しかしその後、自分がひどく裏切られることをガメニデは知る由もなかった。

「リーリエ様をいただきたい」

「なんだと？」

王の前に跪き褒章としてリーリエを望むと、なぜか周囲が騒然となった。

そこから先は、ガメニデにとって悪夢の連続だった。共に王の前で跪いていたノリスが声を荒げて責め立ててくる。

「ガメニデ！　おまえはいったいなにを言い出すんだ⁉」

「ノリス。この者には褒賞として宮廷魔術師長補佐の役目を与えるのではなかったか？」

「おっしゃる通りです」

ノリスが禿頭《とくとう》に冷や汗を浮かべながら王に向かって頭を下げる。それを厳しい目で見下ろしていた王は、さらに冷えた目をリーリエに向ける。

「リーリエ。おまえは王女の身でありながら、このような者となにかあるというのか？」

「いいえ、そんなことは……」

リーリエの目が困惑するように揺れるのを見て、ガメニデが叫ぶ。

「リーリエ様は俺に助けを求めていました‼」

「ガメニデ黙れ！」

ノリスが素早く魔術式を描いて、ガメニデを押さえつける。魔術師長のノリスや護衛を除く魔術師は式典で魔術を使えないよう封印具を着けられており、ガメニデは反撃できなかった。王は冷めた目のままリーリエを問い詰める。

「ほう……助けだと？　おまえはこの者に不満を述べていたのか」

「いえ、滅相もございません」

「友好のために嫁ぐ身でありながら、誤解させるような隙があるのはいかがなものか。王女ならば迂闊《うかつ》な真似をするな」

「はい……。申し訳ありませんでした」

「ふん。男を誑《たぶら》かすのが得意なのは母親似か」

王が呆《あき》れたように小声でつぶやき、リーリエが黙って下を向く。

「どうせこの魔術式だって所詮はただの医療診断の魔術式だろう。治すならまだしも、たかが病気を見つける魔術式を開発したぐらいで王女を娶《めと》ろうなど、勘違いも甚だしい」

「じ、自分の魔術式は素晴らしい物です!!」

「ガメニデ！　黙れと言っている！」

王に食ってかかろうとするガメニデをノリスが再び魔術式で拘束し、そのまま衛兵を呼んでガメニデを引き渡す。

「たかだか魔術師風情がこの私に口答えしようというのか？　こいつをつまみ出せ!!」

衛兵が大広間から連れ出そうとする中、ガメニデは必死に暴れて抵抗する。

「止めろ！　俺はリーリエ様を助けるんだ！　リーリエ様!!」

しかし自分に助けを求めていたはずの娘はなぜか怯《おび》えた目をしていた。

「リーリエ……」

ガメニデはそのまま宮廷魔術師の職を奪われ、王宮からも追い出されたのだった。

◆
◆
◆

真っ暗な部屋の中、ガメニデの目の前にはリーリエが横たわっている。薄いナイトドレスに覆われた胸が、ベッドの上でわずかに上下している。ガメニデは指先に魔力を込めると、意識を奪う魔術式を慎重に重ねがけした。そして意識がないのを確認してから、ナイトドレスの裾をめくった。暗闇にリーリエの白く美しい足が浮かび上がる。

「ふ、ふふ……」

ガメニデは声を殺して笑いながら、リーリエの太腿をまさぐる。そこには黒く禍々しい薔薇の蕾の形をした痣があった。棘のある蔓に黒薔薇の蕾が三つ。ガメニデは太く短い指で、その形を確かめるようにひとつずつなぞった。

「しっかりできているな」

ガメニデの家に古くから残されていた魔術書に記されていた『黒薔薇の呪い』をかける方法。半信半疑で行ったがどうやら本物だったようだ。

（三つでは足りないかもしれないな。これでは俺以外にも呪いを解ける者が現れてしまう……）

「せめてあとふたつ」

ガメニデはリーリエの白い太腿の柔らかさを思う存分堪能してから、黒薔薇の蕾が咲くのを待ちきれないように爪で痣を軽く引っかいた。

「ん……」

リーリエが吐息を漏らしながらベッドの上で身じろいだ。ガメニデが喉を鳴らすと、自身の雄が服の下で熱を持って勃ちあがる。

（はぁ……。いっそこのままここで……）

太腿のもっと奥を埋めたい誘惑に耐えながら、ガメニデは小さく頭をふった。

「いいや、まだ早い。もう少し待てば……」

このままリーリエを犯すことはたやすいが、そんなことでは満足できない。『黒薔薇の呪い』の完成はもう目の前だ。薔薇が咲きさえすれば、この美しい娘がガメニデの魔力を求めて泣き叫び許しを乞うのだ。その時を想像しただけで達してしまいそうで身体が震える。

念のためもう一度意識を奪う魔術を重ねがける。そろそろ見回りが戻ってくるのであまり時間がない。ガメニデは胸元にしまっておいた鋭いナイフを取り出した。

「おまえは俺のものだ」

ガメニデはナイフの刃をぺろりと舐めて舌先に血をにじませた。そしてそのままリーリエの太腿に舌を這わせると、魔力をたっぷり込めた自分の血を塗りこめた。

黒薔薇は禍々しい光を放ちながら蔓を伸ばし、その先にさらにふたつの蕾をつけた。蕾ができたのを確認して、ガメニデは醜く顔を歪めて笑っていた。

三章　建国祭

建国祭に合わせて王宮へ戻ることにしたリーリエ達は、アメディオの提案で直前までザヴィーネ城で過ごすこととなった。

「俺の転移魔術なら、ここから王宮まで一気に転移できる」

「そんなことができるのですか？」

アメディオが転移魔術を得意とすることも桁はずれに魔力が強いことも知っていたが、にわかには信じられなかった。

「本当に一瞬で王宮まで行けるんだろうな？」

「なんだ？　今すぐおまえだけ飛ばしてやろうか？」

にらみあうロイとアメディオをよそに、ミランダが興味津々で間に入る。

「すごい！　どんな魔術式なんですか？」

「待て。紙に描いてやる」

紙に描かれた魔術式を見ながらミランダが目を輝かせる。

「うわぁ……。こんな魔力を必要とする魔術式、アメディオ様じゃなきゃ使えないですよぉ。あ、でもあの魔道具を改良すればもう少し簡易的なものが……」

夢中になっているミランダを見て、ロイが呆れている。

「おい、ロイ。姫さんに呪いをかけたって男は今どうしてるんだ？」

「ガメニデか？　残念ながら、奴が王宮を追い出されてからの足取りはまだつかめていない」

「ガメニデは次の宮廷魔術師長候補だっただけあって、魔力は強いし痕跡を消すのもお手のものなんですよね。なんせこっちの手の内もばれてるし」

「姫さんがここにいることは気づかれていないのか？」

「一応、ザヴィーネ城までは私の魔道具で身を隠してきました。認識阻害の魔術式の一部を組み込んであって、この魔道具の仕組みはまだ私しか知りません」

ミランダがローブについていたブローチ型の魔道具をアメディオに渡して見せた。

「なるほど。なかなか面白い魔術式を描く。これなら仕組みを知らない者には破れないだろう」

「ありがとうございます」

「この城や森、それに村の周辺にもあやしい魔力の痕跡は見られないから安心していい。ただ建国祭にそいつは来るだろうな」

アメディオがはっきりと言い切り、リーリエ達の間に緊張が走る。

「血の呪いをかけるには、肌の上に術者の魔力を乗せた血を直接塗りこむ必要がある。しかしそれだけ近づいたはずなのに誰にも気づかれていないのだろう？　その時に姫さんを殺すことだってできたはずだ」

リーリエが顔を青くする横で、ロイが険しい顔をする。

「アメディオ。奴はいつどうやってリーリエ様に呪いをかけたんだ？」

「それは現場を調べてみなければわからない。だがこんな呪いをわざわざかけたのは王宮で騒ぎを起こすのが目的だったはずだ。それなのに奴にしてみれば、いまだ何も起こってないように見えるだろう。なにが起きているか確かめるために、奴は必ず王宮に来る」

「わざわざ来るなら、建国祭でガメニデを捕まえてやりましょう」

「そうだな。必ず捕まえてやる」

「みんな……お願いね」

ロイとミランダが力強くうなずいた。

打ち合わせを終えた後、アメディオがリーリエに小さく手招きをした。近づくとアメディオは少しかがんでリーリエの耳元でささやく。

「術者が近づくと、おそらく呪いが発動する」

リーリエが喉の奥で小さく悲鳴をあげる。再びガメニデに会うかもしれないというだけでも恐ろしいのに、呪いが発動するかもしれないとは。胸の前で握った手が震える。

（多くの人の前で、あんな姿を晒すというの……⁉）

すると、アメディオの冷たい手がリーリエの震える手を優しく包み込んだ。

「姫さん。俺がずっとそばにいる」

ひんやりとした冷たさが、リーリエの心をゆっくりと落ち着かせてくれる。すがるように見上げれば、かつてはあんなに冷たく感じたはずのアメディオの目が、リーリエをあたたかく見つめていた。

◇　◇　◇

建国祭の前日、リーリエ達はアメディオの魔術で王宮の門の前まで転移した。今日の夜には前夜祭が行われることになっている。目の前には見慣れた王宮の門があり、ザヴィーネ城に向かう時は馬車で何日もかかったというのに、なんだか不思議な気分だ。

「着いたぞ」

「へぇ、これはなかなか便利だな」

「あれ、ロイ様。やっと魔術師のことを見直してくれたんですか？」

「は？　じゃあ、おまえもやってみろ！」

今にも言い合いを始めそうな二人をなだめつつ王宮の中に入ると、アメディオが足を止めてぐるりと周りを見回した。

「おい！　ここの防御壁の魔術式を描いたのは誰だ？」

ミランダがあわてて答える。

「え？　えっと、担当の宮廷魔術師が何人かで手分けして描いています」

「おそらく魔術式が描き換えられている。前に来た時と違う」

「ええっ！　なんでそんなことわかるんですか？」

「この魔術式を作ったのは俺だからな。描き換えられればすぐわかる」

ミランダが「信じられない……」とつぶやいている。

「ずいぶん巧妙に隠されているが、全体を一気に見れば異常に気づけたはずだ」

「王宮の防御壁の魔術式は膨大すぎて、一気に読める者なんてほぼいませんよ」

「それぞれの魔術式の境目を狙って描き換えられているな。こんな芸当ができるのは内部の事情を知っている者だろう」

四人は急いでリーリエの住む一角まで移動し部屋の中に入る。ロイが途中で手に入れてきた王宮の地図を机の上に広げると、アメディオは少し考え込む様子を見せてから、すぐにペンを取り地図の上になにかを描き込み始めた。そしてひと通り描き終えてから、今いる部屋のすぐ近くの一室をとんと指差した。

「この部屋はなんだ？」

「……私の寝室です」

「なるほど。姫さんの寝室に通じるように、防御壁の抜け道ができている」

アメディオは確認するぞ、とすぐにリーリエの寝室へと向かった。リーリエの寝室は二部屋の続き部屋で、奥の部屋にベッドが置いてある。部屋に入ったアメディオがさっと手を振ると、部屋中に細かい銀色の魔術式が浮かび上がった。

「うわ、すごっ……」

ミランダのつぶやきをよそに、アメディオは部屋に残された魔術の痕跡を探っていった。寝室のドアや家具、それに壁や床、さらにはベッドの下まで慎重に調べていく。アメディオがリーリエのベッドサイドに立ち、ベッドを見下ろした。

「ここだな。術者はここで姫さんに呪いをかけた。意識を奪う魔術の痕跡も残っているから、姫さんの意識を奪い、その隙に魔力のこもった血を塗りこんだのだろう。この魔力がガメニデのものか確かめたい。奴の使っていた魔道具はあるか？」

「探してきます!!」

ミランダがいきおいよく寝室から飛び出していった。

「……あの者が寝ている私に触れていたと？」

想像するだけで恐ろしく、足元がふらつく。あわててロイがリーリエを支え長椅子に座らせた。寝ている自分の肌にガメニデが触れている姿を想像し、あまりのおぞましさに喉の奥からせり上がってくるものがあり口元を押さえる。

「うっ……」

「姫さん」

アメディオはリーリエの傍らに立つロイを押しのけると、指を振って手洗用のたらいを手元に呼び寄せた。

「吐いちまえ。楽になるぞ」

リーリエは目を潤ませながらも、口元を押さえて首を小さく振る。

「見えないようにするか？」

いつかのように認識阻害の魔術式を描こうとしているのがわかり、リーリエはもう片方の手でアメディオの服の裾をつかんだ。すぐにリーリエの手の上にアメディオの手が重ねられる。重なった手の冷たい感触が心を落ち着かせてくれる。リーリエは口元を押さえながら、ゆっくり長い息を吐いて吸ってをくり返す。アメディオの手が優しく、そして力強く、リーリエの手を握りしめた。

「……もう大丈夫です。落ち着きました。ありがとうございます」

アメディオはまだ少し心配そうに顔をのぞき込んでいたが、リーリエが落ち着いたのを認めると手を離しゆっくりと立ち上がった。

「誰も入り込めないように防御壁を描き換えるぞ。王宮全部をいじるとなると面倒だから、とりあえず姫さんの部屋だけ描き直す。これでこの部屋には勝手に入れないはずだ」

アメディオが大きく手を振ると寝室の天井から壁、そして床まで、一気に銀色の魔術式が描かれていった。ちょうど戻ってきたミランダが驚きの声をあげる。

「うわっ、また！　さすがですね」

目を丸くするミランダからガメニデの使っていた魔道具を受け取り、アメディオが魔術の痕跡を調べる。

「犯人はガメニデだ」

予想通りの結果にロイとミランダが厳しい顔をする。分厚いメガネの奥の暗く濁ったガメニデの目を思い出し、リーリエの身体が震える。アメディオはリーリエの隣に座り震える手を優しく包みこんだ。その冷たい手をリーリエがそっと握り返す。

「俺の方が奴より強い。必ず守るから安心しろ」

水色の目がすがるように灰色の目を見上げるのを、少し離れたところに立っているロイがじっと見ていた。

◆　◆　◆

日が暮れていよいよ前夜祭が始まる時刻が迫る頃、アメディオは宮廷魔術師の正装を着せられていた。

「ふん、窮屈だな」

「あ、ちょっとダメですよ。せっかく知り合いから借りてきたんですから」

豪奢《ごうしゃ》なローブの下の襟元を緩めようとしてミランダに止められる。くすくすとひそやかな笑い声が聞こえた。

「なんだ？」

「よく、お似合いです」

笑い声の主であるリーリエは派手な紫のドレスに身を包んでいた。こうして着飾っていると近寄りがたいほどに美しい。

「それにしても、陛下は呪いのことを軽く考えすぎじゃないですか？」

『黒薔薇の呪い』はまだ解けておらず、せめて前夜祭だけでも欠席したい旨を伝えたが王は許してくれなかった。ミランダが王に対してぶつぶつ文句を言っているのをロイが咎めるような目で見ているが、止めないところを見ると同じ気持ちなのだろう。

「王は血の呪いが発動しているところを見たことがないからな。侮っているんだろうよ」

それでいて呪いに巻き込まれるのは怖いのか、ぎりぎりまでリーリエ達は別の部屋に閉じ込められている。王からの呼び出しを待つ間、アメディオは首の鎖に手をやった。王宮に来るといつもそうだが、首の鎖が反応して少々息苦しい。

「痛むのですか？」

「いや。ここは王家の血筋の者が多いからな。少しうっとうしいだけだ」

心配そうに見つめるリーリエを安心させるように鎖を揺らしてみせた。

「ところでアメディオ様。前夜祭の間は部屋で待機しているようにと言われていましたが、どうするつもりですか？」

ミランダには王宮の防御壁の不備と共に、いつ呪いが発動するかわからないのでアメディオはリーリエから離れることができないとノリスに伝えさせた。しかしノリスの答えはすぐに防御壁を直すことは無理だし、アメディオは人前に出てはならないというものだった。

（ふん、化け物を人前には出せないということか）

アメディオの存在が知られ、王家の所業が明るみに出ることを恐れているのだろう。それでもアメディオがリーリエから離れるつもりがないと知り、ミランダはどこからか魔術師の正装を用意してきたのだった。正装には着替えたが、アメディオにはこそこそ隠れるつもりはなかった。

「それはな、こうする」

アメディオはにやりと口の端を上げると、軽く指を振った。途端に周りを魔術式が囲み、その姿がぼんやりと見えづらくなる。

「アメディオ、あなたの姿が……」

「認識阻害の魔術の応用だな。これで俺の姿は姫さん達三人にしか見えない」

「王宮では許可された者しか認識阻害の魔術は使えないはずです」

「俺は使えるんだよ」

なんでもないことのように肩をすくめてみせると、リーリエが目を瞬かせて驚いていた。

ようやくリーリエが呼ばれ、アメディオは姿を消したまま一緒に大広間に入る。王や王妃、それに王太子は既に並んでおり、リーリエが静かにその列に加わるのをロイやミランダの近くで見つめる。堂々と立ちながら優雅に微笑んでおり、そこにガメニデの所業に恐怖し震えていた面影はなかった。

(見事なもんだな。王女らしく……か)

リーリエは王妃や王太子より一段下がった位置で控えめにしている。パーティーの様子から想像するに、王が挨拶を済ませてから呼ばれたのだろう。

(ふん、自分達と立場の差をわざわざ見せつけるのか。姑息《こそく》な真似をする)

確か十二か十三歳になるはずの王太子は、王によく似た柔らかそうな明るい茶色の髪をしている。また顔立ちは王妃とそっくりで、三人が並ぶと血の繋がりがはっきりと感じられた。そしてリーリエは実の父親であるはずの王とまったく似ておらず、一人だけまるで異質に見える。

(これは居心地が悪かっただろうな)

彼らを見れば、リーリエがどれだけ王宮で辛い日々を過ごしてきたのか容易に想像できた。

王へ挨拶に訪れる人々の波が落ち着いてきた頃、線の細い銀髪の青年がリーリエに近づいてくる。

「おい、あいつは何者だ?」

「シャール様です。リーリエ様の婚約者の」

ミランダによると、どうやら以前話していたローワン王国の第六王子らしい。

「留学中のリーリエ様を、たまたまクリニーナ国を訪問中だったシャール様が見初めたって話になってますけどね」

「違うのか？」

「どうやら女遊びが激しくて、国内はもちろん近隣の国でもまともな結婚相手が見つからなかったらしいですよ」

　それでわざわざ離れたレイクロウ王国まで婚約の打診が来たのだとミランダが苦々しい顔をする。確かにシャールは女慣れしているようで、いつの間にかリーリエの腰に手を回している。リーリエは優雅に微笑んだままさりげなく距離を取ろうとしているが、腰をつかまれて逃げられないでいるようだ。

「なんでそんな奴と婚約を」

「いくらシャール様でも王女と結婚すれば女遊びもやめるだろうってことで、リーリエ様が選ばれたそうです。こんなの生贄《いけにえ》もいいとこですよ」

「おい、お喋《しゃべ》りはいい加減にしろ」

　ロイがいらついた様子で二人の会話を止める。アメディオは耳に身体強化の魔術式を描いてリーリエ達の会話に耳を澄ませた。

『シャール様、お越しいただきありがとうございます』

『お会いできて嬉しいです』

　銀の髪に紫の目のシャールは、甘い顔つきの割になんだか笑顔が嘘臭い男だった。そういえば、今日のリーリエのドレスはシャールの目の色に合わせて王宮の侍女が用意したものらしい。

（ふん、あんな派手な色のドレスが似合うものか。姫さんに似合うのはもっと……）

あんな男のためにリーリエが自分の命を危険にさらしてまで純潔を守っているのかと思うと、不快な気持ちが抑えられない。

『きゃっ！　シャール様、おやめください』

シャールがリーリエの腰を抱いたまま、強引に外へ連れ出そうとしていた。

『せっかく会えたのだから、少し静かなところで話をしましょう』

『いえ、でも、まだ他の方にもご挨拶をしなければ』

なんとか断ろうとするリーリエに王が声をかける。

『構わない。婚約者と交流を深めるのもおまえの役目だ』

王の言葉に傷ついた顔をするリーリエを見ながらロイに耳打ちをする。

「おい、姫さんが外に連れ出されそうだぞ」

呪いがいつ発動するかわからない身で男と二人きりになるのは危険だ。ロイが急いでリーリエに駆け寄る。

「シャール様、どちらに行かれるのですか？」

「庭園に向かうだけだ。婚約者と少し話をするくらい構わないだろう？」

「申し訳ありませんが、リーリエ様は体調が万全ではないため、先に下がらせていただくことになっております」

「あぁ、それは大変だ。確かに少し顔色が悪い。向こうで共に休もう」

シャールが芝居がかった仕草でリーリエの頬に手をやる。なかなか諦めないシャールにロイが焦れて、二人の行く手を遮るように立った。

「シャール様！」

「貴公はたしかトラモント公爵家の者だな。元婚約者が私の邪魔をするということは、レイクロウ王国はこの婚約に不満があるということか？」

シャールが冷たい目で一瞥すると、ロイが口を引きむすび動きを止める。アメディオが小声で尋ねる。

「おい、ミランダ。元婚約者とはなんだ？」

「あぁ、はい。ロイ様とリーリエ様は昔、婚約していたそうです。トラモント公爵家が王太子殿下の後ろ盾についたので婚約は解消されたらしいですけど」

二人の婚約を解消することで、トラモント公爵家は王太子を支持することを示したということらしい。

「だからロイ様がリーリエ様の護衛騎士を希望した時は、ずいぶんと公爵家から反対されたそうですよ。なかば無理矢理認めさせたって言ってました」

「ふん、くだらないな」

しかし、このままロイがシャールの邪魔をしていては二国間の問題にされてしまいそうだ。それをわかっているのだろうリーリエが、微笑みを浮かべたままシャールの手を取った。

「シャール様。では少しだけ、休憩にお付き合いいただけますか？」

「私の護衛もいるから君は必要ない。後で私がきちんと部屋まで送り届けよう」

「リーリエ様」

「大丈夫よ、ロイ」

食い下がろうとするロイをなだめて、リーリエはシャールに手を引かれるまま庭園へと向かった。その場で動けないでいるロイの横をアメディオがすり抜ける。

「俺が行く」

庭園に向かうアメディオの背中を目で追いかけながら、ロイは震えるこぶしを握りしめていた。

◇　◇　◇

日も落ちた夜の庭を、シャールに手を引かれるまま奥まで進む。魔道具の灯が照らしているとはいえ、夜の庭園は薄暗く人気がなかった。シャールの護衛もここまではついてきていないのか姿が見えない。

ガゼボで二人きりになると、シャールはリーリエの腰を引き寄せてぴたりと身体を近づけた。

「こんな美しい方と婚約できて私は幸せ者ですね」

「あの、もう少し離れていただけますか？」

微かに伝わる体温が気持ち悪い。身体を振り逃れようとするがシャールの腕に力が込められ、さらに身体が密着した。

「留学を終えたら、すぐに私のところに来ていただけると聞いて待っていたのですよ」

「申し訳ありません。病にふせっていたもので」

留学先からそのままローワン王国に渡るという話もあったのだが、リーリエが希望して一度帰国していた。嫁いだら最後、二度とレイクロウ王国の地に戻れないかもしれず、せめて最後に母の墓に参り、数少ない知人にも挨拶をしたかった。しかしそんな自分のわがままのせいで呪われるはめになり、シャールを待たせてしまっていることは申し訳ない。

(でも呪われた身で嫁ぐわけにはいかないもの)

呪われたまま嫁ぎそこで『黒薔薇の呪い』が発動したら、問題はリーリエのことだけではすまなくなる。するとシャールがリーリエのあごをつかんで強引に持ち上げた。

「待ちぼうけのあわれな男に慈悲をいただけますか？」

そのまま顔が近づき唇が触れそうになって、思わず振り払う。

「シャール様、いけません！　……あっ！」

リーリエの指輪がシャール自慢の顔をかすめ、頬に赤い線が走る。

「申し訳ありま……きゃあっ！」

「人が大人しくしていれば！　私は傷つけるのは好きだが、傷つけられるのは好きではない」

シャールは恐ろしい形相を浮かべると、そのままリーリエの手首を力任せにつかみ酷薄に笑った。

「痛っ……」

「同盟国の王女を娶るということで、ここしばらく遊ぶのを禁止されていましてね。私もそろそろ我慢の限界だ。責任をとって貴女に慰めてもらおう」

シャールはリーリエの手首を捻りあげ、さらに逃げられないようにガゼボの柱に背中を押しつけた。シャールには加虐趣味があり、多くの女性を傷つけてきたという噂《うわさ》を思い出す。

「……シャール様、おやめください」

「ふふふ、震えていますよ。あなたのような面白みのない女を娶ってやるんだ。精々いい声で鳴いて私を楽しませてください。叩かれるのと縛られるの、どちらがお好みですか？なに、すぐ気持ち良くなりますよ」

シャールは唇の隙間から赤い舌を出すと、リーリエの白い首筋にゆっくりと這わせる。生温い濡れた舌の感触が気持ち悪くて、全身を鳥肌が襲う。

「いやっ！　誰か！」

声を張り上げ助けを呼んだが、嘲るようにシャールが笑う。

「誰も来ませんよ。あなたのお父上からは好きにしていいとお許しをいただいている」

驚いて抵抗する力が弱くなる。婚約者が相手とはいえ、娘が男からこのような扱いを受けることを王が許したというのか。抵抗がなくなったのに気を良くしたシャールは、そのままリーリエの唇を奪おうとした。

（あぁ……）

すべてをあきらめたその瞬間、シャールの身体がぐらりと揺れてそのまま倒れ込んだ。

「え……？」

ガゼボの床に倒れて動かないシャールを見下ろしていると、誰かの腕がリーリエを抱きしめた。ふわりと覚えのある香りが鼻をくすぐる。

「……アメディオ」

「静かに」

低い囁き声と共に、唇をふさぐように冷たい指が触れる。

「今のうちに部屋へ戻るぞ」

認識阻害の白い壁がリーリエの姿を覆い隠す。するとさっきまで見えなかったアメディオの姿が現れた。顔を見てホッとしたリーリエが身体を寄せると、抱きしめるアメディオの腕にわずかに力が込められる。

「目を覚ますと厄介だ。早くこの場を離れよう」

そうして抱き合ったまま、二人はその場から転移した。

リーリエの寝室に来ると、すぐにアメディオがミランダに向け魔術で伝言を飛ばした。おそらくすぐにミランダとロイが戻ってくるだろう。二人きりの時間がすぐに終わってしまうことを名残惜しく思っていると、アメディオが隣に座り窮屈そうな服の襟元を緩めた。そしてシャールに乱されたドレスを直してくれる。

「ありがとうございます」

「なんであんな奴と婚約を」

リーリエは曖昧な笑みを浮かべる。この婚約を決めたのは王だ。素行の悪さで有名なシャールは第六王子で王位を継承できるほどの立場ではなく、結婚相手探しが難航していたそうだ。王はリーリエを嫁がせることで、ローワン王国に恩を売るつもりなのだろう。

アメディオが不機嫌そうに顔をそむけてつぶやいた。

「ロイとなら、姫さんも幸せな結婚ができたのだろうな」

「ロイ？　……なぜ今、ロイの名が出てくるのですか？」

「姫さんはロイとその……婚約をしていたのだろう？」

「ええ。でもそれは弟が生まれる前のことです」

先ほどシャールに言われるまで、すっかり忘れていたくらいだ。しかしアメディオはどこか気まずそうに目を泳がせる。

「ロイは、ずっとおまえのことが好きだったんじゃないのか？」

「それは……ロイにとって私が妹のような存在だからです」

　昔からロイはリーリエのことを大切にしてくれた。しかしそれは妹に対するような想いのはずだ。実際、父に疎まれているリーリエにとって、ロイは誰よりも身近で兄のように大切な人だった。もう十分すぎるほど良くしてもらってきた。だからローワン王国に嫁いだ後は、自分とは関わりのないところで幸せになって欲しいと願っている。

（私は好きな人との結婚など望むこともできないのだから、せめてロイには……）

　リーリエが目を伏せると、アメディオが低く沈んだような声で尋ねてきた。

「姫さん、ロイと結婚したいか？」

「え？　いきなりなにをおっしゃるのですか？　そんな……無理です。ロイには幸せな結婚をしてもらいたいです」

「……そうか」

　アメディオはそのまま少し考え込んでから口を開いた。

「もし姫さんが望むなら……俺が叶えてやる」

「まぁ、なにをおっしゃるのですか？」

　冗談かと思ったが、アメディオは真剣な顔をしている。

「こんな国、滅ぼしてしまえばいい」

「アメディオ？　いったいなにを……」

　確かにアメディオが防御壁に魔力を注がなければ、他国に攻め込まれ国が滅びるかもしれない。

しかしアメディオの言いたいことは、もっと違うことのように聞こえる。アメディオはさらに襟元を緩め、おもむろに首の鎖を鳴らした。

「この鎖を外せば、俺にできないことはない」

「まさか……外せるのですか⁉」

アメディオは首の鎖をひとなでするだけで、できるともできないとも言わなかった。しかしアメディオの魔力が暴走した時、いくつかの封印具は弾け飛んでいた。それにこの王宮でも不自由なく魔術を使っているように見える。

（そうよ。国全体を護る防御壁を一人で作るくらいだもの。封印具を外せば、アメディオにできないことなどないのかもしれない。でも――）

「王の許可なく鎖が外れたら、反逆者として捕えられてしまうのではないのですか？」

「そうだな」

アメディオは表情を変えることなくうなずく。しかしその顔を見ていたら、リーリエの頭にひとつの考えが浮かんだ。

（アメディオほどの人を捕えられる人などいるの？）

アメディオの強さを知った今では、そんな人などおそらくどこにもいないだろうと思えた。もしリーリエが望めば、アメディオは封印具を外して自由になれるのだろうか。リーリエが戸惑うように目を揺らすと、アメディオがあごに手を添えて見つめてくる。赤みがかった灰色の目が、リーリエの言葉を待つように細められた。そのままアメディオの首の鎖に触れようとして、鎖の下の痣が目に入り手が止まった。

「……あなたは『鎖の呪い』のせいでおじいさまに逆らえないのではないのですか？」

以前アメディオは王家に従う理由を、祖父リチャードにこの国を護るように頼まれたからだと言っていた。それは『鎖の呪い』のせいだと思っていたが、違うのだろうか。

「ん？　これにはもう効力がないと言わなかったか？」

「でも、それならばなぜあなたはお祖父さまの命令に従っているのですか？」

「あぁ、なるほど」

アメディオは一人で納得しながら、首の鎖をずらし肌に刻まれた痣を指でなぞる。

「これはただの残骸だ。本当はな、俺を縛るものなどなにもないんだ。ただ俺が……リチャードの頼みを聞きたかった」

「それは……どういうことですか？」

「おかしいか？　それだけで言うことを聞いては？」

「そんな……だって……」

リーリエは混乱していた。祖父リチャードはアメディオに『鎖の呪い』をかけザヴィーネ城に閉じ込め、さらにその命を盾に国の防御壁を作らせていたはずだ。それを父である王も真似している。

それなのにアメディオは、まるで自ら望んで鎖に縛られているようなことを言う。混乱するリーリエを落ち着かせるように、アメディオがリーリエを抱きしめた。

「なぁ、姫さん。おまえが望むなら俺はなんでもしてやる」

柔らかく耳に落ちる言葉がまだ信じられない。かすれた声でリーリエが尋ねた。

「……あなたはいつでも自由になれるのですか？」

「俺のことなんてどうでもいい」

「どうでもいいわけありません！」

顔を上げると視線が絡み合い、アメディオの目の赤みがいつもより強く見える。血の色のように感じていたのが嘘のように、それは冷たい身体の奥に灯る情熱の火のようで目が離せなかった。

「おまえはもっと自分のことを考えろ。だがそんなおまえだから俺は……」

「……あなたは？」

いつかの時のように、ゆっくりと二人の顔が近づいていく。

すると寝室のドアがノックされた。

「リーリエ様、お戻りですか？」

「ロイ……！」

ロイの声が聞こえ、近づいた二人の身体はすぐに離れた。アメディオが椅子から立ち上がりドアを開けると、そこにはロイと両手に料理を抱えたミランダが立っていた。

会場でなにも食べることができなかった二人のために、ミランダが食べる物を持ってきてくれた。テーブルの上に並べ、ザヴィーネ城にいた時のように作法なんて気にせずみんなで分けあう。先ほどのアメディオの話が気にかかり、リーリエは目の前の建国祭を無事に終えたら、時間を作って尋ねようと心に決めた。

「明日の晩餐会はなんとか断りたいですよね」

ミランダが行儀悪く手でつまんで食べながら、汚れた指を舐めた。

「こんな防御壁のままでは心許ないし、俺が一気に描き換えてやるから代わりに休ませろとでも交渉するか」

「うへぁ、すごすぎてわけわかんないこと言わないでくださいよ」

ミランダが目を輝かせる横で、ロイが難しい顔をして唸る。

「だが、昼間の式典とその後のバルコニーでの挨拶は避けられない」

「そうね。そのために戻って来るようにって言われたんですもの」

それは王族一同が揃って国民の前に出て挨拶をする大事な行事だった。いつ呪いが発動するかわからない身で人前に顔を出すのは恐ろしい。しかし本当に恐ろしいのは――。

「人ごみに紛れてガメニデも来る」

アメディオがきっぱりと断言する。ガメニデの濁った目を思い出すだけで震えがくる。

震える手をごまかすように膝に重ねて置くと、伸びてきた冷たい手が優しく重ねられた。

少しずつ震えが治まってきたところで、ミランダがいきなり大きな声をあげた。

「さて、そうと決まれば、ドレスを選びましょう!!」

「え?」

「だってここの侍女が選んだ今日のドレス、趣味が悪かったじゃないですか」

ロイとアメディオが同時に「たしかに」「そうだな」とうなずく。

「あんな派手なドレスはリーリエ様には似合いません! はい、行きますよ!!」

ミランダがリーリエを衣装部屋まで引っ張り、その後をロイとアメディオがついてくる。衣装部屋に並ぶリーリエ専用のドレスを見ながらミランダが腕を組んだ。

「うーん、ロイ様はどれがいいと思います?」

「そうだな。この間着ていたえんじ色のドレスはどうだ?」

「あれは明日の王妃様のドレスと色がかぶってしまうわ」

三人で意見を出し合っていると、ミランダがくるりと向きを変えた。

「アメディオ様はどれが好きですか?」

「ちょっと、ミランダ! なにを言っているの!」

「いいじゃないですか。いつもと違う人の意見を聞いてみましょうよ」

衣裳部屋の扉に寄りかかっていたアメディオは、少し首を傾げ衣装部屋を見回す。そして指を振って一枚のドレスをふわりと取り出した。

「これなんか、姫さんに似合いそうだ」

それは空色のドレスだった。襟や袖、裾に繊細な白いレースがふんだんに使われていて、派手すぎず地味すぎず、上品でありながら可憐でリーリエも気に入っている。

「あ、これ！　前にお召しになった時もリーリエ様に似合っていて素敵だったんですよね。うん、これにしましょう！」

「晴れた空の色――姫さんの目の色だな」

「え、えぇ……」

「明日は天気も良いみたいですし、青空の下で映えますよ～」

「ふ、それは楽しみだ」

そのままミランダがドレスに似合うアクセサリーを見繕っていく。自分の目の色を晴れた空に例えられ、リーリエはふわふわと浮かれてしまいそうになる心を必死に落ち着かせた。

◆
◆
◆

「おい、アメディオ。おまえはそっちで寝ろ」
毛布を持ってきたロイが長椅子を指差した。アメディオは今夜、リーリエの寝室に泊まることになっている。もちろん二人きりではなく、ロイやミランダも一緒だ。王宮の防御壁も不完全で呪いがいつ発動するかもわからない中、リーリエを一人にしたくなかったからだ。それにガメニデに寝室に入られたと知り動揺していたリーリエに、これ以上不安な

思いをして欲しくなかった。

ミランダはリーリエと同じ奥のベッドルームに泊まるが、ロイとアメディオが泊まるのは手前の続き部屋だ。ロイから毛布を受け取り、一人用の肘掛け椅子に座る。

「俺がこっちで寝る。長椅子はおまえが使え」

「いや、俺がそっちで寝る」

長椅子を譲ろうとするロイに向けて指を振ると、身体の周りをアメディオの魔術式に囲まれたロイは長椅子の上にドスンと座らされた。

「なにをする！」

「おまえのほうが身体がデカいんだから、大人しくそっちで寝ていろ」

そのまましばらく不毛なやり取りを続けたが、アメディオがどうあっても肘掛け椅子から動くつもりがないとわかり、あきらめたロイが長椅子で寝転んだ。

明かりを落としてしばらくすると、寝付けないのかロイがもぞもぞと動いている。そして小さくため息をつき、静かに身体を起こした。

「……アメディオ、起きているか？」

「なんだ？　長椅子が小さくて眠れないのか？　ずいぶんと繊細なんだな」

暗闇の中からロイのムッとした気配が伝わってくる。

「おまえこそ、今日は柄にもなくおしゃべりじゃないか」

「そうか？」

「……リーリエ様を安心させるためか？」

アメディオは黙ったまま答えない。少しの沈黙の後にロイがためらいがちに口を開く。

「おまえは、リーリエ様のことを……。いや、なんでもない。明日はよろしく頼む」

ロイはドサリと長椅子の上で横になると、それ以上なにも言わなかった。

◇　◇　◇

いよいよ建国祭当日だ。空色のドレスに身を包んだリーリエを見て、アメディオが目元を緩める。

「よく似合っている」

「ありがとうございます」

リーリエが頬を赤らめながらうつむくと、アメディオが耳元に手を伸ばした。

「きゃっ！　なにを……」

「じっとしていろ」

アメディオが耳飾りを軽く持ち上げなにやら魔術式を描きこんでいく。

「それは……？」

「物に声を乗せる魔術式だな。どこにいても俺の声が聞こえるようにした。俺は身体強化で離れていても姫さんの声が聞こえるから、なにかあったら俺を呼べ」

耳飾りから離れていくアメディオの冷たい指先が首筋をかすめて、リーリエの頬にさらに熱が溜《た》まる。身体強化はアメディオ自身にしか使えないのを聞いてロイが残念がっている横で、ミランダが不思議そうに首を傾げた。

「なんでアメディオ様は王宮でそんなに自由に魔術を使えるんですか？　ここでは使える魔術をかなり制限されているはずですが」

「あぁ。そもそもな、この王宮で使われている防御壁の魔術式も、魔術の使用を制限する魔術式も、全部俺が作ったものだ。だから俺の魔力には反応しないようになっているんだよ」

「え、それじゃあアメディオ様は王宮にしのびこみ放題ってことですか？　そんなの大問題じゃないですか。ノリス様は知っているんですか？」

「どうだろうな。教えたことはないが……知っていたとしても、奴に俺を止められる魔術式を描けるものか」

「うわぁ……こわぁ……」

ミランダが自分の身体を抱えて震える真似をする。それを聞いてリーリエは確信した。

やはりアメディオの力はノリスの力を上回っている。もしアメディオを縛っているものが彼の心だけなのだとしたら、説得できるかもしれない。

（アメディオの力を利用している私が言うことではないかもしれないけれど、もう王家とは関わりのない所で自由に過ごしてもらいたい）

すると、ミランダがさらに大きく首を傾げた。

「あれ？　じゃあ、アメディオ様はいつ王宮の魔術式を作ったんですか？」

おそらくそれはリーリエが生まれる前のことだ。このままではアメディオの秘密に触れかねないと、リーリエはあわてて話を逸らした。

「ミランダ、そろそろ時間よ。準備してちょうだい」

はい、と返事をして支度を始めるミランダを見ながら、アメディオが肩をすくめる。

「なんだ、こいつらには俺のことを話してないのか？」

「……私が勝手に話していいことではありませんから」

「姫さんが話したいと思った相手になら好きに話してかまわない。おまえなら悪いようにはしないだろう」

「……ありがとうございます」

向けられた信頼が嬉しくて、胸の奥がくすぐったかった。


いよいよ建国祭の式典が始まる時間になり会場へと向かう。ロイとミランダが緊張する横で、アメディオが認識阻害の魔術をかけて姿を隠した。リーリエが震えを抑えるように胸の前で手を組んでいると、どこからかふわりと冷たい手が重ねられた。見えなくてもアメディオの手だとわかる。すると耳飾りがほんのり熱を持ち、アメディオの声が聞こえてきた。

『俺が近くにいるから心配するな』

「はい」

『姫さん。昨日言ったとおり、おまえが望むなら俺はなんでもしてやる』

「……はい」

大きく息を吐いて背筋を伸ばすと震えは治まっていた。リーリエは顔を上げ、堂々と王女の笑顔を浮かべた。

式典の行われる大広間に入ると、すぐにシャールが近づいてきた。

「リーリエ様、昨晩はゆっくり休めましたか？」

「ええ、おかげさまで」

「そんなに飲んでいないはずなのに、昨晩の記憶が曖昧で」

シャールが額を抑えて苦笑する。しかしその目の奥は笑っておらず、昨夜を思い出しリーリエが笑顔をわずかに引きつらせる。シャールが手を伸ばして触れようとしてきたのでとっさに身をかわす。

「式典が始まりますので失礼いたします」

リーリエはくるりと向きを変えると、見苦しく見えない程度の早足でシャールから距離を取った。呪いのこともあるのに、今はシャールのことで悩まされたくない。

（アメディオは俺が何でもしてやるって言ってくれたけれど、国を犠牲にするようなことは望めないわ……）

王女の役目を投げ出すような真似はできないけれど、それでもアメディオがくれた言葉はリーリエを力づけてくれた。

式典はつつがなく進み、十二歳になる弟が立派に王太子の役目を果たしている姿を複雑な想いで見つめる。現在の王妃である義母は、リーリエの母が存命のうちから側妃として王の寵愛《ちょうあい》を受けていた。義母はリーリエの母を嫌っており、そのためリーリエに向けられる態度はひどく冷たいものだった。義母の影響なのか、それは弟である王太子も同じで、リーリエはいつも一人だった。

（彼らは私がどんな人でも気に入らないのだわ。私がなにを考え、なにを感じているのかなんて、きっとどうでもいい……）

すべてを投げ出して逃げてしまいたいと思ったことは一度や二度ではない。それでも王女として必要とされることにすがり、愛されることをあきらめられなかった。それがリーリエ自身の弱さだったと今ならわかる。

（それでも必要とされたかった……）

ふと視線を下げると空色のドレスが目に入った。よく似合うと、リーリエの目の色によく似た晴れた空の色だと言ってくれた人の顔が思い浮かぶ。アメディオは王女じゃなくてもリーリエを必要とする人はいると励ましてくれたが、呪いが解けてしまえばおそらくもう二度と会うことはないだろう。王家の鎖から自由になれるのならなおさらだ。

（ならばせめて心だけは……）

アメディオへの想いを胸の奥に大切に大切にしまいこみながら、リーリエは微笑みを浮かべた。

いよいよバルコニーで挨拶をする時間となり、王が人々に祝いの言葉を述べる後ろにリーリエ達も並び立つ。よく晴れた真っ青な空の下、リーリエが手を振ると集まった人々は大いに湧いて喜んだ。

人々の波に目を向けていると、その男の姿が目に飛び込んできた。ボサボサの頭にぶ厚いメガネをかけた男――。

（あれは……ガメニデ⁉）

ずくり、と太腿の痣が痛み出す。一見別人のようにやせ細っているが、濁った目には見覚えがあった。

「ロイ。ガメニデがいます」

驚きを顔に出さないまま小声で告げると、ロイが素早く目を走らせガメニデの姿を確認する。そしてガメニデを捕らえるためリーリエの傍から離れていった。リーリエの耳飾りがぼんやりと熱を持つ。

『どれがガメニデだ？』

「向かって右側の奥の方にいる、緑の髪の眼鏡をかけた男性です」

ガメニデの特徴を伝える間も太腿の痛みは増していく。リーリエの背筋にツーッと冷たい汗が伝った。全身に震えが走り、太腿の痣が一際大きく痛んだ。それと同時に、集まった人々の魔力が大きな波となってリーリエに襲いかかる。

「……っ！」

息を止めていても魔力の香りが無理矢理入りこんでくる。身体の芯から揺さぶられほんの少しだけうつむき顔を歪めるが、すぐに顔を上げ優雅に微笑んだ。

（まだ……陛下の言葉が、終わっていない……）

こんなところで倒れるわけにはいかなかった。

『姫さん、大丈夫か？』

耳元からアメディオの声が聞こえてくるが、口を開いたら叫び出してしまいそうで必死に唇を噛む。笑顔を浮かべて立っているのももう限界だった。震える足へと力を込めてなんとか踏ん張るが、ドレスの中はびっしょりと汗をかいている。魔力の香りが絶え間なく襲いかかり、激しい欲望が身体中を駆けめぐる。王の言葉はまだ終わらない。足の間からあふれた蜜が腿をつたって落ちていく。

（あぁ……欲しい、欲しい、欲しい――――！）

あらゆる方向から襲ってくる魔力の香りに、頭がおかしくなりそうだ。ようやく王の言葉が終わり、バルコニーからの退出を促された。あと十歩。あと五歩。リーリエは優雅に手を振りながら一歩一歩足を動かす。歩くたびにドレスの布が身体に触れて快感を与える。それでもなんとか前に進み、人々から見えないところまで来た瞬間、リーリエはその場で崩れ落ちた。

「リーリエ様！」

ミランダが素早くリーリエを受け止め、周りの魔力を遮るようにローブで包む。すぐに見えない腕がリーリエを抱き上げた。極上の甘い魔力の香りを放つその人の身体に、リーリエは無我夢中で抱きついた。

すぐにアメディオがリーリエを抱え、そのまま小部屋に転移する。そこは病気療養中のリーリエがいつでも休めるようにと、用意された部屋だった。アメディオが部屋中に認識阻害の魔術式を描いていくが、リーリエにはもうそんなことに気づく余裕はない。ベッドのない部屋なので長椅子の上に下ろされたが、そんな刺激にも反応して身体が震える。

「ん、は……っ！」

「姫さん、舌を」

言われるままに舌を出すと、アメディオの舌先が触れる。混ざった唾液から魔力が流れてきて、待ち望んでいた快感に夢中で吸い付く。

「あぁ……っ！」

舌先を絡め合うだけでは物足りなくなって舌を吸い上げると、二人の唇が触れた。一瞬アメディオの身体がこわばった気がしたが、すぐにアメディオがリーリエを強くかき抱き二人の唇が深く重なる。

「ん……む……」

アメディオの舌がリーリエの口の中をぬるりと動き回る。これまで舌先を触れ合わせた

ことはあっても、唇を合わせて口内をまさぐりあうような口づけは初めてだった。流れてくる魔力も、与えられる刺激も、どちらも溶けてしまいそうなほど気持ちがいい。アメディオの舌先がリーリエの上あごをくすぐり、快感が背筋を這いのぼる。

「んん……ふ……」

リーリエはがくがくと震えながら、アメディオの首にすがりついた。アメディオがリーリエの頭の後ろに手を回し、離れまいとするように抱きしめる。そしてもう片方の手でドレスの裾を手繰り寄せ、足の間に手を入れた。そこはぐちゅりと音を立て、下着が意味をなさないほど蜜があふれて濡れていることを教えた。

「姫さん、こんな状態でずっと平気な顔をしていたのか」

「あ……アメディオ……おねがい……はやく……」

「あぁ。もう我慢しなくて良い」

アメディオは濡れた下着を取り去り、唾液を絡めた指を蜜壷の中に埋めた。

「あぁん！」

ぐっしょりと濡れたリーリエの中は、なんの抵抗も示さずアメディオの指を根元まで飲み込んだ。アメディオはリーリエのあごをつかむと、そのまま唇を合わせて深く舌をねじこむ。そして口内を舌でいっぱいにしながら、埋めた指で中を激しくかき混ぜた。

「ん……むぅ……」

口をふさぐ舌も、中を埋める指も、頭が焼き切れそうなほど気持ちいい。リーリエは夢中で腰を揺らし、アメディオの指をもっと深くまで誘った。

（もっと、もっと、もっと——）

アメディオは口づけの合間に指へと唾液をまぶしつつ、二本、三本と挿れる指を増やしていった。あふれた蜜はアメディオの手首までぐっしょりと濡らしている。中に埋められた指先がぐりとリーリエの弱いところを抉《えぐ》った。リーリエの身体が大きく跳ねて達した瞬間、舌と指先から魔力が流し込まれる。

「ん、んんーっ!!」

ガクガクと震えるリーリエを強く抱きしめながら、アメディオはドレスの裾をめくり痣をなでた。

「やはりもう指じゃ間に合わないな。口でするぞ」

（口で……？）

達したばかりのリーリエの頭では、なにを言われているかよくわからなかった。するとアメディオがぱさりとドレスをめくり、両足をつかんで大きく開いた。

「きゃあっ！　やぁ……っ！」

リーリエはわずかに残った理性で悲鳴をあげるが、足に力が入らず閉じられない。アメディオの息がかかり、その刺激だけでこぽりと中から蜜があふれ出す。恥ずかしいと感じる心とは裏腹に、口からは甘く媚《こ》びるような声が出ていた。

「ん……あ……アメディオ……欲しいの……」

アメディオがリーリエの太腿の痣に舌を這わせると、そのまま足を伝う蜜を舐めとった。

「あ！　あぁっ!!　アメディオ……アメディオ……！」

蜜口にたどり着いたアメディオの舌が濡れたあわいを舐め回し、こぼれ落ちる蜜をすする。尖った舌先が花芽をかすった。

「やぁっ!!」

浮きそうになる腰はアメディオにしっかり抱えられていて逃げられない。逆にアメディオに花芽を押しつけるような形になり、腰が溶けてしまいそうなほどの快感が襲った。

「アメディオ……アメディオ……あぁ……」

もうなにもわからない。ただ身体のすべてがアメディオを求めていた。アメディオを呼ぶ切ない声と、リーリエの蜜をすする音だけが部屋に響く。しかし欲望は治まるところを知らず、さらなる獰猛な欲望がリーリエを襲った。

「アメディオ……奥に、もっと奥に欲しいの……」

応えるようにアメディオがリーリエの腰をつかみ、ぐっと舌を蜜壺の奥まで挿れた。高い鼻が花芽を押し潰す。

「……んぁっ!!　アメディオ……イク……イキますっ！」

リーリエがつま先を丸めながら達し、そこにアメディオが大量の魔力を注ぎこんだ。

「あ、やぁーっ!!」

激しく腰を揺らしながらリーリエが叫び声をあげる。アメディオは蜜口から口を離すと、ドレスを乱暴にめくりあげた。荒い息遣いのまま太腿をまさぐり痣の様子を確かめている。

「チッ、まだだ！」

アメディオは再びリーリエの蜜口にかぶりついた。

「あ、あぁ！　いやぁ……あぁ……」

アメディオは指であわいを割りひらき、より奥まで舌をねじこむ。アメディオの舌の動きに合わせて、リーリエの腰が艶かしく揺れ動く。お腹の奥にたまった熱が弾けてしまいそうだ。

「いや……だめ……なんか、きちゃう……や……」

アメディオが指で花芽を押しつぶした。

「あっ！」

お腹の奥から迫り上がってくるものを感じて焦った声で叫ぶと、そのままプシと蜜を吹いた。

「あっ！　あ……あ……あぁ……」

そのままリーリエはくたりと力が抜けて動けなくなってしまう。アメディオはリーリエが飛ばした蜜を丁寧に舐めとると、そのまままた大量の魔力を注ぎこんだ。

「あ……あぁ……あ……」

リーリエは動けないまま、ただ身体を震わせる。腰から下は痺れ果て、もう快感しか感じられなかった。アメディオに魔力を注ぎ込まれるたび、動かないはずの身体がびくんと跳ねる。身体を支えられなくなったリーリエが、ずるずると長椅子に横たわる。アメディオは手の甲で強引に口の周りを拭うと、荒い息を落ち着かせるように何度も長い息を吐いた。そしてひときわ大きなため息をつくと、リーリエの太腿の痣を確かめその顔を大きく歪ませた。

「くそっ！」

三つ目の蕾が枯れたそこには、今にも咲かんとする四つ目の蕾があった。

◆　◆　◆

このまま四つ目の蕾を枯らせようとして、アメディオが舌打ちをした。部屋の外が騒がしくなり、どうやらシャールが急に姿を消したリーリエを探しているようだ。ミランダが対応しているが、いずれこの部屋は見つかるだろう。アメディオの魔術式で封じてしまえば入れる者は誰もいないが、このままここで続けるには少しうっとうしい。

「アメ……ディオ……？」

ろくに意識もないはずのリーリエがアメディオの名を呼ぶ。四つ目の蕾が咲きかけているので、身体が魔力を求めているのだろう。

「移動するぞ」

万が一にも邪魔されるわけにはいかないと、アメディオはリーリエを抱えあげ寝室まで転移した。腕の中で苦しそうに息を漏らすリーリエを静かにベッドに横たえる。そのわずかな刺激からも快感を拾うようで、リーリエが身体を震わせた。

「ん……アメディオ……？」

「姫さん、四つ目の蕾が咲きかけている」

リーリエがうつろな目でアメディオを見上げるが、どれくらい聞こえているかもあやしい。魔力を求めるように口をわずかに開いて吐息をこぼし、苦しそうに身をくねらせている。一刻も早く魔力を与えなければ手遅れになるとわかっていたが、欲情したリーリエにあてられたまま呪いを解こうとすれば、きっと取り返しがつかないことになる。アメディオは呼吸を整え、必死に冷静さを取り戻した。

美しい空色のドレスに身を包んだリーリエが、真っ白な肌をうっすらと赤く染めている。アメディオがリーリエにまたがるようにベッドの上で膝立ちになると、自らの雄がふくれ上がっているのが服の上からでもわかる。

（おそらく、もう口でするだけでは間に合わない）

このままこれを中に挿れて精を放てば、確実に蕾を枯らすことができる。しかしリーリエの純潔を守ると約束をした。アメディオは大きくひとつ深呼吸をすると覚悟を決めた。

「……ア、メディオ……」

「すまん、破くぞ」

ゆっくり脱がせるような時間はないからと、ドレスの上に魔術式を描いてビリビリに引き裂く。下着もすべて魔術で引き裂くと、アメディオの目の前にはなにひとつ身につけていない美しい裸体が現れた。

「あ……」

リーリエが細かく身体を震わせる。足の間は先ほどまでアメディオが舐めまわしたせいで濡れて光っている。淡い金の茂みがあふれた蜜と唾液でぺたりと肌に貼りついている。荒い息に合わせてふたつの胸のふくらみが上下に揺れて、その先は赤く熟れた果実がぴんと硬く尖って立ち上がっていた。

ごくり、とアメディオの喉が鳴る。こんなに誰かを欲しいと思ったのは、長く生きてきて初めての経験だ。戸惑いつつも昂る身体を必死に抑えていると、リーリエが薄く目を開き両手を広げた。

「……アメディオ」

「姫さん」

アメディオはシャツの前をはだけさせると、一瞬のためらいをみせた後ズボンも下着も脱ぎ捨てた。ぶるりと飛び出した雄の塊は腹に付くほど勃ち上がり、先端がぬらぬらと光っている。

「あ……ん……はやく……」

性液から伝わる濃厚な魔力の香りにあてられたのだろう。リーリエが切なげに腰を揺らしアメディオを求めている。

「あぁ、すまん。待たせた」

なけなしの理性を残すようにシャツ一枚だけを羽織り、アメディオはリーリエの上に覆いかぶさった。重なり合った肌から互いの魔力が混ざりあっていく。リーリエは夢中になってアメディオのシャツの下にまで手を滑らせた。

「……っ！」

リーリエの柔らかい手がアメディオの胸から背中までなで回す。さらに血が集まって硬くなった雄が、リーリエの腹に押し当てられた。先端からあふれた液がリーリエの肌を濡らし、唾液とは比較にならないほどの魔力がリーリエに注がれる。

「え……？　これ……あっ！」

注がれる魔力に翻弄されるように、リーリエが悶えながら何度も首を振る。アメディオは腰を浮かせて、濡れた先端をリーリエの蜜口にひたりと沿わせた。互いの性液が混ざりあった所から大量の魔力を流し込む。

「あ、や、これ、なに？　あ、あ、あ……やぁっ!!」

「大丈夫だ。挿れない、中には挿れないから」

暴れるリーリエを強く抱きしめながら、アメディオが掠《かす》れた声で呻いた。アメディオは深い口づけでリーリエの口をふさぐと、そのまま細い腰をつかんで互いの性器を擦り合わせるように動かした。

「やぁ！　ん……んんっ……!!」

リーリエの身体が貪欲にアメディオの魔力を求めている。アメディオはリーリエの両足を抱え、熱く硬い棒を激しく擦りつけた。時折先端が花芽を押しつぶし、そのたびに悲鳴のような喘ぎ声が上がる。

「きゃあっ!!」

快感を与えられる度にリーリエの中からは蜜があふれ、アメディオを中へと誘うように揺れた。

「あ、アメディオ……もっと……」

「ぐっ……」

リーリエが腰を浮かせたせいで、そのまま中に入ってしまいそうになり慌てて雄をつかむ。そしてそのまま強く擦ってリーリエの柔らかい腹の上に、熱く白濁した液を勢いよく吐き出した。アメディオの魔力をふんだんに含んだ精液が、リーリエの胸の上まで飛んでいく。

「あ……あぁ……っ！」

肌に落ちた精液から魔力が流れ込んでいるのだろう。リーリエが恍惚《こうこつ》とした表情を浮かべながら小刻みに震えている。急いで太腿を確認したが、まだ蕾は枯れていない。

「やはりもっと必要か……」

アメディオがリーリエの足を抱え直そうとすると、リーリエが胸に落ちた精液を指ですくって口に含んだ。

「っ！　なにを……」

止めようとしたが、リーリエはうっとりとした表情で指を舐め、また精液をすくって口に含むのをくり返す。アメディオの魔力を取り込んだからか、黒薔薇の蕾はふくらむのを止めて少しずつ枯れ始めているように見えた。

「クソッ！」

チッと舌打ちをしてから、アメディオは腹に放った精液を指ですくいリーリエの口元に運んだ。リーリエは舌を出して夢中で吸いつき、それに合わせるように黒薔薇の蕾が萎れていく。アメディオは覚悟を決めて、精液をすくってはリーリエの口の中に運んでいった。

「アメディオ……もっとぉ……」

大量に出したはずの精液がなくなってもリーリエの劣情は治らず、苦しそうに熱い息を吐いて喘《あえ》いでいる。黒薔薇の蕾もまだ枯れていない。

「これでも駄目か……」

アメディオは覚悟を決めると、リーリエの両足を抱えて持ち上げた。そして再び硬く立ち上がっていた熱い塊をリーリエの足の間に差しこんで擦り始める。アメディオの魔力を求めて舌を出すリーリエの口を自らの口でふさぎ、互いの性器を激しく擦りあわせる。リーリエの身体はアメディオの魔力を求めるように熱棒に吸いつき、蜜をたっぷりとあふれさせていた。グチャグチャと卑猥な水音と肌のぶつかりあう音が寝室に響く。

「あ、あ、あ……あつい、あ、や、もっと……」

「くっ！」

アメディオが再びリーリエの腹の上に精液を放った。そしてそのまま膝の裏に手を入れてリーリエの片足を持ち上げると、指にすくいとった精液を今度は花芽にグリと塗りこんだ。

「あっ！　あああぁーーー!!」

リーリエは叫び声を上げながら大きく身体をのけぞらせた。おそらく強すぎるほどの快感がリーリエを襲っているのだろう。それでもアメディオはその手を止めず、精液をすくいとっては赤く熟れた花芽に塗りこんでいった。

「いやぁ！　アメディオ……!!」

リーリエは苦しそうに顔を歪めながら、身体を痙攣させた。しかし身体がアメディオの魔力を求めているのだろう。苦しげに喘ぐ合間にうわごとのようにアメディオを求める言葉をつぶやいた。

「もっと……もっと奥に……欲しぃ……」

アメディオは求められるままにリーリエの腹の上に何度も精を放ち、それを花芽に塗り込んだ。

「アメディオ……中に……いれて……あぁ……!!」

アメディオの魔力を求めて揺れる細い腰を押さえながら、自分の腰を振り続ける。リー

リエは悲鳴を上げ、身を捩らせ、髪を振り乱しながら何度も何度も達し続けた。

「……！　……ぁ!!」

どれくらいの時間が経ったのだろうか。叫び過ぎたリーリエの声はもうとっくに枯れている。アメディオの背中にはシャツが汗でべったりと貼りつき、荒い息遣いのまま腰を振ってもう一度リーリエの腹の上に精を放った。それを花芽に塗りこめようとリーリエの足を持ち上げると、四つ目の蕾が既に枯れているのが目に入った。夢中になって腰を振り、蕾の確認を怠っていた自分に気づき顔を歪ませる。そしてもう一度しっかり四つ目の蕾が枯れているのを確認してから、アメディオは小さく息を吐いた。

持ち上げていた足をゆっくり下ろすと、目の前には身体中をアメディオの精で汚されて気を失っているリーリエの姿があった。すっかり力の入らなくなった四肢をベッドの上に投げだし、時折ピクピクと身体を震わせている。アメディオはリーリエの身体を持ち上げると、そのまま強く抱きしめた。

「こんな……すまない……」

強い後悔のにじむアメディオの言葉は、意識の失ったリーリエの耳には届かない。ベッドの周りには、あんなに美しかった空色のドレスの残骸が無惨《むざん》に散らばっていた。

◆
◆
◆

一度にふたつの蕾を枯らせた影響か、建国祭の式典を終えた後にリーリエは高熱を出して寝込んでしまった。高熱でうなされているリーリエの額にアメディオがそっと触れると、リーリエがうっすらと目を開けた。ぼんやりと視線をさ迷わせるリーリエにアメディオがつぶやく。

「俺はおまえを苦しめてばかりだな」

「……で……た……」

パクパクと動かす口に耳を寄せると微かな声が聞こえた。

「なんだ？」

「……あなたで……良かった……」

こんな状態になってもなお相手のことを気遣うリーリエの姿に、アメディオの胸は激しく痛んだ。冷たい指先で火照った頬をなでると、すりと頬を寄せてくる。愛しい存在を傷つけることしかできない自分に反吐が出そうだ。

「もう少し、休んでいろ」

リーリエがゆっくりと瞼《まぶた》を閉じる。そのまま眠るまで、アメディオは頬をなで続けた。

アメディオが続き部屋に戻ると、待機していたミランダが心配そうに尋ねてくる。

「リーリエ様は落ち着かれましたか？」

「あぁ」

黒薔薇の蕾が枯れた後は、体調が安定するまでアメディオが様子を見ることにしている。ミランダが来る前にリーリエの身体を清めてはいたが、残骸になったドレスを見てミランダもひどく痛ましげな顔をした。

「ノリス様には事情を話して、晩餐会に出られないと伝えておきました」

それでも王は、体調不良を咎めるようなことを言っていたらしい。しかしそもそも血の呪いをかけられた身で、建国祭に出ること自体が無理な話だったのだ。さすがに王よりも血の呪いに詳しいノリスが、憤る王を説得したそうだ。

「あと、シャール様が見舞いたいってうるさくって、断るのに骨が折れましたよ」

こんな時にシャールの名を聞きたくなくて、アメディオはすぐに話を変えた。

「そんなことよりガメニデはどうした」

「……逃げられた」

ロイが長椅子に座り込みうなだれている。

「ロイ様から逃げられるなんて、ガメニデの奴スゴイですね」

ミランダが慰めるが、ロイは自分を責めるようにさらに深くうなだれる。ロイ自身はほとんど魔力を持たないが、魔術師相手の戦い方も熟知しているし、対魔術師用の魔道具をいくつも所持していた。例え力のある魔術師だとしても、ロイから逃れるのは容易なことではないはずだ。

「なにか仕掛けがあるのかもしれないな」

アメディオは今、王宮全体だけでなくその周辺まで魔力を巡らせて気配を探っている。

それなのにガメニデの魔力が少しも感じられなかった。

（逃げた……とは思えない）

リーリエの寝室は魔術式を描き換えたので、中から招き入れたものしか入れないようになっている。しかし王宮全体の防御壁の魔術式の描き替えはまだ終わっていない。

アメディオは手の回らないノリスに代わり王宮の防御壁を描き換えることにした。一部を描き換えるならまだしも、全体を描き換えるとなるとこの場所からでは時間がかかる。

（王宮の最深部にある魔術塔に行く必要があるな）

それは王宮に施されている魔術式等を管理している塔で、国全体の防御壁に魔力を込めるための儀式を行う場所だった。また魔術塔自体も複雑な魔術式で管理されており、かつてアメディオが囚われていた地下牢がある場所でもある。

（あんな所に近づきたくないが仕方ない。リーリエのためだ）

アメディオはミランダとロイに少しだけこの場を離れることを告げる。

「すぐ戻る」

「あ、アメディオ様！」

少ししてから部屋のドアがノックされた。

「誰だ！」

ミランダとロイが警戒すると、ドアの向こうで名乗ったのは王宮の侍女の一人だった。

「申し訳ありません。ノリス様からお手紙を預かって参りました」

「ノリス様から……？」

ロイとミランダが目を見合わせる。もしかするとガメニデに関するなにかがわかったのかもしれない。手紙だけ受け取ろうと、ロイが警戒を緩めずドアをわずかに開ける。するとドアの外から激しい衝撃を受け、ドアごとロイの身体が吹き飛ばされた。ロイの身体が向かいの壁に叩きつけられ、そのままズルリと床まで滑り落ちる。

「……グッ！」

ミランダはリーリエの寝ている方に防御の魔術式を飛ばそうとするが、それよりも早くミランダの周りに拘束の魔術式が絡みついた。

「……っ、誰か……！」

そのまま思い切り床に叩きつけられ、ミランダは意識を失った。

◇　◇　◇

バタン、ガタン、と尋常でない大きな音が聞こえてきて、リーリエは異変が起きていることを感じ取った。

（逃げないと……）

熱のせいか思うままに動かない身体でなんとか起き上がるが、手足が重くて動けない。

カタン、と音がして目をやれば、王宮の侍女の一人が続き部屋のドアを開けて立っていた。隣の部屋から漏れる光を背に受けて顔がよく見えない。しかし見えなくても、禍々しい気配をまとっているのが感じ取れた。

「だ……れか……」

リーリエはベッドの上で後ずさりながら助けを呼ぶ。しかし声がかすれてうまく言葉にならない。侍女は素早い動きで飛び上がると、そのままベッドの上に飛び乗った。

「……っ!!」

それは身体強化の魔術を使っている者の動きだった。王宮の侍女が使えるような魔術ではない。侍女はリーリエに跨《またが》り有り得ないほどの力で押さえ込むと、ぐにゃりとその姿を歪ませた。侍女の姿がやせぎすの男のものに変わり、メガネがあやしく光る。

「ガメニデ!!　……ゲホッ、ゲホッ」

痛めた喉で叫んだせいでリーリエが大きく咳《せ》き込む。すぐに身体の周りを魔術式で覆われ、リーリエは身体の自由を奪われてしまった。

「……っ！　……っ!!」

小太りだったはずのガメニデは、信じられないくらいやせ細っていた。あまりにも異常な変化は、ガメニデが血の呪いをかけた影響なのだろう。ガメニデが薄いナイトドレスの裾をめくり、真っ白な太腿に触れた。リーリエの全身に悪寒が走る。それは熱のせいなんかではなく、はっきりと恐怖によるものだった。

（いやっ！　やめてっ!!）

叫びたいのに指一本動かせない。ガメニデの汗ばんだ指がリーリエの太腿を這う。虫が這うような気持ち悪い感触がリーリエを襲《おそ》う。するとガメニデがひどく粘着質な声を出した。

「何故、痣が消えている？」

ガメニデは消えてしまった蕾を探すように、リーリエの太腿をつかんでギリと爪を立てた。

（……っ、痛……）

ガメニデはぶ厚いメガネの奥の濁った目に深い憎悪をにじませる。

「誰に助けてもらった⁉　呪いを解けるのは俺だけのはずだ！　呪いを解いてくれと俺に助けを求めに来るんじゃなかったのか……っ‼」

吠えるように叫びながら、ガメニデがリーリエをベッドから引きずり下ろした。

（きゃあっ‼）

「跪いて助けを乞え！　呪いを解いてくれと俺にその身体を差し出せっ‼」

ガメニデはリーリエの頭をつかんで額を床に叩きつけた。身体強化された体で力の限り叩きつけられ、衝撃で意識が飛んでしまいそうだ。頭を床に押さえつけたまま、ガメニデはもう一度ナイトドレスの裾をまくりあげる。白い肌の上に禍々しい黒薔薇の蕾がひとつ。

「あぁ、もうひとつしか残っていない」

ガメニデが涎《よだれ》まみれの口を開き、にちゃりと音を立てる。そして舌を伸ばすと、リーリエの痣を舐めようとした。

（いや！　アメディオ‼）

リーリエの肌にガメニデの舌が触れようとしたその瞬間、ガメニデの身体に銀色の魔術式がびっしりと巻き付いた。目の前でガメニデが石のように動きを止め、伸びてきた手がぐいとリーリエを腕の中に抱える。

「姫さん、無事か⁉」

よっぽど急いだのか、アメディオは額に汗を浮かべ肩で息をしていた。アメディオが腕の中のリーリエの顔を覗きこむ。その赤混じりの灰色の目を見たら、リーリエはふっと身体の自由を取り戻した。

「あ……」

恐怖で身体を震わせながら、アメディオにしがみつく。

「アメディオ……アメディオ……」

アメディオがリーリエをなだめるようにしっかりと抱きしめた。すると動きを止められたはずのガメニデが、ゆっくりと首を動かしアメディオをにらみつけた。

「お、ま、え、が」

アメディオがガメニデからかばうように向きを変えると、突如、ガメニデの身体がふくらんだように見えた。ぶわりとガメニデの魔力がふくらみ、アメディオの拘束魔術を吹き飛ばそうとする。しかしすぐにアメディオが魔術式を重ねがけして、ガメニデの魔力を抑えこんだ。ガメニデが大きく目を剝いて叫ぶ。

「俺を抑える……だと……!?」

そのままガメニデは暗く濁った目でリーリエを見た。かつて見たのと同じ、深い憎悪のこもった目だった。ガメニデがもう一度魔力をふくらませると、今度はアメディオの拘束魔術が壊された。

「まずい……!」

リーリエへの攻撃を警戒してアメディオの反応が一瞬遅れてしまう。再び魔術式を描く一瞬の隙をついて、ガメニデが懐からナイフを取り出した。鋭く光るナイフを首にあてながら、ガメニデがニヤリと笑う。ガメニデはそのままナイフを引いて自らの首を一気に搔《か》き切った。

「な……にを……」

ガメニデの首からは大量の血飛沫《ちしぶき》があふれ、部屋中に振り撒《ま》かれた。アメディオはすぐにリーリエの頭を抱え、その凄惨な光景が目に触れないようにする。床に、壁に、天井に、びくびくと暴れる身体から飛ぶ血飛沫が部屋を真っ赤に染めあげる。その血がほんの一滴、アメディオの防御を通り抜けてリーリエの白い肌の上に飛んだ。

「あ……っ!」

リーリエの太腿が激しく痛みだす。自分の身体をかき抱き、もがき苦しみながらリーリエはアメディオの腕の中から飛びだした。

「姫さん!!」

床に倒れこんだリーリエは苦しみに身を捩り、はだけたナイトドレスの裾からは太腿が丸見えになる。あらわになった太腿では最後のひとつだった黒薔薇の蕾が一気に花開き、立派な黒薔薇を咲かせていた。

「あ……あぁ……あぁっ!!」

黒い棘の付いた蔓がリーリエの全身をものすごい速さで覆い始める。リーリエの身体に巻きつきながら伸びる黒い蔓は次々と蕾をつけていった。

「いやぁーーーー!!!!」

ガメニデの血に塗れた真っ赤な部屋の中で、リーリエの悲痛な叫び声が響きわたった。

◆　◆　◆

リーリエの白く美しい肌を黒薔薇の蕾が覆い隠していく。アメディオはもがき苦しむリーリエを必死に抱きしめ、微かに触れ合った肌から魔力を流しこんだ。しかし全身に広がった蕾は今にも咲きそうなほどふくらんで、アメディオの魔力を貪欲に吸いこんでいく。もっと魔力を解放したいが、様々な魔術式が施されている王宮で封印具をはずしたらなにが起こるかわからない。

「駄目だ、ここじゃ呪いを解けない！　ロイ！　ミランダ！　俺は城に戻る!!」

続き部屋で倒れている二人に告げて、アメディオはザヴィーネ城へ向かう転移の魔術式を一気に描いていく。

「ま、待て……」

全身を壁に叩きつけられた衝撃から、まだ立てないでいたロイが手を伸ばす。床の上ではミランダが気を失っている。アメディオはロイの制止を無視して、リーリエを抱えたままザヴィーネ城まで転移した。

アメディオの姿がザヴィーネ城の玄関ホールに現れ、その腕の中ではリーリエが苦しみの声を上げている。ナイトドレスから出ている手にも足にも首にも、禍々しく光る黒薔薇の蔓が巻きついている。

「ガタム！　シタール！　タブラ！」

城中を震わせるようなアメディオの声を聞き、三人が急いで駆け寄ってくる。

「アメディオ様？」

「今からおまえらを村まで転移させる！」

アメディオはリーリエを抱えたまま、玄関ホールの床に村へと向かう転移の魔術式を素早く描いた。そこに三人を立たせると、タブラの肩に手を置く。

「皆が迷わぬように、おまえがしっかり舵《かじ》を取れ。できるな」

「は、はい」

アメディオに力強く肩をつかまれ、タブラが青い顔をしながら大きくうなずく。ガタムとシタールがタブラをしっかりと抱き寄せた。アメディオの腕の中でリーリエが呻き声を上げる。

「う……うぁ……」

リーリエの尋常じゃない様子に気づき、シタールとタブラが悲痛な声を上げる。

「リーリエ様！」

「リーリエさま、死んじゃうの？」

「俺が必ず助ける。行け！」

アメディオが転移の魔術式に魔力を込めて発動させると、三人の姿が消えた。術者無しでの転移は非常に危険なものだったが、タブラならきちんと村まで導いてくれるだろうと信じるしかなかった。

これでザヴィーネ城にはアメディオとリーリエだけになった。さらにアメディオは誰の邪魔も入らぬように、魔の森を含めた城の周囲全体に強力な結界の魔術式を敷いた。

「くっ……！」

アメディオの魔力に耐え切れなくなった指と耳の封印具がひとつずつ弾け飛ぶ。しかしそんなことを気にする余裕などなかった。アメディオは私室まで転移し、腕の中のリーリエをベッドの上に寝かせる。

「あ……は……」

リーリエがベッドの上で身を捩らせながら、もがき苦しんでいる。アメディオはリーリエの頬を両手でつかむと、口をこじ開けて舌を挿れた。暴れるリーリエに舌を噛まれそうになりながら魔力を流し込むと、リーリエの動きがほんの少しだけおさまる。

「アメ……ディオ……」

「姫さん」

うつろな目で見つめてくるリーリエを抱きしめると、アメディオの足へと押しつけるように腰を揺らしてきた。あふれ出る蜜がアメディオの服を湿らせていく。

「あ……ほしい……の……」

アメディオはすぐに下着の隙間からリーリエの中に指を埋め魔力を流し込んだ。

「あぁぁぁぁっ!!」

ガクガクと震えながら絶頂を迎え、リーリエの目にほんの少しだけ理性の光が戻る。

「ごめ……な……さい……アメディオ……」

「おまえはなにも悪くない」

アメディオの目を見つめながら、すぐにリーリエは苦悶の表情を浮かべた。

「あぁぁ!!　苦しい！　いやぁ!!」

リーリエが胸をかきむしりながら身を捩らせて暴れ回る。アメディオはあごを押さえて噛みつくように口づけをし、リーリエの中に指を埋めてかき混ぜた。リーリエの中がアメディオの魔力を求めて、指を食いちぎらんばかりに締めつけてくる。

「ア……メディオ……」

リーリエがかすれた声で名前を呼んだ。戻った意識をまた失ってしまわぬように、アメディオが頬を優しくなでる。

「姫さん、俺が必ず助ける。意識をしっかり持て」

「お願い、……これ以上、おかしく、なる、前に、私を、ころ、して……」

「姫さん!!　大丈夫だ。俺が必ずおまえの呪いを解いてやる。あきらめるな」

「あなた、以外に……こんな姿、見られたく、ない」

顔をくしゃりと歪ませ、水色の目からは次から次へと涙があふれ落ちる。どんなに辛くても泣かなかったリーリエが泣いている。アメディオは頬を包む手で必死にその涙を拭った。

「姫さん……」

リーリエは弱々しく手を伸ばすと、アメディオの首に触れた。首の鎖が小さく音をたて、赤い魔石が揺れる。

「私の、血……使って……あなたは、自由に……」

「姫さん!!　駄目だ!!」

アメディオが途切れそうになるリーリエの意識を必死に繋ぎ止める。

「さい……に……リーリエと………」

その言葉を言い終える前に、リーリエの身体がベッドの上で大きく跳ねた。

「あ、あぁーーーーっ!!」

身体を痙攣させながらもがき苦しむリーリエの手足を、アメディオが必死に抑える。

「駄目だ！　戻ってこい!!」

アメディオは全力で魔力を身体に巡らせて、拘束具をすべて弾き飛ばした。耳飾りに指輪、腕輪、それらすべての残骸がバラバラとベッドの上に落ちる。アメディオの身体に魔力が満ちる。ザヴィーネ城の石造りの白い壁はガタガタと震え、魔の森では嵐のように木々が大きく揺れ動いた。

アメディオは叫ぶリーリエの口をふさぐように口づけをして、舌を絡めて一気に魔力を流しこむ。魔力が流し込まれるたびにリーリエがビクビクと身体を震わせるが、いくら魔力を流しこんでも際限なく吸いこまれていった。

（足りない）

ガメニデの死が本人の能力を上回るほど呪いの力を強めている。

（足りない。これじゃまだ足りない――）

アメディオは首に巻かれた鎖へと指をかける。アメディオの魔力に反応して、鎖がふると小さく震えた。アメディオは鎖に組み込まれた赤い魔石を握りしめると、鎖ごと一気に引きちぎった。バラバラと魔石の残骸がアメディオの手からこぼれ落ち、鎖がベッドの上に落ちる。元々アメディオの膨大な魔力を拘束できる魔道具などあるはずが無かった。魔石が砕かれたことが王に伝われば、アメディオは反逆の罪に問われるだろう。

（別にどうでもいい）

アメディオはベッドの上から拘束具の残骸を床に落とすと服を脱ぎ捨てた。血の気のない青白い肌の上に、黒い蛇の痣が巻き付きうごめいている。『鎖の呪い』に微かに残っていた魔力が邪魔をするように、アメディオの魔力に干渉してきている。しかしアメディオが首に手をかざすと、黒い蛇はほんの一瞬苦しそうに震えてからふっと溶けてその姿を消した。

これでアメディオを縛る鎖はもう何もない。ザヴィーネ城の壁は大きく震え、魔の森に吹き荒ぶ嵐もいっそう激しさを増した。アメディオの身体に魔力が満ちていく。アメディオがゆっくり目をつぶり再びまぶたを開いた時には、灰色の目が真っ赤に染まっていた。

取り戻した魔力を馴染ませるように長く息を吐くと、城の揺れも周囲の嵐も徐々に治まっていった。代わりにどろりとした密度の濃い重い空気が周囲を包む。魔の森全体が、濃密な魔力の沼の底に沈んだようだ。

「リーリエ」

アメディオがリーリエの頬に触れた。正気を失い悲鳴をあげるリーリエの口を自らの口でふさぎ、最大の魔力を注ぎこむ。悲鳴がほんの少し治まり、暴れ回る動きも小さくなった。白い肌に刻まれた咲きかけの黒薔薇が、次々と光っては枯れて消えていく。しかしリーリエの身体にはまだ黒薔薇の蔓が巻きついており、その先端を伸ばしながら次々と蕾をつけている。

「すまない、リーリエ。今からおまえを抱く」

アメディオは手のひらでリーリエの頬をなぞり、涙でぬれた水色の目をのぞきこむ。

「俺を赦さなくていい」

薄いナイトドレスを剝ぎ裸にすると、真っ白で美しかった肌は今や禍々しい黒薔薇の蕾に覆いつくされていた。

「リーリエ、愛している」

アメディオの言葉を聞いて、リーリエの唇がわずかに動いたように見えた。

『私も――』

そう動いて見えたのは、アメディオの願望が見せた幻だったのかもしれない。アメディオはもがき苦しむリーリエの身体を押さえながら、濡れた中に熱い楔《くさび》を打ちこんだ。繫がり合う性器から大量の魔力が流し込まれ、白い肌を覆う黒薔薇の蔓が伸びるのを止めた。

魔力を流し込みながら抽挿を続ければ、黒薔薇の蔓も蕾も動きを止めた。アメディオはそのまま腰を押し込み、ありったけの魔力を込めた精液をリーリエの中に放った。すると真っ白な肌を覆う黒薔薇の蕾が次々と枯れていく。そのまますべての蕾が枯れるまで、アメディオはリーリエを抱き続けた。

長い長い夜が明け、外はすっかりと日が昇っていた。明るい部屋の中でリーリエの身体を確かめると、ストロベリーブロンドの髪の隙間にわずかに黒い光が見えた。うなじから背骨に沿って三つ、まだ小さな蕾が残っている。とっくに意識を失っているリーリエをう

つ伏せにして、三つの蕾へと順番に口づけを落とした。そして後ろからリーリエを貫くと、もう一度魔力を込めて中に精を放つ。

「……っ!!」

リーリエの身体が大きく痙攣し、小さな三つの蕾は咲くことなく枯れていく。ようやくリーリエの身体を覆い尽くしていた黒薔薇の蕾を、すべて枯れさせることができた。

アメディオはリーリエのうなじをなでてから、ゆっくりと自らの雄を抜き取った。足の間からは、こぽりとアメディオの放った精が流れ落ちる。アメディオはベッドに座り、意識のないリーリエを横抱きにした。一晩中泣き叫び続けていたリーリエの顔はひどく乱れている。

「リーリエ……」

アメディオはリーリエの頬に手を添えると、ただ静かにその顔を見つめていた。

四章　月夜の来訪者

ロイは魔の森を目の前にして小さくため息をついた。

「ロイ様、どうします？」

隣に立つミランダから尋ねられるが、どうするもこうするもなくこの森に踏み込まなければいけない。ただ、その方法がなく途方に暮れている。

アメディオが王宮に残した転移魔術の痕跡を調べ、二人が間違いなくザヴィーネ城に転移したことはわかった。国王命令で王宮騎士団と王宮魔術師団を率いてここまで来たが、魔の森に強力な結界の魔術式が敷かれていて足を踏み入れられないのだ。

建国祭の夜、ガメニデに襲われてからすでに四日が過ぎていた。アメディオがリーリエを傷つけるとは思えないが、黒薔薇の呪いがどうなったのかが気にかかる。

ロイとミランダは、騒ぎに気づいて駆けつけてきた者達に助けられた。すぐに治療を受けられたので大きな後遺症もなくすんだが、回復するやいなやザヴィーネ城へ向かうよう命令された。

『アメディオを決して逃がすな』

王はリーリエについて言及することなく、ただアメディオの拘束を命令した。まるでアメディオを反逆者のように扱う命令に二人は反発を覚え、リーリエの呪いを解くための行動だったと主張したが、王に聞き入れられることはなかった。

前回ザヴィーネ城へ行く時に使った魔道具のランプは、王家の血を引くロイにも使えるはずだったのだが、結界の力が強まったようで役に立たなかった。魔の森は以前とは比べ物にならないほどの濃密な魔力の気配に包まれており、連れてきた宮廷魔術師達は皆その強大な力に慄《おのの》いていた。

「こんな……。本当に人間か……？」

魔術師だけでなく、騎士団の連中も異様な雰囲気を感じ取り警戒を強めている。

（なにも起きなければいいのだが……）

ロイが薄暗い魔の森をながめながらまたひとつため息をついていると、ミランダから朗報が届けられる。

「ロイ様、ロイ様！」

「なんだ？」

「魔道具ですよ！　魔道具!!」

「は？」

いきなりわけのわからないことを言い出すミランダに詳しく事情を聞くと、村の商店からザヴィーネ城に物を送れる魔道具があるのだと言う。

「確かシタールの息子がやっている商店が村にあるはずです！」

すぐにミランダが村の商店に走ると、ちょうどザヴィーネ城から避難してきていたガタム達に会うことができた。そして彼らに協力してもらいアメディオ宛に手紙を送る。

「どうでしょうね？」

「わからん」

手紙を送ってしばらくすると、ロイでもわかるほど魔の森の空気が一変した。重苦しい空気が消え、結界の魔術式もなくなったように見える。

「ロイ様！　魔の森の結界が解かれましたよ！」

「よし、行くぞ!!」

騎士団と宮廷魔術師団を連れて魔の森を進みはじめると、昔馴染みの騎士がロイに声をかけた。

「リーリエ様を攫《さら》ったのは魔術師なんだろう？　許せないな。必ず捕まえるぞ」

「……あぁ」

騎士や魔術師らは詳しい事情を知らされぬまま、アメディオの拘束を命じられている。知らされた少ない情報から、ガメニデと共謀してリーリエを誘拐したと考えているようだ。

（血の呪いのことを説明できないから仕方ないとはいえ……）

ロイ自身もアメディオとリーリエの関係を、血の呪いのことを抜きにして上手に説明できる気がしなかった。さらに王の頑なな態度を考えると、アメディオが反逆者ではないと主張することも憚《はばか》られる。ザヴィーネ城への道を進みながら、皆の誤解を解くことができない自分をロイは歯痒《はがゆ》く思っていた。騎士の一方的な言い草を聞いていたミランダが不満げに口を尖らせる。

「はぁ？　みんななにも知らないで勝手なこと言っちゃって。いっそ血の呪いのこともなにもかも全部ぶちまけてやりたくなりますね」

「おい、やめろ」

「だって、アメディオ様はリーリエ様の呪いを解くために城まで連れて行ったのに、それが反逆者ってどういうことですか⁉」

ミランダがぶつぶつと文句を言うのを聞きながらロイが頭を巡らせる。

（そうだ。なにかがおかしい。いったいなにが起きている？）

呪いのことを知っているはずの王が、そんなこと関係ないとばかりにアメディオへ奇妙な執着を見せている。これはロイには知らされていない事情があるのではないか。

（それにアメディオがリーリエ様を誘拐するつもりなら、わざわざ王宮で行うはずがない）

ザヴィーネ城にいる間の方が、誘拐する機会などいくらでもあっただろう。ロイやミランダではアメディオを止めることなどできなかったはずだ。

（……だからか？　だから王はアメディオに執着しているのか？）

王がアメディオに執着する理由が、あの強大な力にあるのだとしたら腑に落ちる。とにかくアメディオに話を聞いてみてからだと、ロイは馬を走らせた。薄暗い森の中で白く浮かび上がるザヴィーネ城は、前よりも異様な雰囲気に包まれているように見える。閉じた門扉をこじ開けてザヴィーネ城に侵入すると、アメディオは初めて会った時のように大階段の上からやってきた人々を見下ろしていた。アメディオの腕の中には毛布に包まれたリーリエの姿が見える。

「リーリエ様!!」

リーリエの返事はなくぴくりとも動かない。どうやら意識を失っているようだ。

「アメディオ。王家への反逆の罪でおまえの身柄を拘束する」

ロイが宣言すると、騎士団員がすかさずアメディオを包囲した。宮廷魔導師達も距離を取りながら、指先に魔力を込めて魔術式を放つ準備をしている。一人の騎士がアメディオに近づいてリーリエを奪い取ろうと手を伸ばす。しかし見えない壁が騎士を弾き飛ばし、騎士や魔術師達がすぐさま攻撃態勢を取った。

「アメディオ!!」

ロイは剣を抜きながら、これ以上逆らってくれるなと願いながら叫ぶ。アメディオに自分の剣が届くとは思えなかったが、それでもリーリエはもちろんアメディオのことを傷つけるような真似はしたくはなかった。

「ロイ」

アメディオは周りの者達など目に入っていないようにロイだけを見つめたまま、ゆっくりと大階段を下り始める。リーリエを傷つけるのを恐れて、騎士らは攻撃できないでいる。アメディオの身体の周りに小さな火花が弾けているのは、魔術師らの攻撃が跳ね返されているからだろう。コツ、コツ、と音をたてて階段を下りたアメディオは、ロイの前で立ち止まるとリーリエをゆっくりと差し出した。

「っ‼」

慌てて剣をしまいリーリエを受け取る。リーリエがロイの手に渡ったのを確認するやいなや、周りの騎士らが一斉にアメディオに飛びかかった。アメディオの身体が床に引きずり倒される。しかしアメディオは反抗するそぶりを一切見せず、拘束の魔道具をはめられていくままに従った。

床に引き倒され拘束されたアメディオは、わずかに顔を上げてリーリエに目をやった。

「ロイ。彼女だけでも先に王宮へ」

「っ‼　ミランダ！　王宮まで転移の魔術式を描け！」

「えーっと、私の魔力だけじゃ足りませんがどうします？」

ミランダが床に倒されたアメディオへと意味深な視線を投げる。

「アメディオ。協力しろ」

するとロイの発言に驚いた騎士が怒鳴り声を飛ばす。

「おい！　まさかこの男を信用するのか？」

「大丈夫ですよ。足りない分の魔力を借りるだけで、魔術式は私が描きますから」

ミランダは以前アメディオに教わった魔術式を描き終えると、リーリエをロイから受け取った。

「アメディオ様、お願いします」

アメディオは手足に封印具を着けられたまま、ミランダの書いた魔術式に魔力を流して発動させた。ミランダとリーリエの姿がザヴィーネ城から一瞬で消える。

「封印具を着けたままあの大きさの魔術式を……⁉」

「ありったけの封印具を着けろ‼」

アメディオの桁外れの魔力に驚愕《きょうがく》した騎士や魔術師が、ありったけの手錠と足枷をつけていく。常人ならばほんの少しの魔術も使えない量の封印具であったが、ロイはアメディオの魔力がこの程度では抑えられないことを知っていた。

（なんで逆らわないんだ……！）

反抗して欲しいわけではないが、アメディオらしくないふるまいにロイは釈然としないものを感じた。

そのままアメディオは乱暴に馬に乗せられ王宮まで運ばれた。その間もアメディオは反抗も弁明も一切することなく、ただされるがまま従ったのだった。

◆
◆
◆

王宮まで連行されたアメディオはそのまま魔術塔の地下牢に放り込まれた。アメディオが捕えられたのを知ったノリスはすぐに様子を見にくると、首の鎖が壊れているのを見て顔を青くした。これまで従順で逆らう様子を見せたことのない化け物でも、さすがに鎖なしで対峙するのは恐ろしいのだろう。あわてて地下牢から出ていくノリスの後ろ姿を見ながら、アメディオの心は一切動かなかった。

(くだらない……)

また新たな封印具を着けるか、それともこのまま地下牢に閉じ込めるつもりか。あるいは両方かもしれない。

(なにもかもどうでもいい……)

逆らって逃げたとして、それでどうするというのか。地下牢の汚れた壁と黴《かび》臭い匂いが昔のことを思い起こさせる。

「ここで死ぬまで……?」

そう呟《つぶや》いてアメディオは、くっと自嘲するように笑った。目を閉じれば、こちらをまっすぐに見る水色の目が浮かぶ。どこまでも広がる晴れた青空のような美しい水色の目。

『すまない、アメディオ。おまえを連れていけない』

そう言って謝っていた彼の目を、アメディオは思い出していた。

◆　◆　◆

むせかえるような血の匂いと眼前一杯に広がる暗い赤。あれはいつの記憶だろうか——。

アメディオの一番古い記憶は、冷たく暗い部屋で膝を抱え、ただ薄汚れた地下牢の壁をじっと見つめているものだった。

物心つくころにはもう王宮の地下牢に閉じこめられていた。地下牢は強力な魔力制御の魔術式がいくつも敷かれていて、その床も壁も特別な魔道具でできている。膨大な魔力を自分で制御できなかったアメディオは、大量の拘束具を着けられたまま地下牢で過ごしていた。

ある日、派手な格好をした男が地下牢にやってくる。

「このままでは役に立たないな。なんとかしろ」

男はアメディオの世話係である魔術師に言い放った。男が再び地下牢に来ることは無かったが、その言葉はずっと耳に残りなぜか忘れることができなかった。

アメディオの世話は宮廷魔術師達が数人がかりで行っていた。魔力に耐性のない者だと、アメディオの膨大な魔力にあてられて近づくこともできなかったからだ。それでも度々魔力を暴走させるアメディオのことをみな恐れていた。アメディオはいつも一人だった。

成長するにつれて少しずつ魔力を制御できるようになり、そうなって初めてアメディオは外に連れ出された。初めて感じる外の世界はまぶしくて、すぐには目が開けられなかった。まぶた越しの光にようやく慣れて目を開くと、飛びこんできたのはどこまでも広がる青い空。あまりの美しさに圧倒されて、アメディオは馬鹿みたいに口を開けて空を見ていた。そのまま地下牢に連れ戻されるまで、アメディオは飽きることなく空をながめ続けた。


アメディオはその日からずっと、美しく広がる青い空へと恋焦がれることになる。そしてある時、地下牢にやってきた美しい少年が言った。

「ねぇ、君。君の魔力を僕が制御してあげようか」

「おまえ、だれ?」

アメディオの無礼な態度に少年の付き人が恐ろしい顔をしたが、少年は軽やかに笑う。

「僕はリチャード。よろしく」

リチャードと名乗る少年は、美しい青空色の目をしていた。どうやらこの国の王子らしいが、まともな教育を受けていないアメディオには国も王子もよくわからない。ただ少年が強い魔力を持っており、そのうえ魔力の制御が得意だということだけはわかった。封印具の力を借りる必要はあったが、リチャードはほぼ一人でアメディオの魔力を制御できた。膨大な魔力を恐れず近づいてくるリチャードの顔をつかみ、アメディオはその目をのぞき込む。

「おまえの目、空の色みたい。晴れた日の青い空」

リチャードの目はアメディオが憧れてやまない青空の色をしていた。

「もっと見せて」

てくれた。

「うん、いいよ」

リチャードは少しも嫌がることなく、アメディオが飽きるまでずっとその目の色を見せてくれた。

リチャードはいつかの派手な男――国王ヘンリーの息子だった。リチャードが地下牢に来ることはあまりなかったが、アメディオは空色の目がやって来るのをいつだって待っていた。リチャードは来るたびに色々なことを教えてくれた。根気よく文字を教え、本を与え、なにも知らず獣のようだったアメディオを人間にしてくれたのはリチャードだった。

「アメディオには魔術の才能があるよ」

「そう？」

「そうだよ！　僕が王様になったらアメディオが手伝ってくれる？」

「わかった」

「約束だよ」

「あぁ」

薄暗い地下牢で、幼い二人が無邪気に笑い合う。そしてリチャードに教わりながら、少しずつ魔力の制御を覚えていく。ただヘンリーに「役立たず」と言われたことが気にかかったことと、リチャードの勧めもあってアメディオは魔力の制御ができないフリを続けることにした。

「うーん、僕がアメディオの魔力を制御していることにしよう！」

リチャードはそうしなければ利用されてしまうから、と厳しい顔をする。賢いリチャードは自分の父親であるヘンリーが残虐な行いをしていることを悟っており、そのことに胸を痛めていたのだった。

それからの二人は、よく王宮の外れにある森でこっそりと魔術を使って遊んだ。リチャードが考えた魔術式にアメディオが魔力を注ぐ。アメディオの魔力は宮廷魔術師数人分にも匹敵し、そのおかげでリチャードはいくつもの新しい魔術式を作り上げることができた。

「いつか、もっとすごいことを一緒にやろう！」

「すごいことって？」

「う〜ん、なんだろう。すべての人々が幸せになること、とか？」

リチャードは空色の目を輝かせながら、アメディオに将来の夢を語って聞かせた。

季節は巡り、少年達の身体は少しずつ青年の身体に変わっていった。リチャードは厳しい王太子教育を抜け出しては、アメディオに会いに地下牢へとやってきた。

「アメディオ、行くぞ！」

「あぁ」

アメディオが魔術で作った写し身を地下牢に残し、さらに認識阻害の魔術を発動してしまえば二人を見つけられる者はどこにもいなかった。

「今日はどこに行く？」

「図書館」

「またか。アメディオは本が好きだな」

アメディオに本が好きな自覚はなかったが、リチャードにもらった本が今の自分を作ってくれたと思っている。そして本を読めば読むほど、地下牢に閉じ込められているだけだった自分の世界がどこまでも広がるような気がした。

アメディオが本を読んでいる間、リチャードはその膝に体を預けて眠っていることが多かった。時間を忘れて本を読んでいると、そのうち目を覚ましたリチャードがゆっくりとまぶたを開く。アメディオは空色の目が自分を映して笑うその瞬間がとても好きだった。

その日も二人は図書館に行った。たまたま禁書の棚に迷い込んだアメディオは、そこで一冊の本に目をとめた。

「ん？　これは……？」

無性に気になって手を伸ばすと、それは血の呪いについての詳細な研究記録だった。開いてみれば、自分を生む時に亡くなったと教えられた母と同じ名前が記されている。

（血の呪い……母体と赤子に魔力を込めた血を塗り込めて……？）

ページをめくる手が震える。アメディオは夢中で読み進めた。記録の中では、血の呪いを使い強力な魔力を持つ子を生み出すための研究が行われていた。

「これは……俺のことだ」

アメディオはそこで初めて、自分が血の呪いによってヘンリー達に作られた忌まわしい存在であることを知った。そして周辺国との争いが落ち着いた今の世の中で、強大な魔力を制御できない自分を王宮が持て余していることも。

「こんな……こんな……っ!!」

動揺して魔力の制御が甘くなり、途端に拘束具が壊れて弾け飛ぶ。

(……っ！　マズイ、魔力が暴走する！)

アメディオは被害を食い止めようと、なんとか王宮の外れの森まで転移した。制御を失った魔力が周りの木々をなぎ倒す。吹き荒ぶ風に巻き込まれた枝や石がアメディオの身体を削っていくが、奇妙なことに傷は一瞬でふさがった。

「アメディオ!!」

激しい風の向こうからアメディオを呼ぶ声がする。異変を感じたリチャードが追ってきていた。リチャードは自分が傷つくのも構わずに風の中を進んで、アメディオを抱きしめる。

「アメディオ！　落ち着け!!」

「……俺は化け物だったんだ」

「違う！　化け物はこんなことをしたあいつらの方だ!!」

頭を抱えて苦しむアメディオの手を取り、リチャードは真っ赤に光る目をのぞき込んだ。

「君が何者でも関係ない。僕は君のことを大切に思う」

美しい青空色の目の持ち主は、震える手を握りしめながら力強く言い切った。


二人が共に十八歳になる年、リチャードの父である国王ヘンリーが死んだ。ヘンリー崩御により後ろ盾を失った宮廷魔術師達は、自分達の所業が公になることを恐れてアメディオを始末しようと地下牢に訪れる。

「おまえには死んでもらう」

「チッ……！」

不意をつかれたアメディオは深い傷を負うが、その血がボタボタと床へ落ちるほんの短い間に、みるみると傷がふさがっていった。

「ば、化け物……」

「おまえらが作った化け物だろうが‼」

怒ったアメディオが拘束具を破壊すると、解放された魔力の渦が次々と宮廷魔術師達を襲った。薄暗い地下牢でアメディオの赤い目だけが爛々《らんらん》と光り、宮廷魔術師達が一人、また一人と全身から血を流して倒れていく。事情を知ったリチャードが地下牢にかけつけた時には、宮廷魔術師達は一人残らず床に転がっていた。

「殺さなかったんだな」

床に倒れた血まみれの身体を、ゴロリと足で転がしながらリチャードがつぶやく。倒れた宮廷魔術師達は全員瀕死《ひんし》ではあったが、かろうじて息をしていた。

「殺す価値もない」

「まぁ、こんな奴らでも殺すと後が面倒臭いからな」

後のことは自分がなんとかするから、とリチャードが彼らを回収していった。リチャードの澄んだ空色の目は、厳しい冬の空のように魔術師達を冷たく見下ろしていた。


リチャードは即位をしてすぐ、アメディオを地下牢から出すことを決めた。しかしいまだ魔力の成長が著しく、感情が昂ると魔力が暴走してしまうため、アメディオは自ら望んで地下牢生活を続けていた。

そんなある日、リチャードが地下牢を訪ねて来る。

「アメディオ。そろそろ、外に出ないか？」

「外？　王になって忙しいんじゃないのか？　また抜け出すつもりか？」

「いや、そうじゃない。地下牢《ここ》じゃない別のところに住まないかと聞いている」

「なぜ？」

「おまえを自由にしたい……というのも本当だが、もうそろそろ、ここでもおまえの魔力を抑えきれなくなる。お詫びに城を用意した」

「なるほど」

地下牢で抑えきれないほどの魔力が暴走したら、王宮もただではすまない。どこか遠い所に隔離して、できるだけ被害を小さくしたいのだろう。

「そんな顔をするな。こんなところで過ごすより、よっぽど楽しいはずだ」

「俺は自由になんてなりたくない」

自分がいったいどんな顔をしているのかわからないまま、アメディオはぷいと目を逸らす。

「そうか？　誰もおまえの邪魔をできないように、周りには結界の魔術式を敷こう。そこで好きなことをして過ごせばいい」

「好きなことなんてない」

「これから作ればいい。そうだな。アメディオは本を読むのが好きだろう？　おまえの望む本を好きなだけ贈ろう」

今さら与えられる自由なんてものに、ひとつも興味がなかった。行きたいところもやりたいこともない。そんなことよりも傷ついてもすぐに回復するこの身体が、最近は老いることすらしなくなっていることにアメディオは気づいていた。

「俺はきっと死ねない。たった一人で生き続けるんだ。永遠に終わりのない時間の中で、やりたいことなどなにもない」

「終わりのない……か。この国を立て直すのに時間などいくらあっても足りないから、少しうらやましいな」

茶化すように言いながらも、おそらく本音も含まれているのだろう。実際、先代の王であるヘンリーは争いには長けていたが、戦後の復興などの政にはあまり向いておらず、国の至る所にまだ戦の傷跡が残っていた。

「うらやましいもんか！　こんな化け物の俺が自由になったら、なにをしでかすかわからないんだぞ!!」

それが八つ当たりだとわかっていても、言わずにはいられなかった。リチャードは神妙な顔をしてアメディオの灰色の目を見つめた。

「ではもしおまえが暴れたら、私がおまえを止めてやる」

「どうやって！」

アメディオ自身でさえ止められない魔力を止める方法などあるわけがない。しかしリチャードは言葉を続ける。

「血の呪いを知っているだろう?」

「知らないわけがない」

「その中に『鎖の呪い』というものがある」

「……なんだそれは」

それは術者が鎖を巻きつけた相手の命を、いつでも奪うことができるという呪いだった。

「私がおまえに『鎖の呪い』をかける」

「リチャード……。いや、駄目だ。俺のほうがおまえより魔力が強い」

アメディオが調べた限り、血の呪いは術者より魔力の弱い相手にしかかけられないはずだ。しかしリチャードはヘンリーの死後、血の呪いを研究していた宮廷魔術師達を厳しく取り調べ、アメディオの知らないことも知っていた。

「いいや、できる。例え魔力が弱くても。アメディオ、おまえが心から私に殺されてもいいと思えば、私はこの『鎖の呪い』をおまえにかけることができる」

「な……！」

「私を信じろ」

リチャードの態度は、アメディオが自分を疑うことなど有り得ないとでもいうように自信にあふれていた。

「……わかった」

「なぁ、アメディオ。私が必ずお前を殺してやるから、どうか生きてくれ。おまえが本当にやりたいことを見つけられるように」

そしてリチャードはアメディオに『鎖の呪い』をかけた。互いの血を混ぜたものに魔力を乗せて、アメディオの首に魔術式を刻んでいく。

「これはおまえを守るための鎖だ。おまえが人でいられるように、私がおまえをこの世に繋ぎ止めておいてやる」

「この鎖なら俺を殺せるんだな」

「あぁ」

アメディオが首に刻まれた鎖の痣に手をやりながら、リチャードを見つめる。リチャードが望むとおり、リチャードが生きている限りは生きよう。だが——。

「なぁ、リチャード。おまえが死ぬ時は俺も連れて行ってくれ」

「わかった。約束だ」

赤交じりの灰色の目は、いつか来るその日を願って喜びに震えたのだった。


それからすぐに、アメディオはリチャードが用意したザヴィーネ城に住み始めた。そしてちょうどその頃、国全体を覆う防御壁の魔術式が完成する。アメディオはその魔術式に魔力を注ぐ儀式のため、年に一度王宮の魔術塔を訪れるようになった。アメディオの力が悪用されることがないよう、その存在は秘匿され、儀式の詳細はリチャードと宮廷魔術師長にのみ知らされた。

王として日々を忙しく過ごすリチャードとザヴィーネ城に引きこもっているアメディオでは、この儀式の日ぐらいしか交流することはなかった。しかし会えばいつだって、二人はすぐに昔のように戻ることができた。

「おい、アメディオ。なにか足りないものはないか?」

「そうだな。魔術の研究書で欲しい物がある」

アメディオが外国の希少な本の名をいくつかあげると、リチャードはすぐに手配すると約束してくれた。

「それよりアメディオ、もっと魔力を必要としない防御壁を作れないか」

「なぜ？」

「そりゃ、いつまでもおまえに頼るわけにはいかないだろう？　おまえ一人の善意の上に成り立つ国など間違っている。そんなの恐ろしくて仕方ない」

明るく笑う口ぶりは、ちっとも恐ろしくなど思っていないように聞こえる。

「いざとなったら、国を守らないと脅せばおまえに言うことを聞かせられるんだ。俺にとってはそんなの作らない方がいい」

精一杯恐ろしく聞こえるように凄んでみるが、豪快に笑い飛ばされる。

「ハッ！　なにを言っているんだ。こんな防御壁を使って脅さずとも、おまえにできないことはないさ。だがな、おまえは必ず私の言うことを聞いてしまうんだ」

「なぜ？」

笑い飛ばされてムッとするアメディオの頭に手をやり、ぐしゃりと髪を乱す。

「おまえが私のことを好きだからだよ」

「はぁ？　なんだそれは」

「おまえは私の目に弱いから、私に目を見て頼まれると断れないんだ」

アメディオの目をのぞきこみながら、リチャードの目が愉快そうに細められる。図星をさされたアメディオは口を曲げて不愉快そうに黙りこんだ。

「ククッ、おまえと話していると肩の力が抜ける」

嫌がるアメディオにも構わず髪をぐしゃぐしゃにかき乱しながら、リチャードはいつまでも笑っていた。

しばらくして、アメディオは魔の森に捨てられたガタムを拾った。それからさらにシタールを拾い、二人はアメディオの家族になった。幼い子を拾って育てることになったと聞いた時、リチャードはたいそう喜んだ。その頃にはリチャードにも子が生まれていたからなのだろう。

「おまえに大切なものが増えるのはいいことだ」

「なんだよ、それは」

照れ臭そうにしながらも、ガタムやシタールの話をするたびにアメディオの目が柔らかい弧を描くのを、リチャードは嬉しそうにながめていた。

そうして月日が過ぎたある日のこと。儀式の日でもないのになぜかアメディオは王宮に呼び出された。珍しく魔術塔ではなくリチャードの私室に通される。

「急に呼び出してなんの用だ？」

「……アメディオ」

そこには見違えるようにやつれたリチャードの姿があった。

「リチャード！　その姿はどうした⁉」

ひと目見てその命がもう長くないとわかる。

「リチャード！　リチャード‼」

必死に呼びかけるアメディオの灰色の目を見つめながら、リチャードはひどく辛そうに顔を歪ませた。

「すまない、アメディオ。おまえを連れていけない」

「なぜだ！　俺を一緒に連れて行ってくれるのではなかったのか‼」

土気色の肌をしたリチャードは、苦悶の表情を浮かべる。

「アメディオ。俺が死んだ後も、息子を……この国を頼む」

「リチャード‼」

リチャードは、王になるには未熟な息子を遺していくことを不安に思っていたのだった。アメディオを見据えるリチャードは、友を想う目ではなくこの国の未来を憂う王の目をしていた。

「リチャード……おまえ……」

ひどい裏切りだ。それでもアメディオには、リチャードの死の間際の本気の願いをふり払うことなどできなかった。アメディオが願いを受け入れてくれたことに気づいたリチャードは、苦しそうに息を吐きながらもう一度謝罪を口にした。

「すまない、アメディオ。本当にすまない」

息子を、この国を護って欲しい、と言い遺してリチャードは一人で逝ってしまった。アメディオの首には、もう二度と発動することのない『鎖の呪い』だけが残された。

『鎖の呪い』が発動するには互いの信頼し合う心が有ってこそ。リチャードが死んだ今、首に残る鎖はただの残骸でその効力もない。ただわずかに残るリチャードの魔力の気配を失いたくなくて、アメディオの未練が呪いに形を与えて残っているにすぎなかった。

リチャードが亡くなり落ち込むアメディオを見かねてシタールが慰める。

「私達はアメディオ様が生きていてくれて嬉しいですよ」

「そうか……。だが、俺はきっとこのまま一生死ねないんだろうな。おまえ達が死んだ後も、俺はずっとこの城に一人で生き続けるんだ」

死ぬこともなくただ一人で生き続けるアメディオのとてつもない孤独を想って、シタールが静かに涙を流した。一方ガタムは、せめて自分がその孤独を終えさせられないかとアメディオに詰め寄った。

「アメディオ様！　俺がその『鎖の呪い』ってやつをアメディオ様にかけられないんですか⁉」

ガタムに命の責を負わせることに迷いながらも、何度か『鎖の呪い』をかけられないか試してみたが、魔力がほとんどなく扱い方もわからないガタムでは呪いをかけることは叶わなかった。呪いをかけられないと知ったガタムもまた、アメディオのために涙を流した。

自分のために泣いてくれる二人の存在が、かろうじてアメディオを人の世に繋ぎ止めてくれる。このままガタムとシタールまで失ってしまえば、いつか自分は人の心を失ってしまうだろうという予感があった。それまでにどうにかして魔力を失うことができないか、アメディオはザヴィーネ城で血の呪いについて調べ始める。

その後アメディオは、即位したリチャードの息子――リチャード二世によって赤い魔石の組み込まれた鎖の封印具を着けられる。そんな物で強大な魔力を制御できるはずがなかったが、教えてやる義理もないので黙っておいた。リチャード二世は父親のように『鎖の呪い』でアメディオを支配したかったようだが、リチャードはその方法を一切残していなかった。

死ぬこともできぬまま、アメディオはリチャードの最後の望みを叶えるためだけに王家に従い続けた。アメディオを都合よく使う王家に対して、ガタムはいつも憤慨していた。

「王家になんて協力しなくてもいいじゃないですか！」

「リチャードの願いだからな」

「なんでそんな人の願いを聞くんですか！　だって前の王様は、アメディオ様を一緒に連れていってくれなかったじゃないですか！」

ガタムは納得できないようだったが、リチャードの願いにすがっているのはアメディオの方だった。とうに効き目を失った『鎖の呪い』でも、リチャードの最後の願いを聞いていれば、いつか自分を殺してくれるかもしれない。叶わぬ夢だとわかっていながら、すがらずにいられなかった。アメディオの気持ちが伝わったのか、ガタムも次第に文句を言わなくなっていった。ただガタムは、時折思い出したようにアメディオに尋ねた。

「なにか方法はないんですか？」

「……俺がもう一度命を捧げてもいいと思うほどの相手が現れたら、あるいは」

「その人は魔術の使える方だといいですね」

「ふっ、そんな都合がいいことあるわけないだろ」

何度そんな会話をくり返しただろうか。ガタムの祈るような言葉をアメディオは力なく笑い流した。

（きっと俺みたいな化け物が、リチャードに出会えたこと自体が奇跡だったんだ）

他にしたいことがあるわけでもない。それからはただ漫然と流れる時間を過ごすだけの日々だった。アメディオは青空を見るたびにリチャードを思い出す。

（リチャード。俺を殺してくれなかったおまえを、俺は恨んでいるよ）

どこまでも晴れ渡った美しい青い空は、なにも応えてくれなかった。

◆　◆　◆

目を開けると、薄汚れた地下牢の壁があった。死ぬことのないこの身体で、世界が朽ちるその日まで死ぬことだけを願って過ごすのだろう。それが化け物の自分にふさわしい罰だとアメディオは思った。そしてアメディオは想いを馳《は》せる。アメディオが傷つけてしまった、リチャードとよく似た美しい青空色の目をした彼女は、今どうしているのだろうか——と。

◇　◇　◇

「ん……んん……」

リーリエはひどい悪夢から目を覚ました。目に入る天井からすると王宮のようだが、自分の部屋のものではなく少し混乱する。するとベッドサイドから声を掛けられた。

「リーリエ様！　お目覚めですか」

「ん……ミランダ……？」

重い頭を抱えて起きあがろうとしたが身体がうまく動かない。すぐにミランダがリーリエを横にさせる。

「十日も寝込んでいたんですから、無理に起きあがらないでください」

「十日……ん、んんっ……」

寝込んでいたせいなのか、声までうまく出せなかった。リーリエはかすれた声でなにが起きているのか教えて欲しいと伝える。

（私は……そう……確か、ガメニデに……）

襲われたことを思い出して恐怖で身震いをする。ミランダはリーリエを見て痛ましげに眉を下げると、珍しく言い淀《よど》む様子を見せた。

「あの……」

唇を動かし「全部教えて」と願えば、ミランダがようやく話してくれた。

「リーリエ様はガメニデに襲われたことは覚えていますか？」

リーリエが小さくうなずく。

「では、その後、その後は？」

その後……と思い出そうとすると、頭がひどく痛んで額を押さえる。

（ガメニデが……いえ、アメディオが来て……そう、ガメニデが首にナイフを……）

アメディオが助けに来てくれたことは覚えている。しかしその後がはっきりしない。ただ、とても優しい手が自分を包んでくれたのは覚えている。そしてその手が離れ、とても寂しく感じたことも。

「ガメニデは自ら首を切って亡くなりました。遺書のような物が残されており、元々、『黒薔薇の呪い』が完成したらリーリエ様と無理心中をするつもりだったようです」

ガメニデは自分がリーリエの呪いを解き、そのうえでリーリエを殺して自分も死ぬつもりだったそうだ。また、王宮の防御壁を描き換えるだけでなく侍女になりすます魔術式も作り上げており、そのため誰にも見つかることなく王宮に忍び込めたようだ。

「しかしアメディオ様に邪魔をされ、奴は最期の執念で魔力を乗せた血をまき散らし無理矢理呪いを発動させました。アメディオ様は発動した『黒薔薇の呪い』を解くためにザヴィーネ城に転移しました」

「そう……」

今ここで生きているということは、アメディオが呪いを解いてくれたのだろう。

「ガメニデに他の罪状がなかったかを、ノリス様が調べています。リーリエ様の部屋はしばらく使えないので、こちらでお休みください」

ガメニデの惨い最期を思い出し、なぜ自分の部屋ではなく別の部屋で寝かされているのかを理解する。

「それでアメディオは？」

「えっと、その……アメディオ様は今、地下牢に拘束されています」

「なぜ⁉　……っ！」

「わぁ！　リーリエ様！」

起きあがろうとして身体を支えきれずベッドに倒れ込む。ミランダはリーリエを支えながら、これまで起きたことを順番に教えてくれた。

アメディオがリーリエを連れてザヴィーネ城に転移すると、なぜかその後王がアメディオを反逆者として捕えるように命じた。そして事情を知らない者達は、アメディオがガメニデと共謀してリーリエを誘拐したと思っているらしい。

「事情を知っているはずの陛下もノリス様も、なぜか私やロイ様の言葉を聞き入れてくれないんです。……そしてなにより、アメディオ様が一言も弁明されません」

「どうして……？」

かすれた声で尋ねたが、わからないと首を振る。そしてミランダが神妙な顔をして声を落とした。

「それとアメディオ様には……リーリエ様への暴行の容疑もかけられています」

「……!!」

顔色を悪くするリーリエの手をミランダが握る。

「リーリエ様。落ち着いて聞いてください。リーリエ様のお身体を調べた医師によると、純潔が失われていることがわかったそうです」

「そんな……」

思い出そうとすると頭が激しく痛みだし、まるでもやがかかっているようになにも思い出せない。ただ、全身が壊れてしまいそうなほど苦しかったことだけは覚えている。

(純潔を失った……でも、それはきっと……)

それが呪いを解くための行為だったことは間違いない。アメディオが意味もなく誰かを傷つけるなんてありえなかった。その証拠に、あんなに身体中を覆っていた黒薔薇の蔓が今は跡形もないのだから。ふと耳の奥にアメディオの声が聞こえた気がした。

(愛している……と言ってくれたのは、あれは夢……?)

これはきっとリーリエの心が作った幻だろう。しかしアメディオに罪がないことを証明するためには、どうにか思い出したい。

「私やロイ様が、呪いを解くために緊急で魔力を注ぐ必要があったに違いないと説明しましたが、陛下もノリス様も聞き入れてくれませんでした」

力不足ですみません……とミランダが肩を落としてうなだれた。気にしないで欲しいと伝えたくて、ミランダの手を握り返す。

（それに本当なら、もっと前にガメニデに襲われて殺されていたかもしれない……）

そもそも『黒薔薇の呪い』をかけられた時に襲われ殺されていてもおかしくなかった。生きてここにいることだけでも十分に幸運なのだ。

（それにアメディオが相手ならば……）

決して口に出せない想いをそっと胸の奥に沈める。それよりも、気になるのは暴行の容疑についてだ。リーリエの純潔が失われていることは公になっているのだろうか。

「私の、純潔のことは、誰が、知っているの？」

「それは……あの、シャール様が……」

ミランダが大きく顔を歪め、嫌悪の表情を浮かべる。どうやらガメニデの騒ぎを聞きつけたシャールがあることないことを王宮中に吹聴して回ったそうだ。訂正したくてもリーリエがガメニデに襲われたことを知る者は多く、またリーリエの純潔が失われたことも確かなので表立って抗議をできなかったらしい。そして気づけば、リーリエがガメニデとアメディオに襲われて純潔を失ったらしいということが、すっかり事実のように広まっていた。このままではレイクロウ王国側の重大な過失だとして、婚約破棄と共にローワン王国から慰謝料を求められるだろうとも。

「しかもシャール様はローワン王国には自分がうまくとりなすから、その代わり慰謝料の一部を秘密裏によこせって言ってきているらしくて」

シャールはその放蕩ぶりをローワン王国で問題視されており、最近は金遣いを厳しく管理されているらしい。リーリエと結婚するよりも慰謝料をもらう方がよっぽど魅力的なのだろう。

「そう……」

「アイツ、リーリエ様がなかなか思い通りにならないからってこんな手を……!!」

リーリエが小さく首を振ると、ミランダが苦いものを飲み込んだような顔をした。

「……リーリエ様にはあんな人より、もっと相応しい人がいます」

(相応しい人……)

リーリエの心の奥に冷たいものが落ちる。このままシャールと結婚しても、ローワン王国に恩を売れないどころかむしろ恩を着せられる側だ。だとすればこのままシャールとの婚約は解消される可能性が高い。

(そして、他の誰かに嫁がされる……?)

純潔を失った王女など、結婚相手の条件は今よりももっと悪くなるだろう。しかしそんな条件よりもなにより、リーリエはもう好きでもない相手に身体を開くなんてしたくなかった。

苦しげに顔を歪めるリーリエをミランダが慰める。

「リーリエ様、医者を呼んでくるので、もう少しお休みください」

ミランダが部屋から出ていき、一人になった部屋で静かに自分の心に向き合う。

（好きでもない人と結婚なんてしたくない。いっそ私が王女なんかでなければ……）

王女であることに誰よりもすがって生きてきたのは自分のはずなのに、リーリエは初めて自分が王女であることを強く悔んだのだった。


医者の診察を終えるとロイがミランダと共に部屋に入ってきた。リーリエが寝込んでいる間、二人は王やノリスにアメディオを解放するよう訴え続けていたらしい。

「リーリエ様、お加減はいかがですか？」

「ロイ！　アメディオは……？」

ミランダに支えられながらゆっくり身体を起こすと、ロイが難しい顔をする。状況はあまり芳しくなさそうだ。

「アメディオがなにも言わないのは、おそらくリーリエ様に非がないと示すためと思われます。アメディオは自身の潔白を訴える気がないのでしょう」

「そんな……」

実際、アメディオは捕まる時にも一切抵抗を見せなかったのだという。自分が泥を被ることで、この騒ぎを収めようとしているのだろう。

「血の呪いのことを公にできない以上、呪いを解くための行為だとは説明できないものね」

「リーリエ様はなにも悪くありません！」

ミランダが憤るが、血の呪いの存在を知っている者はごく少数しかいない。呪いを解くために純潔を捧げたと言っても、そんな呪いがあるとは信じてもらえないだろう。

「私から陛下に説明します。必要なら『黒薔薇の呪い』のことだって証言するわ」

血の呪いの存在を広めるような真似をすれば、リーリエが処罰されかねない。それでも自分の身を守ることより、アメディオを解放することの方がよっぽど大切だった。しかしロイが神妙な顔つきで口を挟む。

「おそらく陛下やノリス様は、すべてわかった上でアメディオを拘束しています。リーリエ様が証言したからといってアメディオを解放するとは思えません。そもそも陛下は最初からアメディオを反逆者扱いしていました」

罰を与えるためにアメディオを拘束しているのではなく、拘束そのものが目的なのだろうとロイは言う。

「反逆者……。もしかして、アメディオの首の鎖が外れていなかった？　あの封印具は外れるだけでも反逆の意思ありとされるそうよ」

「首の鎖……ですか」

ロイが思い出すように首をひねる横で、ミランダがこめかみに手を当てる。

「ん？　ちょっと待ってください。アメディオ様の首の鎖、外れてましたよ。それに『鎖の呪い』もなくなってましたね」

「それは確かかしら？」

「はい。アメディオ様を捕まえた時に鎖の封印具がなかったので、我々が用意した拘束具だけじゃ足りないだろうなって思ったので確かです。それでもアメディオ様は逃げませんでしたけど」

「つまり、首の鎖が外れたからアメディオは反逆者扱いされたんですね」

「アメディオ様もそれがわかっているから、リーリエ様に対する罪も被ろうとしてるんですかね？」

拘束自体が目的ならば、リーリエがなにを証言してもアメディオは解放されないままだ。ふとアメディオの言葉が頭に浮かぶ。

『おまえが望むなら俺はなんでもしてやる』

だからアメディオは自分が犠牲になることを選んだのだろうか。リーリエが名誉を守って欲しいと望んでいると考えたのだろうか。

（私は私の名誉を守ってもらいたいなんて望んでない。私が、私が本当に望むのは……）

そしてリーリエは別の言葉も思い出していた。

「前夜祭の夜、アメディオが言っていたわ。『この鎖を外せば、俺にできないことはない』って。アメディオは地下牢なんていつでも抜け出せるはずよ。今、彼があそこにいる理由は……すべて私のためだわ」

アメディオの献身を知り、リーリエの胸の奥が焦がれるようにひどく熱くなる。

「地下牢でも奴の力は抑えきれないということですか？」

リーリエがうなずくと、ミランダは予想していたのか「やっぱり」とつぶやいた。

「ではなぜ陛下やノリスは奴を地下牢に入れて安心しているのですか？」

「おそらくだけど、お父様やノリスはアメディオの力を見くびっているのよ。アメディオが王家に逆らえないと思っているんだわ」

これは想像でしかないが、これまでずっと従順だったアメディオがただ自分の意思で王家に従っているとは考えられないのだろう。

（私だってアメディオの口から聞かなければ信じられなかったわ）

アメディオの自由を奪うため鎖の封印具を着けさせてはいたが、結局のところを王家が生み出した化け物だからと、自分達に逆らえるはずがないと都合よく信じているのだ。

（それならアメディオさえ説得できれば、彼を自由にできるかもしれない……）

リーリエが思考を巡らせていると、ロイが難しい顔をしながら慎重に口を開く。

「リーリエ様、アメディオは何者なんですか？　奴にはいったいなにがあるんですか？なぜ陛下はここまで奴に執着するんですか」

王やノリスがアメディオに執着するのは、その膨大な魔力を失っては困るからだ。しかしそれはおそらく国家の秘密で、ロイやミランダが知れば処罰を受けるかもしれない。ただでさえ血の呪いに関わらせたことで負い目を感じているのに、これ以上危ない橋を渡らせたくなかった。リーリエは逃げるように目を揺らしたが、ロイはそれを許さなかった。

「あなたの力にならせてください。リーリエ様がご存知の事をすべて教えてくだされば、我々にもなにかできることがあるかもしれません」

「ロイ……」

ロイのすぐ横でミランダが力強くうなずいている。

二人の気持ちはとても嬉しい。しかし、だからこそ巻き込めない。そんな想いの間で揺れ動いていると、ロイがゆっくり諭すように話しかけた。

「リーリエ様。あなたの望みは何ですか？」

「私の……望み？」

「はい。あなたの望みをかなえる手助けをさせてください。あなたの幸せが俺の……我々の望みです」

幼い頃から望んだ物を与えられてこなかったリーリエにとって、自分の望みを口にすることはとても難しいことだった。どうせ叶えられないのだからと、何も望まないようにしてきた。

（でも、もしも望んでいいのなら――）

リーリエの胸にあるのはたったひとつの願いだった。それを口にするのはひどくわがままで、ロイやミランダを困らせることになるのかもしれない。顔を上げると二人がリーリエを見つめている。

「リーリエ様」

ロイがすべての覚悟を決めた顔でうなずいた。ロイに勇気をもらって、リーリエは願いを口にする。

「アメディオを自由にしてあげたいの」

本当の望みはただひとつ、アメディオのことだけだった。やっとリーリエが口にした望みがアメディオのことで、ロイが複雑な顔をする。

「アメディオを自由に、ですか？　リーリエ様はそれでいいんですか？」

「ええ。私はもうアメディオに十分なものをもらったわ。命だけじゃない。彼は私の心も救ってくれた。だからもう王家など関係ないところで、彼には自由になって欲しいの」

それからリーリエはアメディオから聞いた話を二人に伝えた。曽祖父である先々代の王ヘンリーがアメディオに行った恐ろしい所業のこと、祖父である先代の王リチャード一世が『鎖の呪い』で縛り城に閉じ込めたこと、そして父である現国王が鎖の封印具を着けさせ利用していたことを。

「はぁ〜、クソみたいことしますね」

「おい、ミランダ！　口が過ぎるぞ」

「そうね。クソみたいよね」

「リーリエ様！」

「ふふ」

リーリエの品のない言葉使いを咎めるようにロイが眉をしかめる。まだなにも解決していないというのに、慣れ親しんだ二人のやり取りを聞いて少しだけ肩の力が抜ける。

「リーリエ様のことがなければ、奴は地下牢を自分で出られるんですね。では奴を説得するか？　いや、でもただ出ていくとなるといくつか問題が」

ぶつぶつとロイが腕を組んで考えていると、ミランダが急に頭を抱えた。

「あー、でもそれだと、急がないとちょっとまずいかもしれません」

「どういうこと？」

「どうやらガメニデの荷物から、血の呪いについての書物が見つかったらしいんですよ」

血の呪いについて書かれた書物はすべて処分されたという話だったが、アメディオの言っていたように隠されていた物があったのだろう。

「それで奴はリーリエ様に『黒薔薇の呪い』をかけることができたのか」

「それもそうなんですが、とりあえず『黒薔薇の呪い』のことは置いといてください！　そうじゃなくて、どうやらその本には『鎖の呪い』のかけ方も記されていたみたいです。それで陛下はアメディオ様に『鎖の呪い』をかけるつもりです」

「なんですって！　『鎖の呪い』をかける方法がお父様の手に渡ったというの？」

リーリエが顔を青くする横で、ロイがミランダを疑わしげな顔で見つめる。

「おい、ミランダ。本当か？　なんでおまえがそんなことを知っているんだ？」

「えーっと……実は、ノリス様の部屋を盗聴しました」

「はぁっ⁉」

「前にアメディオ様に教わった魔術式を応用したら、盗聴用の魔道具がたまたまできちゃって。それで、ちょっと試しにってノリス様の部屋に仕込んだんですよ。ノリス様の秘密のひとつでも握れば、アメディオ様を助けられないかな~なんて」

「おまえは……っ！　ばれたらどうなるかわかっているのか⁉」

「バレなきゃいいんですよ。ロイ様も秘密にしておいてくださいね」

信じられないと額を押さえるロイを横目に、リーリエが尋ねる。

「ミランダ。お父様はいつアメディオに『鎖の呪い』をかけるつもりなのかしら？」

「私はリーリエ様に近いので呼ばれてませんが、明日の朝、上級魔術師を魔術塔に集めるように指示がありました」

「明日……！　そんなに早く……」

王にしてみれば鎖の封印具はしょせん『鎖の呪い』の真似ごとだ。『鎖の呪い』でアメディオを縛れるのならば喜んで呪いをかけるだろう。

「ちょっと待て。血の呪いは魔力の弱い者にはかけられないのでは？」

「そこがちょっと不思議なんですよね」

ロイの当たり前の疑問にミランダが首をひねる。しかしその答えをリーリエは以前アメディオから聞いて知っていた。

「『鎖の呪い』は特別だってアメディオが言っていたわ。だからアメディオより魔力の弱いお祖父様でもかけられたって」

「では、陛下やノリスもそのことを知っているんですね」

「ええ。お祖父様が『鎖の呪い』をかけたことも、アメディオの方が魔力が強いことも知っているはずよ」

新たに『鎖の呪い』をかけられてしまえば、アメディオを自由にできないかもしれない。するとミランダがいいことを思いついたというように口を開く。

「今夜……逃がしちゃいます？」

「え？」

「だって『鎖の呪い』がかけられたら、地下牢から出ても命を盾に自由を奪われちゃうんですよね。でも今なら、アメディオ様を捕まえられる人は誰もいません」

「そう……。そうね。それもいいかもしれないわ」

時間をかけて説得する暇はないが、事情を伝えればおそらくアメディオも逃げてくれるだろう。それはとてもいい提案に思えた。しかしロイがまだ難しい顔をしている。

「リーリエ様はどうされるおつもりですか」

「どうって……？」

「アメディオが逃げたとわかれば、陛下は必ず犯人を探しをします。我々が逃がしたこともすぐに知れるでしょう。そうなれば陛下が我々を許すはずがありません」

「なんですか。ロイ様、今さら怖気づいたんですか？」

しかしロイはミランダの挑発に乗らなかった。

「俺はいい。もしここを追い出されたってどうにかする。俺はリーリエ様のことを聞いてちょうだい」

「お父様には私がアメディオを逃がしたと言うわ。あなた達はなにも知らないふりをしているんです」

「じゃあ、いっそみんなで逃げますか？」

ミランダの提案にリーリエは小さく首を振った。

「そんな！　リーリエ様……っ！」

「それなら俺が罪を被ります!!」

「いいえ、これは命令よ。逆らうことは許しません」

普段、命令なんて言葉を使わないリーリエがはっきりと言い切る。

「私のためにアメディオには犠牲になって欲しくないけれど、それはあなた達も同じよ。あなた達だって、私のためになにひとつ失って欲しくない。大丈夫。私を罪に問うようなことがあれば、王家がアメディオにした所業をばらすとでも言ってお父様を脅すわ」

生まれてから一度だって、王に実の娘だと信じてもらえなかった。だからせめて王女として認めてもらおうと生きてきた。きっと王はリーリエが逆らうことなど考えたことはないだろう。リーリエだって考えたこともなかった。

（でも、それももう終わり）

するとロイが声を張り上げた。

「それでも陛下はあなたを許さないかもしれない！　代わりにあなたが地下牢に入れられ

たらどうするんですか!!」

「……構わないわ」

ミランダが声にならない悲鳴をあげる。リーリエのことを憎んでいる王ならば、それくらいやりかねないが覚悟の上だ。リーリエは二人に向かって静かに語りかける。

「ねぇ、ロイ。このままではアメディオは『鎖の呪い』をかけられ、王家に都合よく使われ続けるわ。そして、私はどうなるの？」

「どういう意味ですか」

ロイが眉間に大きく皺《しわ》を寄せたまま喉から声を絞り出す。

「おそらく私は新しい婚約者をあてがわれて、王女として国への貢献を求められるわ。それがどんなひどい相手でも」

ロイもミランダも否定することができず口をつぐむ。

「アメディオを犠牲にして得る物がそれならば、私はそんなものいらない。例え地下牢に閉じ込められても、彼には自由でいて欲しい。それに……その方がずっと私の心も自由でいられる」

「そんな……リーリエ様……」

ミランダが口を押さえて泣いている。ロイも恐ろしい形相でリーリエをにらんだままだ。それでも心を殺して誰かのもとに嫁ぐより、ずっとましな選択に思えた。

「ごめんなさい、ロイ。私はもう王女として生きることに疲れてしまった……」

リーリエが力なく微笑むと、ロイが唇を強く嚙んで下を向いた。膝の上で白くなるほど握りしめられたロイのこぶしは、いつまでも震えていた。

◆　◆　◆

地下牢に入れられてからどれくらいの時が過ぎたのだろうか。アメディオは過ぎる日を数えることもせず、ただ地下牢の壁をながめていた。おそらく外は夜になったのだろう。外の景色は見えなくても、魔力を使って周囲を探ればおおよその様子はつかめた。誰かが近づいてくる気配がして、地下牢の鉄格子がガシャリと音を立てる。それはよく見知った気配だった。

「ロイ」

格子の外には明かりを持ったロイが佇《たたず》んでいた。明かりに照らされて、ロイの険しい顔が暗闇に浮かびあがる。

「アメディオ。おまえならこんな檻、すぐ破れるだろう？」

「逃げる気はない。好きにすればいい」

ロイに背を向け壁を向くと、ロイが苛立った声を上げた。

「リーリエ様のため……か？　おまえがそうやって弁解もせず暴行の汚名を甘んじて受けているのは、リーリエ様に非がないと示すためなのだろう？」

アメディオが壁を見つめたまま黙っていると、ガシャンと格子が音を立てた。

「リーリエ様は『黒薔薇の呪い』のことも含めて、すべて公にされるおつもりだ」

「なぜ、そんなことを」

アメディオが振り返ると、ロイは格子をつかんだままうつむいていた。どんな顔しているのかは見えなかったが、指に力が込められているのがわかる。

「おまえに一切の罪はなく、すべてはリーリエ様自らが望んだことだと証言されるためだ」

アメディオは片手で顔を覆った。ガメニデのような卑怯な男に呪われたことも、こんなあやしい魔術師に身体を開かれたことも、王女の名を傷つけるものでしかない。

(俺に同情などせず、被害者のままでいれば良かったものを……)

誰よりも心根の美しい彼女は、化け物に犯されてもなお美しい心を持ったままだった。

「なんて馬鹿なことをする……」

「……馬鹿だと？」

アメディオのつぶやきを拾って、うつむいたままのロイが唸《うな》る。

「ロイ？」

「リーリエ様のお気持ちがわからないのか!!」

ガシャンと格子が揺れ、顔を上げたロイの目には激しい怒りが浮かんでいた。怒りで血走った目のまま懐から取り出した地下牢の鍵を使い檻の中に入ってくる。

「明日の朝、魔術塔に上級魔術師が集められる。そこで陛下はおまえに『鎖の呪い』をかけるおつもりだ。その前におまえを自由にして欲しいというのがリーリエ様の望みだ。おまえがなんの憂いもなくここから出ていけるように、そのためなら自分の名誉など惜しくないと、リーリエ様はそうおっしゃった」

ロイはそう言いながらアメディオにつけられた封印具を乱暴にはずしていった。ガシャン、ガシャンと地下牢の床に封印具が落ちていく。

「おい。ロイ、やめろ！　俺は自由など望んでいない。こんなことをすればおまえが咎められるぞ！」

アメディオを逃がしたことがわかれば、王は決してロイを許さないだろう。そしてその主であるリーリエのことも。しかしロイはアメディオの言うことを無視して、すべての封印具をはずしてしまった。

「どこへなりとも行けばいい。責任はすべてリーリエ様が取る」

「俺が逃げたら、おまえは……姫さんはどうなる」

ゆらり、と明かりに照らされたロイの顔が苦しげな色を浮かべる。

「リーリエ様はどんな罰でも受けるおつもりだ。地下牢に入れられて死ぬまで出てこられないかもしれない。それだって、無事に地下牢に入れれば……だがな」

王を裏切るような真似をして、地下牢に入れられるだけですむわけがない――ロイの顔はそう物語っていた。

「それがわかってて逃げられるか！　ロイ、なぜおまえは姫さんを止めない!!」

「止められるものか！　リーリエ様だってすべて覚悟の上だ！　おまえが王家に縛られたままで、リーリエ様が幸せになれると思うのか？　リーリエ様が唯一望んだことが、おまえの自由だというのに!!」

　ロイの叫び声が響き渡った後、地下牢にはしんと沈黙が落ちた。わずかな明かりだけが揺らめいて地下牢の壁を波打つように照らしている。

「姫さんの唯一の望みが、俺の自由……だと？」

　アメディオはロイを見つめたまま動けないでいた。

「リーリエ様からの伝言だ。『自分の分まで自由になって欲しい』……と」

　なぜ化け物の自分にそこまでの想いを向けてくれるのか。自分は彼女を傷つけることしかできなかったというのに。混乱のまま立ち尽くすアメディオを、ロイが激しい怒りのこもった目でにらみつけた。地を這うようなロイの声が地下牢の空気を震わせる。

「……リーリエ様はおまえを自由にするためにすべてを捧げようとしているのに、おまえはここでなにをしているんだ？」

　ロイはアメディオに近寄ると、グイとその胸ぐらをつかみ怒鳴りつけた。

「なんでも手に入れられるだけの力があるのならば、本当に欲しい物を手に入れてみろっ!!」

「ロイ……」

　血塗られた自分の力を憎んだことしかなかった。こんな力欲しくなかった。それなのに今、欲しい物を手に入れるためその力を使えと言う者がいる。目の前のこの立派な男の方がよっぽどリーリエに相応しいというのに。

「……おまえが幸せにしてやればいいじゃないか」

「できるならそうしている!!」

ロイの顔がぐしゃりと歪む。

「呪いの犯人がガメニデだとわかった時、リーリエ様はおまえの服をつかんでいただろう?」

アメディオの胸ぐらをつかむ手にさらに力が込められ、ロイの身体が細かく震えている。

「リーリエ様は幼い頃から我慢が当たり前で、辛い時もいつも一人でじっと耐えていらした。だから、あんな……あんなふうに誰かに助けを求めるリーリエ様を見たのは初めてだった。おまえだけがリーリエ様を助けられるんだ」

ロイは地下牢の床に膝をつき、握り込んだ両手に顔を埋めた。

「リーリエ様を……彼女を助けてやってくれ……」

ロイの心からの嘆きが、アメディオの胸を深く抉った。

◇　◇　◇

リーリエはベッドの上に腰掛けていた。夜もだいぶ更けたというのに、今夜は眠れそうにない。薄いナイトドレスの裾をめくると、左腿のつけ根に黒薔薇の花がひとつ咲いていた。

「残ってしまったわね」

呪いの効力はもうないようだが、どうやら一度咲いてしまった黒薔薇は消えないらしい。黒薔薇の蕾が花開き、蔓が伸びていくおぞましい感触は今でも生々しく思い出せる。それなのにどうやって蕾を枯らせてもらったのかは、いまだ思い出せないままだ。

「どうせなら覚えていたかったわ」

黒薔薇の痣を指先でついとなでてから、リーリエはナイトドレスの裾を元に戻した。ふと下腹に手を当てて考える。

「もし、ここに……」

ほんの少しだけ想像してみるが、それはあまりにも身勝手すぎる願望でリーリエは小さく頭を振った。ここになにも宿っていないことはもうわかっている。未練を断ち切るように立ち上がり窓を開ける。ずっと寝たきりだったので、少しふらついてしまった。窓枠に身体を預けながら外をながめると、夜空に浮かぶ赤い満月が王都を照らしていた。真っ暗な夜空に浮かぶ赤い月は、美しいけれど少し恐ろしい。それはリーリエに愛しい人の目を思い出させた。

（アメディオは無事に逃げ出せたかしら）

今頃ロイがアメディオを地下牢から逃がしているはずだ。

（ロイにもミランダにもずいぶん危ない真似をさせてしまっているわ）

二人が罪に問われぬように、すべての罪を一人で被る気でいるがうまくいくだろうか。少し体が冷えてきて、リーリエは名残惜しく思いながら満月へと背を向けた。

ふと、リーリエは呼ばれた気がした。ふわりと懐かしい人の香りがして振り返ると、そこには満月の光を背に浴びた黒い影があった。それはリーリエがもう一度会いたいと願ってやまない人の姿だった。

「どうして……！」

「牢には俺の写し身を置いてきた。しばらくはバレないさ」

「あっ……」

足に力が入らなくなって倒れそうになったところを、アメディオがふわりと抱き上げる。

「大丈夫か」

「すみません、ずっと臥《ふ》せっていたもので」

アメディオの目に悲しみが浮かんだように見える。部屋の中に入りリーリエを長椅子に下ろすと、アメディオが指を振った。窓が音もなく静かに閉まり、部屋の中に静寂が訪れる。アメディオはリーリエの前に立って見下ろしながら、いつもより冷えた手でそっと頬に触れた。

「なぜ俺を庇う」

「……あなたは私を助けただけで、なにひとつ悪いことをしておりません。あなたが罪を被るのは間違っています」

「だからおまえが責任を取ろうというのか？」

「すべて私のせいで起きた事ですから」

二人の間に再び沈黙が訪れる。するとアメディオが大きく顔を歪ませ、頬に触れていた手を引いて握りしめる。

「俺は罰せられて当然だ。呪いを言い訳にしておまえとの約束を破った。意識のないおまえに己の欲望をぶつけて傷つけた。あんなの、俺がただおまえを抱きたかっただけだ」

深い後悔のにじむ声を聞きながら、リーリエは離れてしまった手を取りこぶしに頬を寄せる。

「いいえ、いいえ。罪深いのは私です。私があなたに抱かれたかったのです」

「俺はおまえをガメニデからも守れず、己の欲望のままに蹂躙《じゅうりん》した。おまえを守れず傷つけるだけならば、もう生きていても意味がないと思った」

アメディオの灰色の目に赤みが差して揺らいでいる。握られていたこぶしがゆっくりと開き、冷たい手がリーリエの手を柔らかく握り返す。

「でももし許されるのならば、おまえがそれを望んでくれるのならば、俺はおまえと共にありたいと願う」

「あなたは私を助けてくださいました。私はあなたに傷つけられてなどいません。あなたは私の命の恩人です」

リーリエがアメディオを見上げると、空色の目からはらはらと涙がこぼれ落ちた。

「私があなたを想っていてもご迷惑ではありませんか？　それならば私の心をあなたと共に連れていってくださいますか？」

ここでアメディオの手を取って逃げれば、ロイやミランダ、それに彼らの家族達もどのような目に遭うかわからない。だから一緒には行けないが、せめてこの心だけでもアメディオの側にいさせてほしかった。アメディオがあごに手を当ててぐいと上を向かせる。

「姫さん……いや、リーリエ。おまえが欲しい。王女なんかではない、ただそのままのおまえが」

「私も、あなたが欲しい」

リーリエが泣きながら両手を広げると、アメディオがリーリエを強く抱きしめた。

「リーリエ……!!」

耳元でアメディオが自分の名を呼んでいる。抱きしめている。呪いはもうないのに。それがあまりにも嬉しくて、リーリエの目から涙があふれて止まらなかった。涙でぼやけた視界にアメディオの首が映る。

「アメディオ……痣が……」

アメディオの首には鎖の封印具も『鎖の呪い』もどちらもなかった。リーリエが手を伸ばして痣の消えた首筋に触れると、アメディオはその上に自分の手を重ねた。

「痣なんて、本当はいつでも消すことができたんだ。俺がリチャードとの繋がりをなくすのを恐れていただけだ。ただ俺が、繋がれていたかった」

アメディオはリーリエの目をのぞきこみ、一瞬どこか遠いところを見るように目を細めた。しかしすぐにその目に熱が浮かぶ。

「リーリエ。もっとおまえに触れたい」

アメディオはリーリエの手を取ると、その指先に柔らかな口づけを落とした。きっとこれが二人の別れなのだろうと、リーリエは覚悟する。アメディオが最後に会いに来てくれたことを嬉しく思う。

（それならば今度こそ、すべて忘れずに覚えておきたい……）

リーリエが震える声で問いかける。

「もう一度、私を抱いてくださいますか？」

「もう一度じゃない。あんなのは呪いを解いただけだ。そうじゃなく、ちゃんと意識のあるおまえを愛したい。愛させて欲しい」

アメディオの言葉が嬉しくて、リーリエの目からはまたほろりと涙が落ちた。もう泣くのはやめたはずなのに、何故かアメディオの前では我慢ができない。

アメディオはリーリエのあごに手を添えてそっと唇を重ねた。優しく唇を触れ合わせるだけのそれは、リーリエにとって初めての口づけだった。呪いを解くためではない、愛を交わすための口づけ。アメディオは何度も啄《ついば》むように口づけを落とした。それは甘くて溶けてしまいそうな心地がした。アメディオはそのままリーリエのまぶたや目尻にも口づけを落とし、こぼれる涙を丁寧に吸っていく。冷たい指が耳をなで、首筋をくすぐる。口づけも触れる手つきも、やはりとても優しかった。

「ん……」

リーリエが甘い吐息をこぼすと、再びアメディオが唇をふさいだ。舌先がわずかに触れたのを合図にリーリエが口を開くと、アメディオの舌が入ってくる。クチュクチュと互いの舌を絡ませているうちに、だんだんと口づけが深くなっていった。

「ん……ふ……」

大切なものに触れるような、愛おしいものを包み込むような、そんなアメディオの優しい手つきが嬉しくてたまらないのに、もっと強い刺激を求めてリーリエの身体の奥が疼き始める。たとえ呪いがなくとも、リーリエの身体はもう与えられる快感を知っていた。昂った身体をわずかに震わせると、チュと音を立てながらアメディオがゆっくり口を離した。

「リーリエ、ベッドに……」

「はい……」

アメディオがリーリエをふわりと抱き上げる。途端にリーリエは自分がなんの飾りもないナイトドレスを身に着けているのが恥ずかしくなった。

「あなたにはいつもみっともない姿ばかり見られています……」

恥ずかしくてアメディオの胸に顔を埋める。アメディオには呪いで乱れた姿ばかりを見せてきた。せめて最後は少しでもきれいな姿を覚えていて欲しかった。するとアメディオが喉の奥で笑う気配が伝わってくる。アメディオはリーリエを静かにベッドに下ろすと、解かれた髪をひと房手に取った。

「おまえはいつだって美しい」

アメディオは手に取った髪に口づけを落としてから、リーリエに覆いかぶさった。そして、ナイトドレスのリボンをするりと解いた。ナイトドレスがはだけて、はらりとベッドの上に広がる。

「あ……」

「リーリエ。隠さないですべて見せてくれ」

恥ずかしくて腕で身体を隠そうとしたところを、アメディオに止められる。おそるおそる身体の上から腕をどけると、アメディオが小さく息を飲んだ。

「あぁ、綺麗だ。これがおまえの本当の姿なのだな」

アメディオがリーリエの透けるような白い肌をうっとりとながめる。そこには黒薔薇の蕾に覆われた禍々しい痕はなく、まっさらな肌が光り輝いていた。そのままリーリエの下着も取り払い裸にすると、アメディオは着ていたシャツを脱ぎ捨てた。そしてリーリエの肌に触れようと手を伸ばし、動きを止める。

「触れても？」

「……はい」

リーリエが小さくうなずくとアメディオの手が首に触れた。そのまま手を滑らせて胸に触れ、柔らかなふくらみをゆっくりとなでまわし揉《も》みしだく。時折その指先が、赤く色づいた先端をかすめた。

「ん……」

漏らした声が恥ずかしくて顔を赤らめると、アメディオがクスリと笑った。

「おまえは本当に可愛いな」

アメディオはリーリエの全身を愛撫《あいぶ》しながら、甘い快感をたっぷりと与えた。全身を優しくなで、口づけを落とし、舌を這わせる。そして左足の太腿をひとなでし、そこに黒薔薇が咲いているのに気づき顔をしかめた。

「痕が残ってしまったな」

そう言うとすぐに頭を下げて、黒薔薇の痣に口づけを落とす。懐かしい刺激に、リーリエの蜜口がひくりと震えながら蜜を垂らした。

「あっ……。やぁ、こんな……恥ずかしい……」

呪いはもうないのに敏感な反応する身体が恥ずかしい。リーリエが赤くなった顔を両手で覆う。

「なぜ？　呪いのせいではなく、おまえが俺を求めてくれているのだろう？　それなら嬉しいだけだ」

アメディオは濡れたあわいに指をあてて前後に擦ってから、指をゆっくりと中に埋めた。

「ん……く……」

声が漏れないように口を押さえるリーリエに、アメディオが耳元でささやく。

「リーリエ、もっと声を聞かせてくれ」

「でも……恥ずかしい……」

「おまえの声を聞くと俺も嬉しいし興奮する。だから声は我慢しないで欲しい」

「は、はい……」

「それと気持ちが良かったらを俺に教えてくれ。できるか？」

「はい……」

アメディオは中に埋めた指をゆっくりと出し入れしながら、リーリエの額に口づけを落とし、そのまま耳や首筋を啄みながら胸の先端へと移動し吸いついた。

「あ、あぁん」

自分でもわかるくらいの甘い声を上げてしまい、恥ずかしくて涙が浮かぶ。アメディオは嬉しそうに笑いながら、硬くなった胸の先端を舌で転がし中の指をクッと曲げた。

「あぁっ……！」

「嫌か？」

リーリエが涙目のままふるふると小さく首を横に振る。

「では気持ちがいい？」

「……はい」

リーリエに尋ねるアメディオの声が嬉しそうに弾んでいる。そして気持がよかったら教えろという言葉を律儀に守っていたら、アメディオは執拗《しつよう》にそこを捏《こ》ねた。

「あっ、あっ、あぁっ……！」

アメディオの指を締めつけながら、リーリエはあっという間に達してしまう。リーリエがとろりと蕩けた目をして見上げると、アメディオの目が赤い光を強めた。

「ふ……女の顔をしているな」

「それならあなただって、男の顔をしています」

「あぁ、今ここにいるのはただの男と女だ。リーリエ、ただのおまえが愛おしくてたまらない」

「嬉しい……。アメディオ……」

深い口づけを交わしながらアメディオの指が中を激しくかき回し、リーリエはもう一度達してしまった。リーリエがくたりと四肢をベッドに投げ出すと、アメディオがようやくズボンを脱ぎ捨てる。アメディオの身体は彫刻のように美しく、しかしその身体に似つかわしくないほどの大きな赤黒い塊がそびえ立っていた。

「え、大きい……」

記憶にないとはいえ一度は受け入れたはずなのに、あまりの大きさに怯んでしまう。

（本当にこんなものを……？）

するとアメディオが、ふ、と微かな笑い声を漏らした。リーリエの髪を優しくなでながらら耳元に口を寄せる。

「無理はしなくていい。だが、俺を受け入れてくれると嬉しい」

アメディオはリーリエの手を取り、自らの昂りに触れさせた。

「あっ……」

リーリエの手の中では熱い塊が脈打っていた。驚いて握りしめると、アメディオが熱い息を吐いて気持ちよさそうに目を細める。途端に胸の奥から愛しい気持ちがあふれ出した。

（あぁ、この人が欲しい……）

喰らい尽くすのではなく、アメディオのすべてを受け入れたいと思った。心も、身体も、過去も、未来も、そのすべてを。

「はい……私もあなたを受け入れたい……」

「ありがとう、リーリエ」

アメディオはリーリエの耳に口づけを落とし、耳介にゆっくり舌を這わせた。背筋がぞわりと震える。二人はそのままベッドに横たわり、抱きあったままゆっくりと口づけをくり返した。その間もずっとリーリエの手はアメディオの雄に添えられており、手の中のものが時折ぴくりと震える。もう一度軽く握りしめてみれば、アメディオがわずかに顔を歪めた。

「……っ！」

「痛いのですか？」

「違う。おまえの手はとても気持ちがいい」

「あの、どうすれば？　……すみません、何も知らなくて」

「謝らなくていい。もう少し強く握って上下に動かせるか？」

「は、はい」

アメディオに言われた通り必死に手を動かすと、手の中の塊がどんどん硬く張りつめていく。先端からあふれた液が指に絡んでぬちぬちと音が立った。するとアメディオがリーリエの中に指を埋める。

「あっ！」

先ほどまで丹念に解されていた中は、あっという間にアメディオの指を根元まで飲み込んだ。

「手をもう少し動かせるか？」

「あぁ……は……い……」

リーリエの上下に擦る動きと合わせるようにして、中に埋められた指を抜き差しされる。

「あ……やぁっ……あぁ……」

「はぁ……気持ちいいな……」

リーリエの甘い吐息とアメディオの荒い息が重なった。中に埋められた指は増やされ、アメディオの雄が手の内で熱く震えている。手の中の塊を擦るとアメディオが気持ち良さそうにするのが嬉しくて、だんだんと怖さが薄れていった。アメディオの親指が花芽を押しつぶし、その快感でリーリエも手の中の雄を強く握りしめる。

「あぁっ……」

「……っ！」

くたりとアメディオに身体を寄せると、腰をつかんで引き寄せられた。

「リーリエ……挿れてもいいか？」

「はい……」

余裕のない掠れた声が耳元に落ちてきて、身体の芯が疼いて震えた。アメディオはリーリエの足の間に身体を入れると、たっぷりと濡れそぼった蜜口に切っ先をあてる。そしてゆっくりと隘路《あいろ》に自らの雄を沈めていった。受け入れるのが初めてではないからなのか、それともたっぷりと解されたせいからなのかはわからない。ただリーリエは痛みを感じなかった。ただあまりの圧迫感に眉を寄せる。

「う……」

リーリエが身体をこわばらせたことに気づいたアメディオは、一度動きを止めて口づけを落とした。二人の舌がゆっくりと絡み合う。

「む……ん……」

口の中を優しくくすぐられて力を抜くと、アメディオはまた少しずつ腰を押し進めた。もどかしいくらいの時間をかけて、アメディオはリーリエの身体を開いていった。心も身体も少しずつアメディオに溶かされていく。いよいよ二人の肌が隙間なく重なり、アメディオがグッと腰を押しこんだ。

「んぁ……っ！」

最奥を押し上げられ、リーリエが首を反らす。アメディオはその首に口づけを落としながら、リーリエを抱きしめた。二人を隔てる身体さえも邪魔に感じて、リーリエはこのままひとつに溶け合ってしまいたかった。そのまましばらく動かずにいると、互いから漏れ出た魔力が混ざり合っていく。アメディオの魔力はわずかでも熱く濃厚で、リーリエの中が反応して激しくうねり出した。

「あ……ん……んん……っ！」

「大丈夫か？」

気遣うように優しく頬をなでるアメディオも、額に汗が浮かんでいて苦しそうだ。

「あの……魔力が……」

「あぁ、おまえの魔力はとても甘やかで心地いい」

苦しげな顔とは裏腹に、アメディオはうっとりと陶酔するような声を出した。リーリエの中はさらにアメディオを締めつける。

「あぁ……っ！」

「くっ……俺の魔力は辛くないか？」

「あなたの……ん……魔力は……少し、私には、強すぎるわ……」

熱く濃い魔力の波を感じるたび、ビクビクと身体が震えて止められない。

「物足りなく思わないか？」

「いいえ！　あれは、イヤ……刺激が強すぎて、なにもわからなくなってしまうから……」

呪いを解くために魔力を注がれた時の激しい快感をリーリエは覚えている。しかし無理矢理高められる快感よりも、今アメディオが与えてくれるものの方がよっぽど心を満たしてくれた。

「そのままのあなたがいいの……」

「あぁ……!!　リーリエ、愛している。幸せ過ぎておかしくなりそうだ」

アメディオはリーリエの口をふさぐと、そのまま腰を揺らし始めた。

「む……ん……は……」

アメディオがゆさゆさと身体を揺するたび、二人の繋がりあったところから水音が漏れる。リーリエが、はふ、と吐息をこぼした。

「あ……気持ちいい……」

リーリエの声を聞きながら、アメディオはさらに腰の動きを大きくしていった。そしてときおり腰を回して、中の壁を擦るようにかき混ぜる。

「あぁ……気持ちいい……気持ちいいの……」

アメディオの硬くふくらんだ雄が、リーリエの濡れた壁を押し広げながら擦っていく。その度に痺れるような快感がリーリエを襲った。このままではふわふわとどこか飛んでいってしまいそうで、リーリエはアメディオの背中に両手を回してすがりついた。アメディオはリーリエをしっかり抱きしめると、ゆっくり腰を引いてとんと奥を突いた。

「あっ！」

そのまま何度も腰を引き、規則正しく奥をつき始める。

「あっ……あっ……あっ……」

擦られる壁も突かれる奥も、すべてが気持ち良かった。アメディオに一突きされるたび身体の奥に甘い快感が溜まる。それが少しずつふくらんで何かが弾けそうになり、気づけばアメディオの腰の動きも大きく激しいものになっていた。

「やぁっ！　あ……！　あぁっ！」

リーリエは振り落とされないよう、アメディオの背中に爪を立てた。激しい水音とぶつかりあう肌の音がリーリエの嬌声《きょうせい》と混じり合う。ぐりとアメディオの切っ先がリーリエの最奥を抉った。

「んぁ……あっ!!」

溜まった快感がとうとう弾け、リーリエは豊かな胸をアメディオの胸板に押しつけながら深く達した。激しくうねりながら締めつけてくるリーリエの内壁の動きに任せて、アメディオも自身を解放する。

「リーリエッ！」

アメディオはリーリエを強く抱きしめると、最奥をめがけ熱い飛沫を中に放った。お腹の奥にじわりと広がる熱を感じながら、リーリエの目の端から涙がこぼれおちる。

（あぁ……。ずっと、ずっと、欲しかった……）

孤独だったリーリエの心が満たされていく。

愛しい人に愛されたこの記憶さえあればもう他になにもいらない。

（このままあなたに二度と会えなくなるとしても――）

「あなたをずっと愛しているわ……」

リーリエがつぶやくと、アメディオがリーリエの頬をつたう涙を優しくぬぐいとる。

「俺も愛している」

アメディオが赤く光る目にたっぷりの愛情をたたえて微笑んだ。そのまま二人は抱き合って、互いの魔力を穏やかに混ぜ合わせたのだった。

五章　永遠の愛

リーリエは事後の気だるい身体をベッドの上に横たえていた。隣に寝ているアメディオがぐいとリーリエを胸の内に引き寄せる。触れ合う肌のぬくもりが心地良く、自分とは違う汗の匂いも不思議と心を落ち着かせてくれた。

そうしてしばらくまどろんでいると、アメディオがリーリエの額に口づけをひとつ落としベッドから抜け出した。服を拾って身につけるアメディオの背中へ声をかける。

「行ってしまわれるのですか？」

上半身を起こしたリーリエは、笑って見送らなければと思うのにうまく笑えない。涙があふれそうになってあわててうつむいたが、落ちた涙がベッドの上に染みを作った。

「リーリエ」

「どこにいても、あなたの事を想っています」

あなたの事を忘れない、と震える声で別れを口にする。するとアメディオがベッドに腰かけ、リーリエの硬く握りしめた手に自分の手を重ねた。

「リーリエ、俺はどこにも行かない。このまま地下牢に戻る」

「なぜ……⁉　このまま逃げてください。あなたならそれができるはずです」

リーリエが驚き顔を上げると、アメディオの柔らかな笑顔が目に入る。アメディオは冷たい手でリーリエの涙を拭うと、そのまままっすぐに見つめた。

「逃げる必要なんてない。ここに俺を殺せる奴はいない」

「父に『鎖の呪い』をかけられるかもしれません」

「そんなことはあり得ない」

「でも……」

「俺の言葉を信じられないか？」

「……あなたのことを疑ったりはしません」

心配して言った言葉だったのにアメディオを疑っているかのように取られ、むくれながら言い返す。するとアメディオがくすりと笑い声を上げた。そしていつもより低い落ち着いた声で、なだめるように語りかけた。

「ここにはおまえの気持ちを確認しに来た。おまえの心が俺と共にあるのなら、俺はもう力を制御して王家に従うことはしない」

「本当に……？」

アメディオが力強くうなずく。アメディオが大丈夫というのなら、きっと心配はいらないのだろう。アメディオは安心させるように、リーリエの頬に口づけを落とした。

「おまえを全力で守るためには、誰にも力を制御されたくない。だからおまえに忠誠を誓わせてくれ」

「私に、ですか？」

「あぁ。リーリエ、俺の命はおまえのものだ」

アメディオは羽織っていたシャツの前を広げると指先に魔力を込めた。そして自分の左胸の上に真っ赤な魔術式を刻んでいく。最後に人差し指に魔力をまとわせると、魔術式を切り裂くように一筋の大きな傷をつけた。傷はすぐにふさがれていき、にじみだした血だけが肌の上に広がる。ふさがる傷を見て、リーリエが小さく驚きの声を上げる。

「傷が……」

「あぁ。歳を取らないだけでなく、俺のこの身体は傷もすぐにふさいでしまう。恐ろしいか？」

「いいえ」

言われてみれば、先ほどリーリエが爪を立ててしまった背中にももう傷がない。アメディオはリーリエの手を取り親指に口づけを落とすと、歯を立ててほんの小さな傷をつけた。

「ん……っ」

リーリエの親指の先で、小さな血の雫がぷくりと盛り上がる。アメディオはリーリエの手を取ったまま、その血の雫がアメディオの胸の血の跡に重なるように互いの血を混ぜた。そのまま胸に書かれた魔術式の上にリーリエの手を押しつける。すると手のひらがじんわりと熱を持ち、魔力が集まってくるのを感じた。

「俺はおまえを決して裏切らない。おまえが願えばこの命をおまえはいつでも奪うことができる。俺の命をかけておまえを守るよ、リーリエ」

「アメディオ……」

互いの血に魔力が乗って混ざり合っていき、これが血の呪いをかけるための儀式なのだとリーリエは気づいた。

「待って！　なぜ……？　私の魔力はあなたより弱いのに。あなたにかけられる血の呪いは『鎖の呪い』だけではないのですか？　それともこれが『鎖の呪い』……？」

「『鎖の呪い』が特別なんじゃない。リチャードが特別だったんだ。俺が特別に信じる相手だけが、俺が真に心を預けた者だけが、俺に血の呪いをかけられる」

「そんな……」

「俺に血の呪いをかけられるのはおまえだけだ。だからリーリエ、許す、と」

アメディオが強く目で訴える。しかしずっとアメディオは血の呪いに苦しめられてきたはずだ。これ以上、血の呪いで縛るような真似はしたくない。

「あなたの命はあなたのものです。私が自由にしていいものではありません」

「リーリエ。俺の力は強大すぎてこのまま力をふるい続ければ、いつかきっと人でいられなくなる日が来る。俺が人であり続けるために、俺をこの世界に繋ぎ止めるための鎖になってくれ。頼む」

「そんな……」

　誰よりも優しい人だからこそ、強大な力を自由に使えることを恐ろしく思っていることが伝わってくる。力を持つが故の苦しみを知りリーリエはようやくアメディオの心を理解した。それでも命を縛ることに躊躇《ちゅうちょ》していると、アメディオが祈るように告げた。

「俺の身体は死なないようになっている。だがこの呪いならおまえが死ぬ時に俺を一緒に連れていってくれる。『鎖の呪い』とは違う。本当はリチャードが死ぬ時に俺を連れていってくれるはずだったんだ。あの鎖はそのための呪いだった」

「……ではなぜ？」

「リチャードはまだ王としては未熟な息子を遺して逝くことが不安だったのだろう。助けてやって欲しい、と。俺を連れていけなくてすまないと謝っていた」

　そして呪いを発動させることなく、リチャードは一人で逝ってしまったのだと言う。リチャードのことを語るアメディオの顔は、泣き出してしまいそうに見えた。

「おまえになら殺されて構わない。俺がこの命を捧げていいと思える相手が、おまえ以上に大切に思える人が、この先現れるとは思えない。だからお願いだ、リーリエ。許す……と」

　灰色の目が不安に揺れていた。自分よりもずっとずっと力のある人のはずなのに、とても弱々しく見える。

（あぁ……この人をすべての不安から、すべての悩みから自由にしてあげたい……）

リーリエはすべてを背負う覚悟を決めた。

「わかりました。あなたの苦しみを私にも半分負わせてください」

許します──そう言ってリーリエは、アメディオの唇に自分の唇を柔らかく重ねた。アメディオの胸へと置いた手に魔力が集まって燃えるように熱くなる。そのままじっとしていると、次第に熱が引いていった。手のひらに感じる熱が消えてから、重ねた唇を離し胸の上に置いた手をゆっくりと離した。

魔術式の消えたアメディオの胸に黒い痣が刻まれている。それは剣のような形をしていた。

「これは……剣？」

「あぁ、『剣の呪い』……いや、『剣の誓い』だな。俺が血の呪いを研究していたのは、俺がいつか人として死ねるようにだ。俺はずっと、俺が死ぬ方法を探していた」

「これがそれだと……？　いったい、どういうものなんですか？」

「おまえが望めば、いつでもこの剣を俺の胸に突き立てることができる。『鎖の呪い』と違うのは、おまえの命が終わる時、必ずこの剣が俺の胸を貫く」

「アメディオ……」

それはリーリエがアメディオの命を自由にできる呪いだった。そしてリーリエが死んでも解けることなく、必ずアメディオの命を奪うことのできる呪い。

「リーリエ、おまえが死ぬ時は俺も連れていってくれ。俺を一人にしないでくれ」

アメディオはリーリエを抱きしめると、その肩に顔を埋めて祈るようにつぶやいた。

「今度こそ俺を連れていってくれ……」

リーリエはアメディオの顔を両手でつかむと、怒ったように灰色の目をのぞきこんだ。

「あなたは私を甘くみているわ」

「リーリエ？」

「私、初めて本当に欲しいものを手に入れたのよ？　誰にも渡さないわ。あなたの髪の毛一本、骨の一欠片だってすべて私のものよ。全部、全部持って行くわ」

誰にも渡さない――晴れ渡る青空のような目がアメディオを捕えて離さなかった。そのままリーリエはアメディオを強く抱きしめ、誰にも渡さない、すべて私のものよ、と何度もくり返した。

「あぁ、俺のすべてはおまえのものだ」

リーリエを抱きしめ返すアメディオの声は震えていた。

血の呪いをかけ終えたアメディオはこのまま地下牢に戻ると告げた。

「ロイはきっと、このままおまえを連れて逃げろと言いたかったんだろうな。だがあのままでは、おまえは俺の手を取らなかった。そうだろう？」

リーリエがためらいながらも小さくうなずく。王の報復がロイやミランダの身に及ぶことがないように、自分が止めなければと考えていた。それをわかっているのだろう、アメディオが優しく笑う。

「おまえはいつも人のことばかりだ。だがそんなおまえだから愛おしい。明日、堂々とおまえを貰《もら》いにいく。だからおまえは俺のことを信じて待っていてくれ」

「はい。待っています」

アメディオはリーリエの唇に優しく口づけすると、地下牢に戻るため寝室の窓を開けた。そしてリーリエを振り返る。

「さっき、俺は死ぬ方法を探していたと言っていただろう？」

「はい」

「だがそれは違ったと今ならわかる。本当に求めていたのは生きる理由だった。リーリエ、おまえが俺の生きる理由だ。ずっとこんな力は必要ないと思っていた。だがこの力のおかげでおまえと共にいられるのなら、初めてこの力に感謝する」

窓から差しこむ月明かりを背に浴びながら、アメディオの目が赤く光る。血のように赤いその色を、リーリエは愛しい思いで見つめた。

◇　◇　◇

あまり眠れないまま朝になり、ミランダとロイがリーリエの部屋までやってきた。二人ともまさかリーリエが部屋にいると思わなかったようで、愕然としている。

「リーリエ様！　どうして……⁉」

「アメディオは……奴は来なかったのですか？」

「いいえ、来たわ。大丈夫。アメディオを信じましょう」

着替えを済ませて魔術塔へと向かう。これからアメディオに『鎖の呪い』をかける儀式が行われるはずだ。リーリエ達の参加は許されないのではないかと心配したが、ミランダが同僚の上級魔術師数人となにやら交渉して、魔術塔の中に入ることができた。

「なにをやったんだおまえは」

「清廉潔白な騎士殿は知らないかもしれないですけど、他人の弱みを握っておくとこういう時に使えるんですよ。わかりましたか？」

ミランダがロイに向かってウインクする。ロイが呆れたように眉をひそめながら、小さくため息をついた。

「俺だって別に清廉潔白じゃない」

昨晩、アメディオを逃がそうとしたことを言っているのだろう。ロイはまだアメディオがリーリエを連れて逃げなかったことに憤っているようだったが、リーリエがアメディオを信じているので我慢してくれている。

魔術塔に入ると厳重に封鎖されている小さな部屋に入った。ミランダによると高度な魔術をかける時に使われる部屋のようで、特別な腕輪型の魔道具を持つ者以外はここでは魔術を使えないようになっているらしい。さすがにその魔道具までは用意できず、部屋に入ったリーリエ達は魔術を使えなくなってしまった。あまり広くない部屋に、魔道具の腕輪を着けた上級魔術師達がずらりと待機している。リーリエ達が部屋の隅に並んで立っていると、先触れの後に王とノリスが魔術塔へやってきた。王はリーリエの姿を認めると不愉快そうに眉をしかめた。

「なぜおまえがここにいる」

「アメディオのことなら私にも関係あるからです」

いつも従順なリーリエが歯向かうようににらみ返してきたので、王がひるむ様子を見せる。

「っ！　おまえはガメニデだけじゃなくアメディオもたらし込んだのか。それならいっそシャール王子もたらし込めばいいものを」

これまでのリーリエなら、王に強く言われたらうつむいて謝るしかできなかっただろう。しかしもう昨日までのリーリエではなかった。愛しい人に愛されたことがリーリエに力を与えていた。顔を上げひるむ様子を見せないリーリエに、王は戸惑いながら視線を逸した。

王がすぐに三人を追い出すように告げたが、ノリスが反対をする。例え魔術が使えなくても、ロイが本気で抵抗すれば手こずるだろうことが予想されたからだ。

「それより魔術を使って拘束した方が確実です」

「わかった！　さっさとしろ！」

ノリスがすぐにリーリエ達三人の身体に巻きつけるように拘束の魔術式を描いていく。

そのまま声も動きも封じられ、部屋の片隅に追いやられた。拘束されてなお光を失わない空色の目を見て、王が苦々しげにつぶやく。

「その目……！　忌々しい」

亡くなってもう二十年たつというのに、いまだに偉大な父親の影に怯える王の姿が次第に哀れに思えてくる。王を恐れうつむいていた今までのリーリエでは、そんなことにも気づけなかった。

するとで部屋の外から人の近づく気配がして扉が開く。騎士と魔術師らで何重にも包囲されている中央に、アメディオの姿があった。アメディオは身体中にいくつも魔力の封印具がはめられている。

（アメディオ‼）

声を封じられているリーリエは、心の中でアメディオを呼ぶ。アメディオはリーリエに気づくと、わずかに灰色の目を和らげた。しかしすぐに眉間にしわを寄せ、ゆっくりと瞬きをした。ほんの一瞬、目が赤く光った後、ノリスにかけられた拘束魔術が消え失せる。ロイとミランダが同時に身体を動かし、周りに気づかれない程度の警戒態勢を取ったのがわかった。ミランダが小さな声でつぶやく。

「あんなので封印できるわけないんですよ」

この部屋では特別な魔道具がないと魔術が使用できないはずなのに、アメディオにはそれすらも関係ないようだった。王がアメディオの名を呼び、部屋の空気が一気に緊迫する。

「アメディオ。許可なく封印具を外しただけでなく、王女の誘拐、監禁、並びに暴行の罪で本来ならおまえは極刑でもおかしくない。だが今までの国家への貢献を鑑みて温情を与えよう」

ざわりと空気が震える。王宮内ではリーリエが純潔を失ったらしいという噂は流れていたが、まだ公に事実と認められたわけではない。王はリーリエの前で、わざわざそれを公言したのだ。ミランダが「クソ野郎」とつぶやくのをロイも止めなかった。

「罰としてその身に呪いを与え、生涯地下牢に幽閉することとする」

王がアメディオに呪いをかける準備を行おうと、魔術師達が動き出したところで、くくっ、と押し殺したような笑い声が聞こえてくる。

「それがリーリエの呪いを解くためだったとしてもか？」

アメディオは拘束などされていないように、ゆったりと王に向かってに問いかけた。王を前にしているとは思えない不遜な態度に周りが騒然とする。しかし王はそれが必要のない暴行だったと仄《ほの》めかした。

「呪いを解く方法はひとつとは限らない。他の方法があったかもしれぬのに強引な手段に出たのは、お主に邪な思いがあったからではないのか？」

元々、罰を与えるのが目的なのだから罪などあってないようなものなのだ。ただ『鎖の呪い』をかける際に、手伝わせる魔術師達を納得させるための方便でしかない。魔術師達が再び動き出し、ロイの腕に力が込められる。リーリエが目線で止めると、ロイは渋々身体を引いた。するとアメディオの笑い声が部屋に響く。

「ふっ、俺は温情などいらん。極刑にしてみればいい。できるならな」

「なんだと!!」

アメディオの挑発で王が顔を赤くする。しかしアメディオはそんな王を無視してノリスを鋭くにらみつけた。

「ノリス。おまえはヘンリーが死んだ時のことを忘れたか？　宮廷魔術師どもが何人がかりでも俺を殺すことができなかったのを、おまえは聞いて知っているだろう？」

ノリスの顔からは血の気が引き、禿頭にじっとりと汗をかいている。細かく震えだすノリスを見て王が叫んだ。

「ノリス！　どうした⁉」

「忘れたなら、思い出させてやる」

そう言うや否や、アメディオに着けられた封印具が一気に砕け散った。アメディオの周りに風が巻き起こり、包囲していた騎士や魔術師達が吹き飛ばされる。床や壁に叩きつけられた騎士や魔術師はそのままピクリとも動かなかった。呪いをかける準備をしていた魔術師達が驚きの声をあげる。王は目の前で起こったことが信じられないのか、真っ赤な顔で叫んだ。

「こ、これ以上反逆の罪を重ねるつもりかっ⁉」

「あぁ、そうだ」

「捕らえろ！　この者を早く捕らえよ!!」

王の命令を受け騎士や魔術師達が再びアメディオを包囲する。しかしアメディオは周囲にゆっくりと目をやってから、不敵に笑った。

「俺を捕まえられる者はいないよ」

アメディオを囲む者達が一斉に攻撃を仕掛ける。しかし見えない壁に阻まれて、誰の攻撃も届かなかった。

「ノリス！　早く捕まえろ!!」

王は傍らに控えるノリスへと命令するが、ノリスは腰を抜かしたようにへたり込んでぶるぶると震えていた。アメディオが声を上げて笑う。

「ハッ！　ノリス。おまえでは俺を抑えることはできない。おまえが一番それを知っているはずだ」

「なにっ⁉　どういうことだ！　ノリス!!」

「今までの封印具はすべて、俺が着けさせてやっていたんだよ。あんな鎖の封印具じゃ俺の力は抑えられない。これまで俺が逆らわなかったから都合よく忘れていたようだが、ようやく思い出したか」

「なんだと⁉　ノリス！　本当か⁉」

しかしノリスは王の言葉に答えず、目に映るアメディオを恐怖の顔で見ていた。コツ、とアメディオが一歩前に踏み出した。

「俺がおまえらの言う事を聞いていたのは、別に呪いも封印具も関係ない。ただ、リチャードが最期にそう頼んだからだ」

アメディオに攻撃を仕掛けた者が次々と膝をついて倒れていく。

「二十年もおまえらの言うことを聞いてやったんだ。もう十分だろう。リチャードへの義理は果たした」

コツ、とさらにもう一歩、アメディオが王に向かって近づいた。王の護衛騎士の一人が剣を振りかぶってアメディオに襲いかかったが、身体中に銀の魔術式が巻き付き、そのまま剣を落として床に倒れ込んだ。アメディオは落ちた剣を拾い、そのまま刃を自分の首にあてた。リーリエが口の中で悲鳴をあげると、同じように隣でロイが声を漏らす。

「アメディオ……!!」

「奴はなにを……!」

アメディオが何気ない様子ですっと刃を引くと、首に一筋の赤い線が現れつーっと血が垂れた。そして無造作に剣を投げ捨て血のにじんだ首筋を拭うと、すでに傷がふさがって血の止まった首を王に見せつけた。

「誰も俺を傷つけることはできない」

アメディオを囲んで捕えようとしていた者達が、化け物を見るような目をしてじりじりと後ずさっていく。アメディオはコツ、コツ、と音をたて王へと近づきながら、ゆっくりと目を閉じた。そして再び開いた時には、アメディオの目は血の色のように真っ赤に染まっていた。

次の瞬間、アメディオの目が怪しく光り、部屋の中全体に魔力の波が広がった。深い沼の底に沈んだように、濃厚な魔力が身体にまとわりつく。部屋の中にいる者全員が、手足に重りを付けられたように動けなくなってしまった。魔力耐性の低い騎士達は意識を失い倒れていった。かろうじて動ける魔術師達も、膝をついて首に手をやりもがき始める。

「う……息が……」

周りのほとんどの人が倒れてしまった中で、リーリエとロイとミランダの三人だけが立っていた。

「これは……奴が？」

「こんなことできるの、アメディオ様以外いませんよ」

リーリエはアメディオがすることをひとつも見逃さないように、その姿をじっと見つめていた。アメディオの進む先では、動けなくなった王が床に座り込み肩で息をしている。

「なにを……した……」

「さあな」

ノリスは首元を押さえ喉からわずかに息を漏らすと、アメディオを恐怖の目で見上げた。

「……化け物」

「そうだよ」

アメディオはノリスを見下ろしたまま、フン、と鼻を鳴らした。そのまま赤い目をぎらつかせながらゆっくりと部屋の中を見回す。動ける者はもうほとんどおらず、かろうじて意識がある者は恐怖で震えていた。

（すごいわ……まさかここまでとは……）

強いことは知っていたけれど、あまりにも力の差がありすぎた。多くの人が倒れている中で、アメディオだけが一人立っている。

「おまえらに俺は殺せない」

アメディオはとうとう王の目の前に立った。倒れかけの騎士がなんとか遮ろうとするが、アメディオが指を振るとすぐに意識を失って倒れてしまった。身体を折って床にうずくまる王に向かってアメディオが指を振ると、王は何者かに引っ張られたように勢いよく顔をあげた。アメディオがおもむろに自分のシャツの前をはだける。その胸の上には黒い剣の形をした痣が刻まれていた。

「この痣は『剣の誓い』。リーリエが刻んだものだ」

リーリエの名を聞いて、まだわずかに動ける者達の目が一斉にリーリエへと向けられる。すぐにロイとミランダが護るように前に立った。倒れた魔術師から奪ったのか、ミランダの腕には魔道具の腕輪がはめられている。

「俺のすべての力はリーリエと共にある。リーリエが俺の命を望んだならば、この剣がただちに俺の胸を貫く」

アメディオはくるりと王に背中を向けると、ふわりと飛んでリーリエ達の目の前に降り立った。リーリエが嬉しそうに柔らかな声を出す。

「アメディオ」

ロイとミランダが一歩下がってリーリエの前を開けると、アメディオがリーリエの前に跪きその手を取った。

「俺はリーリエに忠誠を誓う。この力はリーリエのために使おう。俺のすべてはリーリエと共に有る」

真っ赤な目はリーリエだけを見つめ、空色の目もまたアメディオだけを見つめ返す。リーリエが微笑みながらうなずくと、アメディオは立ち上がりリーリエを抱き寄せた。アメディオが王へ向かって声を張り上げる。

「リーリエがこの国を守れと言うなら守ろう。ただし、リーリエが滅ぼせと言うなら俺はおまえもこの国もすべて滅ぼす！」

床に転がりもがいていた王は、喉から声を絞り出した。

「そんな……こと……できるわけない」

「そう思うか？」

アメディオが真っ赤な目を細めながらあやしく笑うと、周囲の魔力がさらに一段と濃くなった。かろうじて意識のあった者達も、次々と意識を手放していく。ノリスはすでに床に倒れ、泡を吹きながら白目を剝いていた。

「さぁ、リーリエ。おまえはどうしたい？」

アメディオが腕の中のリーリエに愛しげな目を向ける。リーリエはアメディオの腕の中から前に出ると、しっかりと顔を上げて王を見た。

「私が望むのはアメディオの自由です。でもこの国が荒れることは望みません。この国には彼が大切に想う者も、彼を大切に想う者もいるからです」

リーリエの脳裏にはガタム達の姿が浮かんでいた。もし国が荒れるようなことがあれば、彼らが苦しむかもしれない。

（それに苦しむ人が増えれば、優しいアメディオは自分のせいだと心を痛めてしまうに違いないわ）

リーリエが望めばなんでもするというアメディオの言葉に嘘はないだろう。ただリーリエは、アメディオを苦しめるようなことを望みたくはなかった。

「アメディオはこれまでこの国に多大な貢献をしてくれました。陛下、私は彼と共にありたいと願います」

アメディオを従え凛《りん》と立つリーリエに逆らえる者などいるはずがなかった。なぜならアメディオの魔力はこの国を滅ぼすことができるほど強大で、アメディオの言葉通りならリーリエがその力を思うままにできるのだから。

「共に行こう、リーリエ」

「はい」

横に並んだアメディオが手を差し伸べ、リーリエがその上に自分の手を重ねた。

「あなたの自由を奪う者を私は決して許しません」

リーリエが手を握ると、アメディオが優しく握り返す。

「おまえに害をなす者があれば俺がすべて滅ぼしてやる」

そしてアメディオがフンと鼻を鳴らしながら王を見た。

「リーリエが優しくて命拾いしたな」

アメディオがゆっくり瞬きをすると、血の色のようだった赤い目が灰色に変わり、部屋を覆っていた魔力が一瞬で消え去った。リーリエ達以外で、ただ一人最後まで意識を残されていた王は、肩で息をしながらリーリエとアメディオをにらみつけた。

「リーリエ……。その者と行くなら、もう王女として生きることは叶わんぞ」

「かまいません」

清々しい笑顔を浮かべるリーリエの横で、アメディオが不愉快そうに眉をしかめる。

「まだ己の立場がわかってないようだな」

アメディオが指を振ると王の身体が宙に浮いた。足のつかない高さまで持ち上げられ、王が足をバタバタさせる。

「う、うわぁ!!」

アメディオは暴れる王に向かって手を伸ばすと、なにかをつかむように指を曲げる。すると暴れていた王が動きを止め、苦しそうなうめき声をあげ始める。そしてその首にどす黒い鎖の模様が巻きついた。

「これ以上リーリエを蔑ろにするなら、その鎖でおまえを絞め殺してやる」

うぐぅ、と喉の潰れたような声をあげ王が顔を真っ赤にする。

「わかったか?」

アメディオが確かめるように目を細めると、王は首を押さえながら何度もうなずいた。

そのままもう一度指を振ると、王の身体がどさりと床に落ちて転がる。磨き上げられた床に写る自分の姿が目に入った王は、その首に黒い鎖の模様が巻きついているのに気づき、ひぃひぃと泣き声をあげた。アメディオはもう王になど興味を失ったように振り返り、リーリエへと手を伸ばす。

「リーリエ、行くぞ!!」

「はい!」

リーリエがアメディオの手を取ると、アメディオは膝の裏に手を入れ一気に抱き上げる。そのまま二人の足元に魔術式が浮かび上がった。

「お、おい、待て!」

転移の魔術式に気づいたロイがあわてて二人を引き止めようと駆け寄ったが、それよりも早く魔術式が発動した。

「用があるなら城まで来い!」

リーリエを抱きかかえたアメディオがロイに向かって叫ぶ。ミランダはロイの後ろで手を叩いて笑っている。アメディオはニヤリと笑いながら、二人の目の前から姿を消した。

◇　◇　◇

アメディオに抱きかかえられながら、リーリエはザヴィーネ城のアメディオの部屋まで一気に転移してきた。そのままベッドに下ろされる。

「ここは……んっ」

アメディオの唇で口をふさがれ、すぐにぬるりと舌が入ってきた。

「ん……は……」

上あごを舐められ舌を絡めとられているうちに、首筋をなでていた手がドレスの紐を緩めていった。リーリエはあわてて顔を逸らして口づけから逃れると、性急すぎるアメディオを止める。

「ま、待って……！」

「なぜ？」

「なぜって、あ、や、だめ……」

アメディオはリーリエの首元に顔を埋め、そのまま舌先で首筋をくすぐる。敏感な身体はあっという間に高められ、リーリエの下腹に熱が灯る。しかしその前に、どうしても確かめたいことがあった。

「お願い……待って……」

「なんだ？」

アメディオは不満を顔に浮かべながら、渋々動きを止める。

「あの、確認したいの。私達は結婚して夫婦になるってことでいいのよね？」

「あぁ、死ぬまで一緒だ」

「あなたと私で家族になるのよね？」

「そうだな」

家族、と聞いてアメディオが嬉しそうに笑う。

「それなら私、あなたとの子どもが欲しいの」

アメディオの胸板にそっと手を添えて、リーリエは灰色の目をのぞきこんだ。純潔を失ったと知った時、子ができていなかったことをとても残念に思った。だからもし許されるならば、アメディオとの子が欲しかった。最初の触れ合いは呪いを解くためだった。二度目は互いの愛を確かめ合うために身体を重ねた。

（でも、これからは……共に生きるために、あなたの愛が欲しい）

アメディオは衝撃を受けたように動きを止めたまま、じっとリーリエを見下ろしている。

「……アメディオ？」

「リーリエが、俺の子を産んでくれるのか？」

「ええ、欲しい。あなたの子どもが欲しいわ」

「……俺はこんな身体だから、もしかしたら子を成せないかもしれない」

アメディオが困惑したように目を揺らす。膨大な魔力のせいで傷を負わず歳も取らないような身体では、子どもを授かるのは難しいかもしれない。

「それならそれで構いません。私はただ子どもが欲しいのではなく、あなたとの子どもが欲しいだけですから」

そこまで言ってから、まるでそのための行為をねだっているようだと気づき、リーリエが頬を赤らめる。恥ずかしさを誤魔化すようにリーリエは言葉を重ねた。

「あの、シタールのお嬢さんが孤児院をしてらっしゃるのでしょう？　子どもができなかったらそちらの子をかわいがるのもいいかもしれません」

アメディオの口から、ぽつりと言葉がこぼれ落ちた。

「……俺も、おまえとの子が欲しい」

「嬉しい、アメディオ」

リーリエが両手を広げて笑いかけると、アメディオはほんの一瞬泣きそうな顔をした。そしてそのまま力強くリーリエを抱きしめ、噛みつくような激しい口づけをする。

「ん……んん……ん!!」

リーリエの口の中はアメディオの舌でいっぱいになり、縦横無尽に激しくなぶられる。深い口づけを交わしながら、アメディオの手がリーリエの身体中をまさぐった。緩めた胸元から手を差し込んで胸を揉み、ドレスの裾をたくし上げ太腿をなでまわす。身を捩りながら溺れそうなほどの激しい口づけを交わし、アメディオは耳を喰み、首筋に舌を這わせてきた。そしてあっという間にリーリエのドレスを脱がせて裸にしてしまう。

「んっ、やっ、アメディオ……？」

昨晩の、ゆっくり丁寧にリーリエを開いていった優しい手つきとはまったく違った。今のアメディオの動きは性急で、まったく余裕が感じられない。

「ね、待って」

「悪い。待てない」

「あっ、あぁ……っ！」

あまりに早すぎる展開に頭がついていかなかったが、与えられる快感に翻弄されるうちに身体が急速に高められる。アメディオはリーリエの豊かな胸を形が変わるほど揉みしだきながら、先端の赤く熟れた果実に嚙みついた。

「きゃうん！」

跳ねる身体を押さえ込みながら、アメディオはリーリエの胸の先を激しく舐めまわし、吸いつき、舌で転がした。ときおり吸いつく胸を変えながら、空いた胸の先を指で摘んで扱きあげる。

「や、うん、あ……あ、ん……」

強すぎるくらいだと思うのに、リーリエの身体はしっかりと快感を拾っていた。お腹の奥が疼き、腰が自然と揺れる。アメディオはリーリエの片足をつかむと、そのまま持ち上げて肩に乗せた。

「あ！　きゃぁっ!!」

まだ部屋は明るいというのに、これではすべて見られてしまう。恥ずかしさのあまり隠そうと手を伸ばすが、アメディオに阻まれた。アメディオはリーリエの太腿に口づけを落とし、そのまま黒薔薇の痣を舐めとるようにぐるりと舌を這わせた。

「あっ！　あぁん……」

そこを舐められるたびに与えられる快感を、リーリエの身体はもう知っていた。期待するように蜜口がふるりと震え、中からとろりと蜜が垂れる。

「いやぁ……」

日の光の差し込む明るい部屋で、アメディオはじっと蜜口をながめながら下唇をなめた。

「ん……っ」

とてつもなく恥ずかしいのに、その仕草があまりにも艶めかしくて、リーリエはまた蜜をあふれさせた。アメディオはそのまま顔を下ろすと、蜜口にかぶりついてあふれた蜜を啜《すす》りとった。

「だめ、アメディオ、まって、まって……あっ、あっ、やぁ……」

濡れた中に指を埋め、花芽に吸いつき舌で舐めあげる。リーリエはアメディオの舌と指に翻弄されながら何度も達してしまった。リーリエが快感に震えながらくたりと四肢を投げ出すと、アメディオが着ていた服を乱暴に脱ぎ捨てた。アメディオの雄は昨晩見たものよりもいっそう凶暴にふくれ上がっているように見える。アメディオは張りつめた熱い塊を蜜口に当てると、そのまま一気に奥まで埋め込んだ。

「……っ!!」

ひどく熱くて硬い塊が、リーリエの濡れた中を押し広げながら入り込んでくる。激しい快感に襲われたリーリエは、声も上げられぬまま大きく背を弓のようにしならせた。目の前がかすみ、アメディオの雄を強く締めつける。

「はぁっ……リーリエ」

「あっ……はっ……」

アメディオはリーリエの膝裏に手を入れて腰が浮くほど持ち上げると、そのまま上から突き刺した。折りたたまれた身体を上から抑え込まれて、どこにも快感の逃げ場がない。そのままリーリエは激しく何度も奥をえぐられた。

「まっ……いま、だめ……あぁっ……!」

挿れられた衝撃もまだ消えてないというのに、次から次へと激しい刺激が与えられていく。わけもわからぬまま快感の波にのまれ、リーリエはアメディオに必死にしがみついた。

「あ……は……やぁ……まってぇ……」

「出すぞ!」

アメディオはリーリエの口を自分の口でふさぎながら、強く腰を押しつけて最奥に精を放った。

「ん、んんっ!!」

中に埋められたアメディオの雄の先からどくどくと熱が注がれる。そのたびにリーリエの身体はびくりと震えた。少し息を乱したアメディオがリーリエを強く抱きしめる。そして、放った子種を塗り込めるようにゆっくり腰を動かした。アメディオがリーリエの肩に顔を埋めながらすがりつく。

「リーリエ、愛している」

「ぇぇ……私もあなたを愛しているわ」

あまりにも性急過ぎる激しい交わりだったが、アメディオの心の奥に触れられたようで、嬉しくて黒い髪を優しくなでた。そのまましばらく抱き合っていたが、アメディオは、はぁ、とひとつ息を吐いてから身体を動かした。すると中に埋められていた雄が抜け、ドロリと精があふれ出す。

「あっ……！」

「あぁ、こぼれてしまったな」

アメディオはもったいないとばかりに、あふれた精をすくって塗り広げた。

「あんっ……」

その刺激で中がうねって、また精がこぼれ出てしまう。それを見たアメディオは、ふっ、と笑ってからリーリエを抱きしめた。

「こぼれた分を、もう一度注がなくてはな」

いつの間にか元気を取り戻したアメディオの雄が、リーリエの足に押しつけられている。

「ま、まだするのですか？」

「昨晩は一度で我慢したんだ」

まるでそれが当たり前だと言うように、アメディオが答える。

（そういえばあの時も……）

リーリエは以前、四つ目の蕾を枯らす際に何度も身体に熱いものをかけられたことを思い出す。そしてほとんど記憶はないけれど、全身に広がった蕾を枯らした際に身体へと精を注がれたのは、一度や二度ではないはずだ。リーリエの乏しい閨の知識では男の人は一度果てたら終わりだと思っていたが、もしかしたらアメディオはそんなところも人と違うのかもしれない。それならばリーリエは出来る限り受け止めたかった。

「あの……」

「なんだ？　リーリエ」

「これは、その……あなたは、何度もしなければならないのですか……？」

顔を赤らめ戸惑い気味に尋ねるリーリエを見ながら、アメディオは少し考えるそぶりをみせた。そして口の端を上げて悪い顔をする。

「あぁ、そうだ。だから、ここでたくさん受け止めてくれ」

耳元でささやきながら冷たい手でリーリエの下腹をくるりとなでる。それだけでリーリエの身体は快感を感じ取って、小さく震えた。

「……わ、わかりました」

「大丈夫だ。今は少し性急すぎた。おまえが慣れるまでは優しくする」

その言葉の通り、二度目の交わりは昨晩のようにゆっくりと優しく、ただしじっくりと長く愛された。まだ受け入れることに慣れていないリーリエは、二度の交わりですっかり動けなくなってしまう。

「すまない。まだ病み上がりだったな。今はここまでにしておこう」

アメディオがリーリエを抱きしめながら、額に口づけを落とす。今は……の言葉が気になりながらも、リーリエは動かない身体をアメディオに預け、心も体も幸せに満たされながら眠りに落ちたのだった。

◇◇◇

リーリエがベッドでまどろんでいると、隣で愛しい人が起き上がる気配を感じた。

「ん……アメディオ?」

「起こしてしまったか」

冷たい手がリーリエの頬を優しくなでる。まぶたを開ければ優しい灰色の目がのぞき込んでくる。

「なにかあったのですか?」

「邪魔者だ」

アメディオが肩をすくめ、部屋の外に目をやる。耳を澄ましてみれば微かに鈴の音が聞こえてきて、どうやら厨房に置かれた魔道具の箱になにか届いたようだ。ガウンを羽織って厨房に向かおうとするアメディオを、すかさずリーリエが引き止める。

「待って、私も行きます」

「では、一緒に行くか」

やっと一緒にいられるようになったというのに、ほんのひと時だって離れたくなかった。アメディオがリーリエの手を取り嬉しそうに笑う。そして裸の身体に毛布を巻きつけると、まだ動けないリーリエを抱き上げ一気に転移した。厨房の魔道具の箱からは、大量の手紙があふれ出してくる。

「あら」

「なんだ？　すごい量だな」

アアメディオが指を振り手紙を一通呼び寄せると、そこにはロイの名が書かれていた。

「ロイ！」

「これを全部、奴が書いたのか？」

アメディオがうんざりした顔で封を開ける。

「なんて書いてあるのですか」

「……おまえに会わせろ、だと。仕方ない、入れてやるか」

アメディオがフンと鼻を鳴らしてから大きく腕を振った。すると周りの気配が変わったのがわかった。

「これで奴もここに来られるだろう。では、ロイが来る前に風呂でも入るか」

「え？」

「おまえのこんな姿、奴に見せられるか」

こんな姿、と言われリーリエが顔を赤くする。毛布だけを身に着けたリーリエの身体には、情事の痕がたっぷりと残っていた。王宮からザヴィーネ城に戻ってきてからの三日間、リーリエはアメディオに愛され続けている。昨晩も思う存分愛され、そのまま眠りについていた。

「一緒に入るか？」

「いえ、あっ、あん……ん……。もう！　駄目！　駄目です！　ロイが来てしまいます」

毛布の上からあやしい動きを見せるアメディオの手をリーリエが必死に止める。この三日間の間で、一緒に風呂に入ってさらに動けなくされたことをリーリエは思い出していた。

「ちっ、さっさと追い返すか」

「まぁ」

アメディオの冗談か本気かわからない文句を聞きながら風呂を用意してもらい、なんとか一人で入る。身支度を終える頃には、玄関ホールからロイの怒鳴り声が聞こえてきた。

「一人で勝手なことをするな！　そのつもりなら最初から事情を教えておけ！」

「ふん、思ったより来るのが早かったな」

「転移の得意な魔術師達にも協力してもらい、馬を何頭も乗り継いで来たんだよ!!」

ロイが顔を真っ赤にさせて怒鳴っているが、アメディオはどこ吹く風で聞き流している。リーリエが大階段の上から声をかけた。

「ロイ」

「リーリエ様！」

ロイはパッと顔を上げ、急いで階段の下に駆け寄る。リーリエが階段から降りてロイを見上げると、安心したようにホッと息をついた。そして一通の書状を恭しく取り出す。

「こちらを預かって参りました」

「お父様から……」

リーリエが封を開けて手紙を読んでいると、アメディオにひょいと手紙を奪われた。

「あっ！　アメディオ」

「難しい顔をしてどうした。なにかひどいことが書かれているなら、王家を滅ぼすか？」

アメディオの行動を咎めるようにロイが大きな声をあげる。

「おい！　おまえなぁ……」

「欲しいもののためには我慢しないことにした」

「ハァ……開き直りすぎだろう」

アメディオの吹っ切れた物言いに、ロイは額を押さえて天を仰ぐ。リーリエは手紙を返してもらいつつ苦笑した。

「お父様は、どうやら首の鎖を消して欲しいらしくて……」

「ふん、命乞いか」

アメディオを何年も鎖で縛りつけておきながら、なんて勝手過ぎる言い分だろうか。申し訳なくて眉をひそめるリーリエにアメディオが皮肉げに笑う。

「あれはただの模様でなんの効力もない。あんな奴、血の呪いをかけるまでもないからな」

「そうなのですか？」

「あぁ、どうせいつでも殺せる」

そう言って細めたアメディオの目が血の色のように赤く光り、リーリエの背筋がわずかに震える。

（でも、なにがあっても私はアメディオのそばにいるわ……）

アメディオばかりを悪者にはさせないと身体を寄せると、そのまま腰を引き寄せられた。リーリエの髪に口づけを落としながら、アメディオがつぶやいた。

「だが、国の防御壁はどうするかな」

アメディオの膨大な魔力が無ければ、国全体を覆う防御壁を維持することは叶わないだろう。そもそも、アメディオ一人に頼ることが間違っていたのだ。

「俺は別に国の安全など興味はない。だから、おまえに従うよ。おまえはどうしたい？」

確かにあれだけの力があれば、なにが起ころうと大切な人を守ることはできるのだろう。

（私にとって一番大切なのはアメディオが自由でいられることだわ。でも——）

「あなたが嫌でなければ協力してくださいますか？　民に罪はありませんもの」

もう王女ではなくなったけれど、リーリエを慕い敬ってくれた人々が苦しむ姿を見たくはなかった。リーリエを見る灰色の目が優しい光を湛《たた》える。

「それがおまえの望みなら」

「あなたに無理を強いていませんか？」

「そんな優しいおまえが愛しいのだから仕方ない。その優しさに俺も救われている」

「あなたが辛い思いをするくらいなら、他のすべてを犠牲にしてもいいと思っています。嫌ならちゃんとおっしゃってくださいね」

「あぁ、約束する」

アメディオが誓うように額に口づけを落とした。するとここまで二人のやり取りを黙って見ていたロイが声をかける。

「リーリエ様」

「なにかしら？」

ロイはひとつ息を吐くと、穏やかに微笑んだ。そしてリーリエの目の前に跪いた。

「あなたの幸せが我々の願いです。どうか幸せに……なってください」

ロイの声はかすかに震えていた。ずっとリーリエを護ってくれたロイの祝福が嬉しくて、涙があふれてくる。そんなリーリエを見ているロイの目も赤くなっていた。

「ありがとう、ロイ。本当にありがとう」

「あなたが泣けるようになって良かった」

「ロイ……」

微笑みながら見つめ合う二人を遮るように、アメディオがぐいとリーリエを自分の腕の中に抱き寄せた。

「きゃっ！」

「おい、アメディオ！」

ロイが強引な態度を咎めると、アメディオは顔一杯で不機嫌を表しながらぷいと横を向いた。子どもじみた嫉妬をするアメディオの様子を見て、ロイがくつくつと笑いながら立ち上がる。

「必ず幸せにしろよ」

「当たり前だ」

アメディオは決まり悪そうにしながらもリーリエを強く抱きしめた。アメディオの腕の中でリーリエは、やっと手に入れた幸せをいつまでも噛みしめていた。

◇　◇　◇

リーリエはアメディオと共にザヴィーネ城で暮らし始めた。いつかのように並んで書物を読み会話を交わしていれば、時間はいくらあっても足りなかった。ただそんな穏やかな時間も、城に訪れる者達のおかげでしばしば中断された。ザヴィーネ城の庭では剣の交わす音が響いている。

「なんで俺がこんなことを」

「身体を鍛えて悪いことはないだろう？」

ロイとアメディオが庭で剣の稽古をしている。どうやらロイは王からアメディオの監視を命じられているらしく、しばしばザヴィーネ城にやってくるのだ。ロイの重い剣をアメディオが苦々しい顔をしながら受け止める。

「俺はな、頭の中まで筋肉野郎のおまえとは違うんだよ」

「いつも魔術ばかり使って身体を動かさないから、そんな貧弱なんじゃないか？」

「俺は別に貧弱じゃない」

魔術式をまとってやり返そうとするアメディオにロイが言い放つ。

「そうやってすぐに魔術に頼っていては良くない」

「俺は魔術師なんだからいいんだよ！　リーリエ！　こいつをなんとかしてくれ！」

助けを求めて叫ぶアメディオを、リーリエは庭に座り笑って見ている。本当に嫌ならば相手をしないこともできるのだから、口で言うほど嫌がってはいないのだろう。

「リーリエさま！」

「あら、タブラ。今日はお城に来ているのね」

「うん！」

タブラがぴょんとリーリエの隣に座る。魔力の扱いを覚えたタブラは親元に戻り、今は転移魔術を使って村と城を行き来している。ガタムとシタールもやってきて、シタールがタブラの頭に手を置いた。

「リーリエ様の推薦のおかげで、タブラが魔術師学校へ入学できることになりました」

「まぁ！　おめでとう」

「リーリエさま！　ありがとうございます！」

タブラが立ち上がってぴょこんとお辞儀をする。

「ふふ。タブラが頑張ったからよ。でも学校には優秀な子がたくさんいるからタブラももっと頑張らないとね」

「はい！」

小気味のいい返事をしてから、タブラはロイとアメディオの方へ駆けて行った。二人にも魔術学校のことを報告しているようで、アメディオが笑って頭をなで、ロイがタブラを持ち上げて祝っている。するとガタムが神妙な様子で口を開いた。

「リーリエ様、ありがとうございます」

「あら、お礼は一度で十分よ」

しかしガタムは真剣な顔をしたまま首を横に振る。

「いいえ、違います。アメディオ様のことです」

ガタムの横ではシタールがその目に涙を浮かべてうなずいている。

「リーリエ様、アメディオ様を自由にして下さってありがとうございます」

　ガタムとシタールが二人並んでリーリエに頭を下げる。リーリエはあわてて立ち上がり、二人の手を取った。

「いいえ。私がアメディオに自由にしてもらったのよ。もし良ければ、これからは私もあなた達の家族にしてもらえるかしら？」

「はい、もちろんです！」

　家族の縁に恵まれなかったリーリエは、このあたたかい人達の家族にしてもらえることで心が満たされていくのを感じた。

「それにしてもアメディオ様が貴族なんて不思議な気がします」

「そうね」

　シタールと目を合わせて笑い合う。

　これ以上リーリエやアメディオの恨みを買うことを恐れた王は二人の結婚を認め、さらにリーリエが降嫁するに足る侯爵位をアメディオに与えた。それはリーリエ達が堂々と青空の下で過ごせるようにと、ロイとミランダが王に認めさせた筋書きでもあった。『不治の病に侵されたリーリエ王女を優秀な魔術師アメディオが救い、その功績を讃えた王が爵位を与え、さらに命の恩人に感謝したリーリエ王女が嫁いだ』という物語は、いまや国中で祝福と共に語られている。

　王女の立場に未練はなく、誰に後ろ指を指されても構わないと思っていた。それでも人々に祝福されるのは嬉しかった。リーリエが二人に感謝の言葉を伝えたら、「リーリエ様の人気が高かったからですよ」とミランダは笑っていた。実際、もしここでリーリエに罰を与えるような真似をすれば、アメディオの怒りを買うのはもちろん、王家は民の支持を失っただろうとロイは予想していた。それはリーリエが王女として真摯に責任と向き合ってきたからこそだと、ロイも祝福してくれた。

手に入れた穏やかな幸せに感謝していると、にぎやかな声が聞こえてきた。

「リーリエ様〜!!」

「あら、ミランダ。いらっしゃい」

「新しい拘束具ができたのでお持ちしました！」

ミランダの手には拘束具を入れている立派な箱があった。ミランダはあれからすぐに、アメディオの魔術式から構想を得て、ザヴィーネ城と王宮を繋ぐ魔道具を開発していた。まだ使えるのはロイとミランダだけだが、それを使って二人ともザヴィーネ城に顔を出してくれる。ミランダによると本当は他の人も使えるようにできるのだが、そのことは誰にも教えていないらしい。理由を尋ねたら「だって、アメディオ様やリーリエ様に近づいて利用する人がいるかもしれないじゃないですか！」と言う。ロイもミランダも、未だにリーリエを護ってくれていた。

拘束具の製作はアメディオからの依頼だった。アメディオの魔力は強力過ぎて細かな制御が煩わしくて、普段は拘束具を付けていた方が楽なのだそうだ。ミランダが箱を開けると、中には新しい指輪に耳飾り、それに腕輪などが並んでいる。目をやればきらりと光ったものがあり、水色の石が付いた指輪を見つけた。

「素敵ね」

「自信作です」

箱の中の拘束具をながめていたら、後ろから伸びた手がひょいと指輪を取りリーリエの手のひらの上に乗せた。

「着けてくれるか？」

「はい」

ロイの相手はタブラに代わってもらったようだ。リーリエはアメディオの手を取り指輪をはめる。空色の石が日の光を浴びて輝いた。

「似合うか？」

「ええ、とても」

「前より出来がいい。ミランダは魔道具の扱いなら俺より上手いかもしれないな」

「今度、王宮の防御壁にも手をつけるんです。新しい防御壁ではちゃんとアメディオ様も引っかかるようにしますよ！」

「優秀なのは知っていたが、思っていた以上に優秀みたいだな」

「そうですよ～。今まで気づかなかったんですか？」

そのままアメディオとミランダはなにやら難しい魔術の話を始めた。あれ以来ノリスはめっきり衰え、今は別の者が宮廷魔術師長に就任したそうだ。ミランダは宮廷魔術師長補佐に昇格し、おそらく近い将来宮廷魔術師長になるのだろう。とはいえ、リーリエと近い位置にいたロイとミランダが王宮で嫌な思いをしていないだろうかと心配になる。

「なにか辛い思いはしていない？」

「まさか！　むしろリーリエ様を怒らせてアメディオ様が暴れ出したら困るので、リーリエ様と近しいロイ様と私は王宮では下にも置かぬ扱いですよ」

ミランダがあっけらかんと笑う。アメディオが自分達に近づくことを許しているのがロイとミランダだけなので、二人は王宮でも特別扱いされているようだ。

「腫れ物に触るような扱いで落ち着きませんけどね」

そう言って話に入ってきたロイも、近々国の中枢を担う役職に就くことが決まっている。

「この機会に、やりたいことやりますよ～！　国の防御壁も早く描き換えたいし」

周りの態度に困惑するロイとは裏腹に、ミランダはせっかく有利な立場を手に入れたからにはそれを使ってやりたいことをとことんやるつもりだと意気込んでいる。国全体を覆う防御壁についても、アメディオ一人に依存することがないように少しずつ王宮魔術師達に役割を移しているらしい。

「頼もしいな」

「ええ！　いつまでも国防をアメディオ様お一人に任せておけませんから。万が一、アメディオ様がリーリエ様を怒らせて殺されちゃったらどうするんですか！」

「まぁ、ミランダ！　そんなことにはならないわよ」

リーリエがむくれたように口を尖らせると、ミランダは子どもみたいな顔をするリーリエを見て嬉しそうに笑った。そしてそっとリーリエの手を取った。

「そうですね。アメディオ様と仲良くしてらっしゃるみたいで安心しました。うん、魔力もよく馴染んでいます」

「それってどういう意味かしら？」

「あぁ、お二人が大変仲良くしてらっしゃるのは、魔力の混ざり具合でわかりますよってことですね」

大変仲良く……混ざり具合……と考えて、リーリエはミランダの言う意味を理解する。顔を真っ赤にして、あわててミランダの手を握り返した。

「ま、まぁ！　ミランダ、それって、あの、他の魔術師の方にもわかるのかしら？」

「いや、それはさすがに元のお二人の魔力を知ってる私くらいだと思いますけどね」

「そ、そう……」

「でも夫婦の魔力は似るものですから、皆、気にしませんよ」

「私が気にするのよ！　もう！」

リーリエが真っ赤になった頰へと両手を当ててその場でしゃがみこむと、心配したアメディオが顔をのぞき込んでくる。

「どうした、リーリエ。具合でも悪いのか？」

「なんでもありません!!」

両手で顔を覆うリーリエを見て、ミランダが笑い声をあげる。明るい日差しの中、ザヴィーネ城の庭ではいつまでもにぎやかな声が響いていた。

◇◇◇

外では森を潤す柔らかい雨が降り注いでいる。魔の森に敷かれていた魔術式は取り払われ、霧に囲まれていた暗い森も今では普通の森になっている。とはいえアメディオやリーリエに害をなすような者は、今でも城まで辿り着けないようになっているらしい。

今日はロイもミランダも城には来ない日で、アメディオとリーリエは部屋で静かに過ごしていた。長椅子に座り本を読むリーリエを、アメディオが後ろから抱きかかえている。

リーリエが本を読み終えて顔を上げると、アメディオが軽く指を振った。ふわりと小さな箱が飛んでくる。

「これは……?」

「開けてみな」

箱の中には、アメディオの目の色によく似た赤い石の付いた指輪があった。

「ミランダに頼んで作ってもらった。もし俺が近くにいなくても、俺の力の一部を使えるようにしてある。ようは護身用だな。着けてくれるか?」

「もちろんです」

アメディオが指輪を手に取り、リーリエの細い指にはめた。そうして二人の手を並べると、互いの色の石が付いた指輪がきらりと光る。

「これ……あなたの指輪と」

「あぁ、同じ形にしてもらった。おまえがいつもそばにいるようで嬉しかったからな」

「ふふ、私も嬉しいです」

あごに手を添えたアメディオがリーリエの顔を持ち上げ静かに口づけを落とす。ゆっくりと唇を離し、互いに見つめ合う。

「今度、おまえの留学先だったクリニーナ国に行ってみるか」

「あら、クリニーナにご興味が？　行きたいところがあるなら案内します」

「あぁ、おまえがなにを見てなにを考えてきたのか、どんなところで過ごしてきたのか、おまえのことをもっと知りたい」

「まぁ。ではあなたのこともっと教えてください」

アメディオがどこに行ってなにをしても、もう咎められることはない。ささいな願いごとでも、アメディオが口にしてくれることが嬉しかった。さらにそれが自分を知りたいと思ってくれてのことならなおさらだ。するとアメディオは後ろからリーリエを抱きしめ、下ろした髪の間に鼻を埋めた。鼻先がリーリエのうなじをくすぐる。

「ん、やん……」

アメディオはリーリエのうなじに口づけを落とすと、胸を柔らかく揉みながらスカートの裾をまくって太腿に手を這わせた。

「あ……待って。まだ明るいわ……」

雨が降っていていつもより暗いとはいえ、部屋の中はぼんやりと明るい。アメディオが耳元に口を寄せ、低い声でささやいた。

「嫌か?」

「……いいえ」

リーリエが真っ白な首筋を赤く染めながら、小さく首を横に振る。明るい中で交わるのは恥ずかしいけれど、アメディオに触れられるのはいつだって幸せしかない。

「こうしてこの部屋で後ろから抱きしめていると、あの時を思い出すな」

「え?」

「初めておまえに触れた時のことだ。美しい姫さんの乱れる姿はたいそう魅力的だったからな。本当はそのままめちゃくちゃにしてやりたかった」

「まぁ」

アメディオがわざとひどい言い回しでからかおうとしているのがわかり、リーリエが口を尖らせる。リーリエは非難するようににらんでから、小さくひとつ息を吐いた。

「別に、お好きになさればよろしいのに」

「なんだ、リーリエは俺にひどくされたいのか?」

「私はあなたにひどくされたことなど一度もありません」

あまりにもきっぱりと言い切るものだから、アメディオが言葉に詰まる。リーリエは自分を後ろから抱きしめている不遜な態度の男を見つめながら優雅に微笑んだ。

「あなたはいつも私に優しくしてくださいます。違いますか？」

空色の目にまっすぐ見つめられ、灰色の目がたじろぐように揺れる。アメディオはリーリエの肩に顔を埋めて深いため息をついた。

「おまえには一生敵わないな」

ふふ、とリーリエが笑い声をあげる。アメディオは顔を上げてリーリエのこめかみにひとつ口づけを落とすと、愛する妻の耳元で囁いた。

「では、思う存分可愛がらせてくれるか？」

「ええ、喜んで」

二人が抱き合って深い口づけを交わし始める。そのままアメディオはリーリエを抱きあげると、ベッドまで運んで優しく横たえた。互いに裸になって抱き合いながら、アメディオはひとつだけ残った太腿の黒薔薇の痣に口づけを落とす。お返しとばかりにリーリエが胸の剣の痣に口づけを落とすと、アメディオが顔をしかめた。

「痛みますか？」

「少しな。心臓を直接なでられているような妙な気分だ」

アメディオが胸の剣の痣を押さえながらニヤリと笑う。

「だが、おまえと身体を重ねるたびに刺激されているからな。ここにキスをされるとこうなる」

アメディオはリーリエの手を取り自分の昂った雄を触らせた。

「まぁ。痛くて喜ぶなんて変態じゃない」

リーリエが眉をひそませながら手の中の塊を軽く握ると、アメディオが熱いため息をこぼした。

「変態な俺は嫌か？」

「いいえ、愛しているわ」

二人は目を合わせてクスクスと笑いあう。リーリエが手の中の塊を優しくなで、口づけを交わして舌を絡め合う。口づけの合間にアメディオがささやいた。

「さて、変態の俺に今日はどうやってヤられたい？」

「え？　そんな……」

アメディオはリーリエを抱きしめてその薄い腹に熱く硬くなった雄を擦りつけた。

「俺はリーリエのモノだからな。すべてリーリエの望むようにしてやる。前から？　後ろから？　それとも下から突かれるのがお好みか？　それとも今日は擦るだけにしようか」

「あ……んん……」

先ほどリーリエにやり込められた仕返しか、恥ずかしいことを言わせようとするアメディオを上目遣いににらみつける。

「いいえ……あなたが欲しい」

リーリエのかわいいおねだりに、灰色の目が嬉しそうに細められる。

「あぁ、俺はその目に弱いんだ。そんな目で見られたらなんでも言うことを聞いてしまう。では、俺を好きなだけやろう」

からかうようにニヤリと笑われ、恥ずかしくなったリーリエは頬を赤らめたままプイと背中を向ける。アメディオはリーリエの赤く染まったうなじに口づけを落とし、そのまま首の後ろについと舌を這わせた。そして後ろから手を回し柔らかく胸を揉みしだく。

「じゃあ、今日は後ろからな」

「あ、あぁん……」

アメディオはリーリエの口の中に指を入れて上あごをくすぐったり舌をなでたりしながら、もう一方の手の指を中に埋めてかき回した。

「んふ……は……あ……ああ……」

お尻に当てられた熱い塊で中まで埋めて欲しくてリーリエが腰を揺らすと、とめどなくあふれた蜜がアメディオの手を濡らした。

「すごいな」

「……あぁっ！」

中の弱いところを擦られたリーリエは、アメディオの指を締めつけながら達してしまった。ゆっくり指を引き抜いたアメディオが、リーリエを四つん這いにさせる。蜜口からあふれた蜜が足を伝うのが恥ずかしいが止められない。

「アメディオ……おねがい……」

「あぁ」

濡れた蜜口に切先が当てられたと思ったら、一気に奥まで貫かれた。

「あ！　あぁ……！」

常に愛され続けているリーリエは、太くふくらんだ塊を難なく飲み込んだ。挿れられただけで達してしまい身体を震わせるが、アメディオはさらに容赦なくリーリエを攻め立てた。

「リーリエ、もっと声を聞かせろ」

「やぁ……あっ、あっ、あぁん……」

アメディオが深く突くたびにあられもない声が漏れてしまう。するとアメディオが少しだけ魔力を流しこんだようで、激しすぎる刺激がリーリエを襲った。リーリエがのけぞりながら身を捩らせる。

「あぁ、いやっ！　魔力を流しちゃだめぇ！」

「すごく締まったのに？」

「感じすぎちゃうからぁ……」

たとえ少量でも、アメディオの魔力を流されるとすぐに深く達してしまう。リーリエは上半身を支えきれずにペタリとベッドに崩れ落ちた。お尻だけ高く上げるリーリエの官能

的な姿に、アメディオは獰猛な笑みを浮かべる。

「じゃあ、少しだけにしよう」

アメディオはガツガツと腰を叩きつけて奥を抉りながら、時折ほんの少しだけ魔力を流しこんでくる。そのたびにリーリエは意識が飛びそうなほどの快感に襲われた。

「はぁっ……もぅ……アメディオっ！」

リーリエはシーツを握りしめて耐えながら、仕返しとばかりにほんの少しの魔力を流し返した。魔力が伝わったようで、アメディオが腰を震わせる。

「こら、いたずらするな」

「えっ？　あっ、やだぁ、なんでぇ……」

リーリエの魔力に刺激され、アメディオの雄はさらに硬く大きくなっていた。その凶暴な杭がリーリエの中をぐるりと抉った。そのままアメディオは腰を激しく振った。激し過ぎる挿抜で二人の混ざり合った体液が泡立ち、ぶつかり合う肌が大きな音を立てる。

「あ、んんっ……はぁっ、アメディオ……あなた……」

リーリエは快感による涙を流しながら、ふり返って必死に名前を呼んだ。

「ん、どうした？　リーリエ」

アメディオは腰の勢いを緩めながら、今度はリーリエの弱いところを擦るように柔らかく突いていく。

「あっ、あっ……んん……あなたの、顔が見たいの……」

「なんだ。わがままな姫さんだな」

アメディオは笑いながら自身を引き抜くと、リーリエを仰向けにして抱き上げる。そして座り込んだ自分の上にまたがらせ、互いの液に濡れてぬらぬらと光る雄をあてがった。

足に力の入らないリーリエは、自重でアメディオを奥まで飲み込んでいく。

「あん……深い……」

「あぁ……気持ちいいな……」

搾り取るようにうねる中の動きを耐えながら、アメディオが熱い吐息を漏らした。向かい合って額をつき合わせると、蕩けるような空色の目とギラついた赤混じりの灰色の目が相手の姿を映している。いつもより赤みを帯びた目は、リーリエにアメディオの興奮を教えてくれた。

「ねぇ……わがままな私は嫌？」

「いいや、愛している」

答えなんてとうにわかっている問いなのに、それでも確かめるように聞いてしまう。二人は繋がったまま深い口づけを交わした。舌を絡めあいながら、奥の一ヶ所をゆっくり突かれ、リーリエはアメディオにしがみついた。

「あっ……だめ、また……私ばっかり……」

「本当にかわいいな、おまえは」

アメディオは耳元でささやくと、リーリエの腰をつかみぐいと激しく奥を突いた。

「あぁっ！　あっ……ん……」

身体を震わせながら、もう何度目かわからない絶頂を味わう。くたりとアメディオに身体を任せれば、背をなでながらアメディオがささやいた。

「悪い、もう少しいいか？」

リーリエの中のアメディオはまだ硬く大きいままだ。気持ちよくなって欲しくてリーリエがねだるように魔力を流すと、アメディオはぶるりと身体を震わせてすぐに繋がったままのリーリエを押し倒す。

「リーリエ……っ！」

「あっ、アメディオ……」

達したばかりのまだ敏感な中をアメディオが容赦なく押し入ってくる。リーリエが快感に溺れてしまいそうになって手を伸ばせば、アメディオがその手を取ってシーツに縫い止める。喘ぐリーリエの唇を口づけでふさぎながら激しく腰を動かし、アメディオはたっぷりと精を注ぎ込んだ。

こうして二人は今日もまた、互いの魔力の境目が無くなるくらい愛し合うのだった。

終章　ねぇ、あなた

窓からは柔らかな日差しが降り注いでいる。

部屋の中では穏やかな寝息と本をめくる音だけが聞こえていた。ベッドの中の女が小さく身じろぎをすると、側に座っていた男が本を閉じて声をかける。

「おはよう」

彼女はまだ少しぼんやりとしたまま、声のした方へ顔を傾ける。そして彼の姿を見つけ、空色の目を嬉しそうに細めた。

「おはよう、あなた。いい夢を見たわ」

「なんだ？」

「あなたと出会った頃の夢」

「そうか。あの頃の俺の態度はひどかったから、悪い夢の間違いでは？」

「まぁ」

彼女はそんな彼の言葉にクスクスと笑い声あげる。笑い声に合わせて緩く編まれた髪が揺れる。その髪は長い年月を生きてきたことを表すように、色が抜けて真っ白だった。口元を押さえる手にも深いしわが刻まれている。細くやせ衰えた手を伸ばし、彼女が彼を呼んだ。

「ねぇ、あなた。こちらにいらして」

「あぁ」

彼は手に持ったままだった本を椅子の上に置くと、ベッドの中に入りこみ彼女の隣に寝そべった。そして彼女を優しく腕に包みこみながら、緩く編まれた白い髪をもてあそぶ。

「なぁ、この髪をほどいてもいいか？」

「あらやだ。すっかり色あせてしまっているわ」

「昔の光り輝くような艶やかな髪も好きだったが、今の白く柔らかい髪も好きだ」

彼は彼女の髪をほどいて指でゆっくり梳《す》いてから、ひと房を手に取り口づけを落とした。二人が出会った頃からまるで変わらない彼とは違い、彼女の身体は長い年月をへて痩せ細っている。

それでも彼女への想いはなにひとつ変わらず、むしろ共に過ごした日々の分だけ愛おしい気持ちが増していた。

彼が彼女の身体をゆっくりなでると、彼女は彼の手つきにうっとりと身を任せた。ふと視線が絡みあう。

「口づけてもいいか？」

「えぇ、もちろんよ」

二人の唇が静かに重なる。ゆっくりと唇が離れてから彼女がささやいた。

「ねぇ、久しぶりにあなたの魔力を感じたいわ」

「それは、あなたの身体に障る」

彼が彼女を心配するように眉をひそめると、彼女はまた楽しそうに笑う。

「なんだ？」

「出会った頃はおまえって呼んでいたと思って」

かつての自分のひどい態度のことを言われ、彼がきまりの悪そうな顔をする。彼女は別に彼を責めたかったわけではないので、それが伝わるように乾いた指先で彼の頰をなでた。

「今日は調子がいいの。お願い」

彼女が上目遣いでじっと彼を見つめると、彼は仕方ないというふうに小さくため息をつく。

「俺がその目に弱いのを知っているだろう」

彼が愛した空色の目で頼まれてしまえば、断れるはずがなかった。二人の唇はまた静かに重なり、今度はお互いの存在を確かめあうようにゆっくりと舌を絡ませ合う。そして彼はほんのわずかだけ、魔力を彼女に流し込んだ。

「ん、んん……」

ぴくりと身体を震わせる彼女を抱きしめながら、彼が心配そうに顔をのぞき込む。

「大丈夫か？」

「この刺激、懐かしいわね」

「そうか」

いたずらが成功したような顔で微笑む彼女の頬を冷たい指先が優しくなぞる。二人はしばらくそのまま静かに抱き合っていた。

どれくらいの時間がたったのだろうか。彼女がゆっくりりと、そして、長く深い息を吐いた。

「ねぇ、あなた」

「なんだ」

「一緒にいきましょう」

「あぁ、一緒に」

彼女を抱きしめる彼の手がわずかに震える。

「なにか未練はあって？」

「そうだな……もう少しあなたと共に過ごしたかった」

「あら、終わりがあるからこそ、美しいものもあるのではなくて？」

「……あぁ」

彼女が彼を見て微笑んだ。若い頃と変わらず可憐な笑みを浮かべる彼女に、彼が目を奪われる。最期までずっと彼女への愛が増し続ける幸せを、彼はしっかりと噛みしめた。

「終わりのない生の辛さはあなたが一番ご存知でしょう？」

「そうだな。だが、あなたに出会えたと思えば長生きも悪くなかった」

彼女が起きてこんなに話をするのは、本当に久しぶりだった。身体が辛くなったのだろう。彼女が苦しそうに胸を上下させる。

「もう休もう」

「えぇ……そうね」

「おやすみ」

彼は彼女を優しく包みこむと、耳元でその名を呼んだ。彼女もまた彼の名を呼び、そしてつぶやいた。

——愛しているわ、と。

◆　◆　◆

音のない静かな部屋にノックの音が響いた。

「ひいおじいさま、ひいおばあさまの具合はいかがですか？」

返事がないのに焦れた声の主が部屋のドアを開ける。部屋に入ってきたのはまだ年若い青年だった。

青年は彼らの二十番目の曾孫にあたる。彼と彼女は五人の子どもと十三人の孫に恵まれた。青年は普段からこの白い石壁の城で魔術の研究をしており、黒い髪と灰色の目を持つその姿は曾祖父によく似ていた。そしてそれは見た目だけではなく、曽祖父ほどではないにしろ強い魔力を持っていた。

青年の身内の中には爵位を継いだ者もいるが、青年は偉大な魔術式をいくつも作り上げた曾祖父と、最新の医療魔術をこの国に広めた曾祖母と共に過ごすことを望んだ。そして青年が知る限り、曾祖父はいつも曽祖母に寄り添っていた。

青年は部屋に足を踏み入れ、すぐに普段と様子が違うことに気づく。あわててベッドに駆け寄り、並んで眠る二人の姿を見て息をのんだ。青年は二人の身体を慎重に確かめてから、胸に手を当ててひと筋の涙を流した。いつかこの日が来ることは知らされていた。それがとても大切で幸せな約束であることも。二人は穏やかな微笑みを浮かべて抱き合っており、繋がれた手には互いを表す指輪がはめられていた。

涙を流し終えた青年は顔を上げると、知らせるべき人達に大切な知らせを伝えるために部屋から出ていった。

二人が残された部屋には、いつまでもいつまでも柔らかな光が満ちていた。

あとがき

はじめまして、河津《かわづ》ミネ《みね》です。

このたびは『黒薔薇の呪いと王家の鎖　虐げられた王女は偏屈な魔術師に溺愛される』をお手に取っていただき、誠にありがとうございます。こちらのお話は小説投稿サイトであるムーンライトノベルズで連載し、第8回ムーンドロップス恋愛小説コンテストにて最優秀賞をいただきました。書籍化にあたり三万字を越える加筆と改稿を行ったのでWEB版を読んだ方にも楽しんでいただけるのではないでしょうか。

うすくち先生にリーリエとアメディオを描いていただけると決まってから、それはもう毎日楽しみにしていたのですが、見てください!!　この最高の二人を！　期待を大幅に上回るイラストを描いていただきました。あやしくも美しいアメディオと、可憐でいじらしいリーリエ。そして太腿の黒薔薇に添えられたアメディオの手！　どこを見ても美しくため息が出てしまいます。挿絵は切なくも淫らで、それぞれのシーンを鮮やかに浮かび上がらせてくれます。なにより頑なだったアメディオが心を開いていく様子を、しっかりと描写していただきました。リーリエとアメディオに素敵な姿を与えていただき、ありがとうございました。

こちらのお話はまだ長編小説を書き始めたばかりの頃のもので、粗削りなところも多く担当さまをはじめ多くの方にご指導いただきました。ただもう目一杯、自分の好きや情熱を詰め込みました。改めて、このお話の出版に携わりご協力いただいたすべての方に感謝いたします。

最後になりますが、今回このように書籍化できたのはいつも読んで応援してくださるみなさまのおかげです。読んでくださる方がいるからこそ、私も楽しく執筆できています。本当にありがとうございます。まだまだ書きたいお話はたくさんあるので、これからも応援いただけると嬉しいです。

それではみなさま、また別のお話でお会いしましょう。

河津ミネ

〈ムーンドロップス文庫 最新刊〉

時の波間で貴方とともに眠れたら

女魔砲士は過保護な霊銃と夢の中で愛し合う

杜来リノ［著］
サマミヤアカザ［画］

意思を持つ銃・霊銃を使い依頼を遂行する魔砲士。高名な魔砲士だった父と同じ魔砲士となったパヴリーンは、母から譲り受けた魔銃アスピスとともにさまざまな依頼をこなしていた。パヴリーンとアスピスは強い絆で結ばれ、彼らは“恋人同士”でもあった。ある日、中位の霊銃だけを狙い破壊する「霊銃狩り」が頻発していることを知ったパヴリーンは、かつて両親が暮らしていた国アケルに向かう決意をする。第５回ムーンドロップス恋愛小説コンテスト最優秀賞受賞作『色彩の海を貴方と泳げたら』の娘編。

口を開けば罵詈雑言の天才魔術師が、
甘く優しく私を抱くなんて……
これって呪いのせい !!?

ひねくれ魔術師は今日もデレない
愛欲の呪いをかけられて①

佐藤サト［漫画］／まるぶち銀河［原作］

「甘いささやき 優しい愛撫……これって呪いのせい、だよね？」 天才魔術師がキャラ変 !? ★第４回ムーンドロップス恋愛小説コンテスト最優秀作

原作小説も絶賛発売中！

治療しなくちゃいけないのに、
皇帝陛下に心を乱されて♡

宮廷女医の甘美な治療で
皇帝陛下は奮い勃つ

三夏［漫画］／月乃ひかり［原作］

田舎の領地で診療所を開く女医のジュリアンナ。おまじないのキスでどんな病気も治すという彼女のもとにクラウスという公爵が訪れる。彼から、不治の病にかかった高貴な方の治療をお願いされて…!?

原作小説も絶賛発売中！

ムーンドロップス＆蜜夢文庫作品
コミカライズ版！

〈ムーンドロップス〉〈蜜夢〉の人気作品が漫画でも読めます！
お求めの際はお近くの書店または電子書店にて。

原作小説も絶賛発売中！

夜の幣殿で行われる秘密の儀式とは…？

溺愛蜜儀
神様にお仕えする巫女ですが、欲情した氏子総代と秘密の儀式をいたします！①

むにんしおり［漫画］／月乃ひかり［原作］

〈あらすじ〉
「結乃花の泉に俺の××を注ぐ。それが今夜の儀式だよ」。七神神社のパワースポット“伝説の泉”が突然枯れ、以来、神社では不幸な出来事が続けて起きた。泉を復活させるには、神社の娘・結乃花と氏子総代の家柄である唯織が秘儀を行う必要があるという。唯織は結乃花が９年前に振られた初恋の相手。秘儀の夜、結乃花の待つ神殿に現れた唯織は、危険なオーラを放っていて――。

「俺がその復讐に協力してやるよ」
上司によるセックス指導!?

処女ですが復讐のため上司に抱かれます！①

あまみやなぐ子［漫画］／桃城猫緒［原作］

「チーフ、練習なのに気持ち良すぎです…」
復讐を誓った天然処女 OL ×実は●●な敏腕チーフ
★第 10 回らぶドロップス恋愛小説コンテスト優秀賞受賞作★

原作小説も絶賛発売中！

恋愛遺伝子欠乏症
特効薬は御曹司!?

漫画：流花
原作：ひらび久美（蜜夢文庫 刊）

「俺があんたの恋人になってやるよ」地味で真面目なOL 亜莉沙は大阪から転勤してきた企画営業部長・航に押し切られ、彼の恋人のフリをすることに……。

社内恋愛禁止
あなたと秘密のランジェリー

漫画：西野ろん
原作：深雪まゆ（蜜夢文庫 刊）

第10回らぶドロップス恋愛小説コンテスト最優秀賞受賞作をコミック化！　S系若社長×下着好き地味OL――言えない恋は甘く過激に燃え上がる！

堅物な聖騎士ですが、前世で一目惚れされた魔王にしつこく愛されています

漫画：小豆夜桃のん
原作：臣桜

聖騎士ベアトリクスは、聖王女の巡礼に同行していたが、道中魔物の群れに襲われ辿り着いた先は魔王城だった…人間界を守るため魔王と契約結婚!?

★著者・イラストレーターへのファンレターやプレゼントにつきまして★
著者・イラストレーターへのファンレターやプレゼントは、下記の住所にお送りください。いただいたお手紙やプレゼントは、できるだけ早く著作者にお送りしておりますが、状況によって時間が掛かる場合があります。生ものや賞味期限の短い食べ物をご送付いただきますとお届けできない場合がございますので、何卒ご理解ください。

送り先
〒160-0022　東京都新宿区新宿1-36-2　新宿第七葉山ビル
（株）パブリッシングリンク
ムーンドロップス 編集部
○○（著者・イラストレーターのお名前）様

黒薔薇《ばら》の呪いと王家の鎖
虐げられた王女は偏屈な魔術師に溺愛される

２０２５年4月17日　初版第一刷発行

著……河津ミネ
画……うすくち
編集……株式会社パブリッシングリンク
ブックデザイン……しおざわりな
（ムシカゴグラフィクス）
本文ＤＴＰ……ＩＤＲ

発行……株式会社竹書房
〒102-0075　東京都千代田区三番町８－１
三番町東急ビル６Ｆ
email：info@takeshobo.co.jp
https://www.takeshobo.co.jp
印刷・製本……中央精版印刷株式会社